O LONGO AMANHÃ

O LONGO AMANHÃ

Leigh Brackett

TRADUÇÃO
Marcia Men

O longo amanhã

TÍTULO ORIGINAL:
The Long Tomorrow

COPIDESQUE:
Caroline Bigaiski

REVISÃO:
Bruno Alves
Thiago Fraga

CAPA:
Giovanna Cianelli

ILUSTRAÇÃO:
Wagner Willian

DADOS INTERNACIONAIS DE CATALOGAÇÃO NA PUBLICAÇÃO (CIP)
DE ACORDO COM ISBD

B797l Brackett, Leigh
O longo amanhã / Leigh Brackett ; traduzido por Marcia Men. - São Paulo : Aleph, 2025.
344 p. : 14cm x 21cm.

Tradução de: The Long Tomorrow
ISBN: 978-85-7657-719-5

1. Literatura americana. 2. Ficção científica. I. Men, Marcia. II. Título.

2025-75   CDD 813.0876
                   CDU 821.111(73)-3

ELABORADO POR VAGNER RODOLFO DA SILVA — CRB-8/9410

ÍNDICES PARA CATÁLOGO SISTEMÁTICO:
1. Literatura americana : Ficção científica 813.0876
2. Literatura americana : Ficção científica 821.111(73)-3

COPYRIGHT © LEIGH BRACKETT, 1955
COPYRIGHT DO POSFÁCIO © LITERARY CLASSICS OF THE UNITED STATES, INC., 2012
COPYRIGHT © EDITORA ALEPH, 2025

EDIÇÃO PUBLICADA EM COMUM ACORDO COM SPECTRUM LITERARY AGENCY
EM CONJUNTO COM INTERNATIONAL EDITORS & YÁÑEZ, CO. S.L.

POSFÁCIO "NICOLA GRIFFITH ON THE LONG TOMORROW" EXTRAÍDO DE
SCIENCEFICTION.LOA.ORG POR LITERARY CLASSICS OF THE UNITED STATES, INC.,
NOVA YORK, NY. IMPRESSO COM PERMISSÃO DA LIBRARY OF AMERICA.
TODOS OS DIREITOS RESERVADOS.

TODOS OS DIREITOS RESERVADOS.
PROIBIDA A REPRODUÇÃO, NO TODO OU EM
PARTE, ATRAVÉS DE QUAISQUER MEIOS.

Rua Bento Freitas, 306 - Conj. 71 - São Paulo/SP
CEP 01220-000 • TEL 11 3743-3202
www.editoraaleph.com.br

 @editoraaleph
 @editora_aleph

SUMÁRIO

O longo amanhã 7
   Livro Um. 11
   Livro Dois 101
   Livro Três 221

Posfácio, por Nicola Griffith 335
Sobre a autora 339

O LONGO AMANHÃ

O LONGO AMANHÃ

"Não será permitida a existência ou construção de cidade, vila ou comunidade alguma com mais de mil pessoas ou duzentos edifícios por 2,5 quilômetros quadrados nos Estados Unidos da América."

Constituição dos Estados Unidos da América,
TRIGÉSIMA EMENDA

LIVRO UM

1

Len Colter estava sentado à sombra, sob a parede do estábulo, comendo pão de milho com manteiga doce e contemplando um pecado. Tinha 14 anos e vivera todos eles na fazenda em Piper's Run, onde oportunidades para pecar de verdade eram confortavelmente escassas. Mas, naquele momento, Piper's Run estava a uns cinquenta quilômetros de distância, e Len dava uma olhada no mundo, que brilhava com distrações e gritava possibilidades. Estava na Feira de Canfield e, pela primeira vez na vida, enfrentava uma decisão séria.

Estava achando difícil decidir.

— O pai vai me dar uma surra de criar bicho se descobrir — disse ele.

— Tá com medo? — provocou primo Esaú.

Fazia apenas três semanas que Esaú completara 15 anos, o que significava que não teria mais que ir para a escola com as crianças. Ainda estava longe de ser considerado um dos homens adultos, mas era um grande passo e Len estava impressionado. Esaú era mais alto que Len e tinha olhos escuros que cintilavam e brilhavam o tempo todo, como os de um potro indomado, procurando por alguma coisa em todo lugar sem nunca conseguir encontrar, talvez porque ainda não soubesse o que era essa coisa. As mãos dele eram inquietas e desenvoltas.

— E então? Tá ou não? — insistiu Esaú.

Len gostaria de mentir, mas sabia que Esaú não seria tapeado nem por um minuto. Remexeu-se um pouco, comeu o último pedaço de pão de milho, chupou a manteiga dos dedos e admitiu:

— Tô.

— Ai... Achei que você estivesse virando adulto. Você devia ter continuado em casa com os bebês este ano. Com medo de uma surra! — incitou Esaú.

— Eu já levei umas surras, e, se você acha que o pai não sabe bater, pode experimentar uma hora dessas — respondeu Len. — E eu nem chorei nesses últimos dois anos! Não muito, pelo menos.

Ele ficou pensando com os joelhos encolhidos, as mãos cruzadas por cima deles e o queixo apoiado nas mãos. Len era um garoto magro, sadio e tinha um semblante bastante solene. Vestia calça feita em casa, botas resistentes pregadas à mão, cobertas por uma camada grossa de poeira, e uma camisa de algodão grosso com uma abertura estreita no pescoço e sem colarinho. O cabelo era castanho-claro, cortado reto tanto acima dos ombros quanto sobre os olhos, e ele usava um chapéu marrom de topo achatado e abas largas.

A família de Len era neomenonita e usava chapéus marrons para se diferenciar dos menonitas antigos, os originais, que trajavam chapéus pretos. No século 20, somente duas gerações antes, existiam apenas os menonitas antigos e os amish, e só algumas dezenas de milhares de ambos, vistos como pitorescos e esquisitos porque se apegavam aos velhos e simples costumes artesanais e não queriam ter nada a ver com cidades ou máquinas. Contudo, quando as cidades acabaram e a população descobriu que, no mundo transformado, entre todas as pessoas, essas eram as mais aptas a sobreviver, os menonitas rapidamente se multiplicaram para os milhões que existem agora.

— Não — disse Len, devagar —, não é da surra que eu tenho medo. É do pai. Você sabe o que ele acha dessas pregações. Ele me proibiu. E o tio David proibiu você. Sabe o que eles pensam. Acho que não quero o pai bravo comigo, não assim.

— Ele não pode fazer nada além te dar uma surra — retrucou Esaú.

Len balançou a cabeça, em negação.

— Sei não.

— Tá bom. Então não vai.

— Você vai mesmo? Tem certeza?

— Tenho. Mas não preciso de você.

Esaú se recostou na parede e pareceu se esquecer de Len, que continuava refletindo enquanto mexia a ponta das botas para a frente e para trás, formando dois leques curtos na poeira. O ar quente estava pesado pelo cheiro de ração e de animais, combinado à fumaça de madeira e às fragrâncias da cozinha. Também havia vozes no ar, muitas vozes, todas misturadas em um murmurinho. Podia-se pensar que fosse um enxame de abelhas, ou o vento soprando nos galhos dos pinheiros, mas era mais do que isso. Era o mundo falando.

— Eles caem no gramado, gritam e rolam — comentou Esaú.

Len respirou fundo, suas entranhas estremeceram. A área da feira, lotada de carroções e carroças e barracas e gado e gente, se estendia, por todos os lados, até a imensidão, e aquele era o último dia. Mais uma noite deitado debaixo do carroção, agasalhado contra o frio de setembro, vendo as fogueiras ardendo, vermelhas e misteriosas, e se perguntando sobre os desconhecidos que dormiam em torno delas. No dia seguinte o carroção iria embora chacoalhando, de volta a Piper's Run, e Len só veria algo como aquela cena outra vez dali a mais de um ano. Talvez nunca mais. No meio da vida, vivemos a morte. Talvez ele pudesse quebrar uma perna no ano seguinte, ou o pai o fizesse ficar em casa da mesma forma que o irmão James estava fazendo daquela vez para cuidar da vó e do gado.

— As mulheres também — acrescentou Esaú.

Len abraçou os joelhos com mais força.

— Como você sabe? Você nunca esteve lá.

— Ouvi dizer.

— Mulheres — murmurou Len.

Ele fechou os olhos e, por trás das pálpebras, surgiram imagens de pregação enlouquecida do tipo que um neomenonita nunca ouvia, com grandes fogueiras e frenesis vagos e uma figura que lembrava muito a mãe, com a touca e as volumosas saias feitas em casa que ela usava, deitada no chão e esperneando como a bebê Esther quando faz birra. A tentação se apoderou dele, Len estava perdido.

Levantou-se, olhando para Esaú, e declarou:

— Eu vou.

— Ah — soltou Esaú.

Ele também ficou de pé. Estendeu a mão, e Len a apertou. Assentiram um para o outro e sorriram. O coração de Len batia forte e ele guardava uma sensação de culpa, como se o pai estivesse logo atrás dele, ouvindo cada palavra, mas também sentia uma satisfação com o que decidira. Havia uma negação da autoridade, uma asserção de si, uma sensação de pertencimento. De repente, sentia como se tivesse crescido vários centímetros e ficado mais largo e como se os olhos de Esaú mostrassem um novo respeito.

— Quando vamos? — perguntou.

— Depois que escurecer, tarde. Fique pronto. Eu te aviso.

Os carroções dos irmãos Colter estavam estacionados lado a lado, então não seria difícil. Len meneou a cabeça.

— Vou fingir que estou dormindo, mas não vou estar.

— Bom mesmo — concordou Esaú. A mão dele se fechou com mais força, o suficiente para espremer os nós dos dedos de Len, para que se lembrasse. — Só não deixe ninguém ficar sabendo disso, Lennie.

— Ai! — protestou Len, de cara amarrada. — O que você acha que eu sou, um neném?

Esaú sorriu, recaindo na camaradagem fácil que é apropriada entre homens.

— Claro que não. Está combinado, então. Vamos dar outra olhada nos cavalos. Estava pensando em dar uns conselhos a meu pai sobre aquela égua preta que ele está pensando em negociar.

Caminharam juntos seguindo a lateral do estábulo. Era o maior estábulo que Len já tinha visto, quatro ou cinco vezes o comprimento do que havia em casa. O revestimento antigo já tinha sido bastante remendado e desbotara para um cinza uniforme, mas aqui e ali, onde a madeira original se projetava, ainda dava para ver uma mancha de tinta vermelha. Len olhou para o estábulo, em seguida parou e olhou para a feira ao redor, apertando os olhos para que tudo dançasse e estremecesse.

— O que você está fazendo agora? — indagou Esaú, impaciente.

— Tentando ver.

— Bem, você não vai conseguir ver de olhos fechados. Mas, afinal, tentando ver o quê?

— Como esses prédios eram quando estavam todos pintados como a vó contou. Lembra? Quando ela era pequena.

— Lembro. Uns de vermelho, uns de branco. Devia ser um visão bacana.

O primo também apertou os olhos. Os galpões e prédios ficaram borrados, mas continuaram sem pintura.

— Enfim — disse Len, resoluto, desistindo. — Aposto que eles nunca tiveram uma feira do tamanho desta aqui antes, nunquinha.

— Do que é que você tá falando? Oras, a vó contou que tinha um milhão de pessoas aqui e um milhão daqueles automóveis ou carros, ou sei lá como se chamavam, todos arrumadinhos em fileiras até onde o olho alcançava, com o sol faiscando nas partes brilhantes. Um milhão deles!

— Ah, mas não pode ser. Onde todos eles teriam lugar para acampar? — indagou Len.

— Eles não precisavam acampar, seu tonto. A vó falou que eles vinham de Piper's Run para cá em menos de uma hora e voltavam no mesmo dia.

— Eu sei o que a vó falou — comentou Len, pensativo. — Mas você acredita mesmo nisso?

— Claro que acredito! — afirmou Esaú, com olhos zangados. — Queria que a gente ainda vivesse naqueles dias. Eu teria feito várias coisas.

— Tipo o quê?

— Tipo dirigir um desses carros, bem rápido. Tipo, talvez até voar.

— Esaú! — repreendeu Len, profundamente chocado. — Melhor não deixar seu pai ouvir você dizendo isso.

Esaú corou um pouco e resmungou que não tinha medo, mas olhou ao redor, inquieto. Fizeram a curva depois do estábulo. Na cumeeira, muito acima da porta, havia quatro números pregados, feitos com pedaços de madeira. Len olhou para eles. Um 1, um 9 com um pedaço faltando no rabinho, um 5 com a curva da frente faltando, e um 2. Esaú disse que aquele era o ano em que o estábulo fora construído, e isso teria sido antes até de a vó nascer. Len se lembrou do auditório em Piper's Run — que a vó insistia em chamar de igreja —, onde também havia uma data, escondida bem embaixo, atrás dos arbustos de lilases. Lá mostrava 1842 — *Antes do nascimento de quase todo mundo*, pensou Len. Ele balançou a cabeça, dominado por uma sensação da antiguidade do mundo.

Entraram e olharam os cavalos, conversando sabiamente sobre cernelhas e ossos de canhão, mas mantendo distância dos homens agrupados na frente dessa ou daquela baia, com palavras lentas e olhos muito ligeiros. Eram quase todos neomenonitas, diferindo de Len e Esaú apenas no tamanho e nas barbas esplêndidas, que cobriam o peito, embora os lábios superiores estivessem barbeados. Contudo, alguns exibiam bigodes fartos e chapéus de aba larga de vários tipos, e o corte de suas roupas não seguia nenhum padrão em particular. Len os encarou furtivamente, com uma curiosidade intensa. Os homens do grupo, ou outros como eles — talvez até outros tipos de homens, que ele ainda não vira —, eram os que se reuniam em segredo nos campos e florestas e pregavam e gritavam e rolavam no gramado. Ele podia ouvir a voz do pai explicando: "A religião de um homem, sua seita, é coisa dele. Mas essa gente não tem religião nem seita. Eles são uma gentalha, com o medo e a crueldade de uma gentalha, e com homens meio loucos e ardilosos os agitando uns contra os outros". Quando Len fazia mais perguntas, ele, severo, encerrava o assunto, respondendo: "Você está proibido de ir, isso é tudo. Pessoa alguma temente a Deus toma parte dessa perversidade". Len enfim entendia, e não era de se espantar que o pai não quisesse falar sobre as mulheres que rolavam pelo gramado e provavelmente mostravam suas calçolas e tudo. Len vibrou de empolgação e desejou que a noite chegasse logo.

Esaú decidiu que, embora a égua preta em questão tivesse um pescoço mais reto do que o ideal, parecia ser de boa lida no arreio; entretanto, preferia o belo garanhão baio no começo da fila. Esse podia fazer um carroção voar, podia mesmo! Mas ele tinha que pensar nas mulheres, que precisavam de algo seguro e gentil. Len concordou e os dois saíram de lá.

— Vamos ver o que eles estão fazendo com aquelas vacas — propôs Esaú.

Por "eles", queria dizer o pai de Len e o tio David, e Len chegou à opinião de que preferia não ver o pai ainda. Então, sugeriu descer até os carroções dos comerciantes em vez disso. As pessoas podiam ver, e viam, vacas o tempo todo. Já carroções de comerciantes era outra história. Três, quatro vezes em um verão, talvez, desse para ver um em Piper's Run, e lá estavam dezenove deles, todos juntos em um lugar só ao mesmo tempo.

— Além do mais, nunca se sabe — concluiu Len, por pura e simples cobiça. — O sr. Hostetter pode nos dar mais um pouco de castanha glaceada.

— Até parece — disse Esaú.

O primo desceu até a feira mesmo assim.

Os carroções dos comerciantes estavam todas enfileirados, com a parte da frente voltada para fora e a traseira encostada em um galpão comprido. Eram carroções enormes, com capota de lona e todo tipo de coisa pendurada nas nervuras internas, o que fazia com que parecessem cavernas sombrias e odoríferas sobre rodas.

Len os fitou com olhos arregalados. Para ele, não eram carroções, mas, sim, navios aventureiros que viajaram de longe até ali. Ele ouvira os comerciantes conversando, e isso lhe dera uma vaga ideia de toda a área ampla e desprovida de cidades, o terreno agrário, verde, lento e confortável em que apenas poucos velhos conseguiam se lembrar das incríveis cidades que tinham dominado o mundo antes da Destruição. A cabeça do garoto era preenchida por uma mistura borrada dos locais distantes mencionados pelos comerciantes: os pequenos povoados de navegação e vilarejos de pescadores ao longo do Atlântico, os acampamentos de madeireiros nas Apalaches, as intermináveis terras agrícolas neomenonitas no Meio-Oeste em ele que estava, os caçadores e agricultores de áreas montanhosas a sul, os grandes rios a oeste com suas barcas e barcos, as planícies mais além e os cavaleiros, ranchos e rebanhos de gado selvagem, as montanhas imponentes, a terra e o mar mais a oeste ainda. Uma terra tão vasta quanto fora séculos antes, e, pelas estradas poeirentas e pelos vilarejos sonolentos delas, aqueles grandes carroções de comerciantes rolavam, repousavam e saíam rolando de novo.

O carroção do sr. Hostetter era o quinto da fileira; Len o reconhecia com facilidade, uma vez que o sr. Hostetter o levava para Piper's Run toda primavera a caminho do norte e voltava todo outono quando se dirigia para o sul, e vinha fazendo isso havia mais anos do que Len se lembrava. Outros comerciantes passavam ali ao acaso, mas o sr. Hostetter parecia fazer parte dali, apesar de ser natural de algum lugar da Pensilvânia. Usava o mesmo chapéu plano marrom de abas largas, cultivava a mesma barba e ia à reunião quando calhava de estar lá no Sabá. Deixara Len bastante decepcionado quando lhe contou que o lugar de onde viera não era diferente de onde Len tinha vindo, tirando o fato de haver montanhas ao redor, o que não parecia correto para um lugar com um nome tão mágico como Pensilvânia.

Voltando às castanhas glaceadas, Len comentou:

— Se a gente se oferecesse para dar água e comida à equipe de cavalos deles...

Não se podia mendigar, mas o trabalhador merece seu pagamento

Esaú deu de ombros.

— Podemos tentar.

O barracão comprido, aberto na parte da frente mas fechado no fundo para proteger o interior da chuva, era dividido em baias, uma para cada carroção. Não restavam muitos àquela altura, passados dois dias e meio, mas as mulheres continuavam barganhando chaleiras de cobre, facas dos vilarejos de forja situados a leste, rolos de tecido de algodão trazidos do sul e relógios da Nova Inglaterra. Len sabia que a maior parte da cana-de-açúcar acabara cedo, mas esperava que o sr. Hostetter tivesse guardado alguns pequenos tesouros em nome dos velhos amigos.

— Hã. Olha só aquilo — indicou Esaú.

A baia do sr. Hostetter estava vazia e abandonada.

— Esgotada.

Len olhou para a baia, franzindo o cenho.

— A equipe dele ainda tem que comer, não tem? — refletiu. — Talvez a gente possa ajudar a guardar as coisas no carroção. Vamos lá para trás.

Os dois saíram pela abertura nos fundos da baia, passando por baixo da tampa traseira do carroção e seguindo a lateral do veículo. As rodas grandes, com pneus de ferro de quinze centímetros, eram mais altas do que Len, e a cobertura de lona se erguia para o alto como uma nuvem onde se lia EDW. HOSTETTER, MERCADORIAS EM GERAL, pintado em letras elegantes desbotadas pelo sol e pela chuva para um tom acinzentado.

— Ele está aqui. Consigo escutá-lo falando — disse Len.

Esaú assentiu. Eles foram um pouco além da roda dianteira. O sr. Hostetter estava logo ali, do outro lado do carroção.

— Você está *maluco* — falou o sr. Hostetter. — Estou falando...

A voz de outro homem o interrompeu.

— Não se preocupe tanto, Ed. Está tudo bem. Preciso...

O sujeito se calou de repente quando Len e Esaú chegaram à parte da frente do carroção. Ele os encarou por cima do ombro do sr. Hostetter; era um camarada alto, magro e jovem, com cabelo ruivo comprido e uma barba farta, e vestia couro simples. Um comerciante de algum lugar do sul que

Len já encontrara antes na barraca. O nome na cobertura do carroção dele era WILLIAM SOAMES.

— Temos visita — disse para o sr. Hostetter.

Ele parecia não se importar, mas o sr. Hostetter se virou. Era um homem grandalhão, de juntas pontudas e desajeitado, com a pele muito bronzeada, olhos azuis e duas mechas largas grisalhas na barba aloirada, uma de cada lado da boca. Os movimentos dele eram sempre lentos; o sorriso, sempre amistoso. Contudo, naquela hora ele se virou depressa e não estava nada sorridente. Len parou como se algo o tivesse atingido e encarou o sr. Hostetter como se fosse um desconhecido, o qual, por sua vez, encarou de volta fixamente, raivoso e contido.

— Acho que eles estão ocupados, Len. Melhor irmos embora — cochichou Esaú.

— O que vocês querem? — perguntou Hostetter.

— Nada. A gente só pensou que talvez... — Len deixou a voz morrer.

— Talvez o quê?

— Talvez a gente pudesse alimentar seus cavalos — concluiu Len, debilmente.

Esaú o pegou pelo braço.

— Ele queria mais daquelas castanhas glaceadas. Sabe como são as crianças. Vamos, Len.

Soames deu risada.

— Acho que ele não tem mais. Mas que tal umas nozes-pecã? Estão boas pra caramba!

Enfiou a mão no bolso e tirou de lá quatro ou cinco pecãs, depois as colocou na mão de Len, que agradeceu, olhando dele para o sr. Hostetter.

— Minha equipe já cuidou de tudo — respondeu o sr. Hostetter, baixinho. — Já pra casa, meninos.

— Sim, senhor — disse Len, e saiu correndo.

Esaú correu logo atrás. Quando os dois deram a volta na esquina do galpão, pararam e dividiram as pecãs.

— Qual é o *problema* dele? — perguntou Len, referindo-se a Hostetter. Estava tão espantado como se o velho Shep lá da fazenda tivesse rosnado para ele.

— Ah, ele e o estrangeiro estavam discutindo por causa de algum acordo comercial, só isso. — defendeu Esaú, quebrando a casca marrom fina. Estava com raiva de Hostetter, então deu um empurrão forte em Len. — Você e suas castanhas glaceadas! Vamos, está quase na hora da janta. Ou já esqueceu que temos um lugar para ir hoje à noite?

— Não — disse Len. Algo pinicou dentro de sua barriga com uma dorzinha deliciosa. — Não esqueci coisa nenhuma.

2

Aquela pontada nervosa na cintura foi tudo o que manteve Len acordado a princípio, depois de ele ter se embrulhado para a noite debaixo do carroção da família. O ar lá fora estava gelado, o cobertor estava quente, a janta o deixara confortavelmente cheio, e tinha sido um dia longo. As pálpebras dele estavam pesadas e as coisas pareciam abafadas e distantes, todas lavadas em uma escuridão agradável. E aí, *ping!*, aquele nervo disparava, alertando-o, e ele se retesava de novo, lembrando-se de Esaú e da pregação.

Após algum tempo, começou a ouvir coisas. A mãe e o pai roncavam no carroção em cima dele, e o terreno da feira estava escuro exceto pelas brasas apagadas das fogueiras. Deveria estar silencioso. Mas não estava. Cavalos se moviam e arreios tilintavam. Len ouviu uma charrete leve partir com um estalo e um chocalhar, e lá longe, em algum lugar, um carroção pesado rangeu ao sair, a parelha de cavalos bufando enquanto puxava. Os desconhecidos, os não menonitas, como o comerciante ruivo com roupas de camurça, tinham partido pouco depois do anoitecer, dirigindo-se ao local da pregação. Mas aquelas eram outras pessoas partindo, gente que não queria ser vista. O sono de Len sumiu. Ele prestou atenção nos cascos invisíveis e nas rodas furtivas e começou a desejar que não tivesse concordado em ir.

Sentou-se com as pernas cruzadas debaixo do fundo do carroção e o cobertor enrolado nos ombros. Esaú ainda não tinha aparecido. Len ficou encarando o carroção do tio David, torcendo para que Esaú talvez tivesse ido dormir. Era longe, estava frio e escuro, e eles seriam pegos, certeza. Além disso, o garoto se sentiu culpado durante todo o jantar, sem querer olhar direto para o pai. Era a primeira vez que ele o desobedeceria deliberadamente e por escolha própria, e sabia que a culpa devia estar visível no rosto inteiro. Mas o pai não reparou, e de algum jeito isso fez com que Len se sentisse pior em vez de melhor. Significava que o pai confiava tanto nele que nem se incomodava em procurar por culpa no filho.

Houve uma agitação nas sombras debaixo do carroção do tio David e lá estava Esaú, andando silenciosamente de quatro pelo chão.

Vou dizer pra ele, pensou Len. *Vou dizer que não vou.*

Esaú engatinhou para mais perto. Estava sorrindo, seus olhos brilhavam muito no cintilar na fogueira enterrada. Colocou a cabeça perto da de Len e cochichou:

— Estão todos dormindo. Enrole seu cobertor como se ainda estivesse deitado, só por garantia.

Eu não vou, pensou Len. Mas as palavras nunca saíram de seus lábios. Ele enrolou o cobertor e deslizou para fora atrás de Esaú, saindo para a noite. Logo de cara, assim que estava longe da vista do carroção, ficou contente. A escuridão estava cheia de movimento, de uma empolgação secreta e ativa, e ele também estava indo. O sabor da perversidade era doce em sua boca, e as estrelas nunca reluziram tanto.

Eles caminharam com cuidado até chegarem a uma via aberta, e então começaram a correr. Uma charrete de rodas altas passou por eles em disparada, o cavalo pisando alto e ligeiro.

— Vamos, vamos! — disse Esaú, ofegante.

Ele riu e Len riu, correndo. Em poucos minutos, estavam fora da área da feira e na estrada principal, mergulhados na poeira de três semanas sem chuva, que pairava no ar, erguida pela passagem das rodas e erguida novamente antes que pudesse se assentar. Uma parelha de cavalos surgiu em meio a essa nuvem, imensa e fantasmagórica, chacoalhando espuma dos freios. Eles puxavam um carroção aberto, e o homem que os conduzia parecia um ferreiro, com braços grossos e uma barba loira curta. Ao lado dele, havia uma mulher robusta e de rosto vermelho, usando um trapo amarrado na cabeça em vez de uma touca e cujas saias se agitavam ao vento. Sob a borda amarrada da cobertura, via-se uma fileira de cabecinhas, todas amarelas feito cabelo de milho. Esaú correu depressa ao lado do carroção, gritando, com Len logo atrás. O homem desacelerou os cavalos e estreitou os olhos para os dois. A mulher também os analisou, e o casal começou a rir.

— Óia eles. Os chapéuzin plano. Onde cêis tão indo sem a mãe docêis, chapéuzin plano? — perguntou o homem.

— Estamos indo pra pregação — respondeu Esaú, com raiva pelo chapéu plano e mais raiva ainda pelo "zin", mas não o bastante para ignorar a oportunidade de uma carona. — Podemos ir com vocês?

— Por que não? — disse o homem, e riu de novo.

Ele falou umas coisas sobre gentios e samaritanos que Len não entendeu direito, e mais umas outras sobre ouvir uma Palavra, e daí disse a eles para subirem, que já estavam atrasados. Os cavalos não tinham parado aquele tempo todo, e Len e Esaú debatiam nas sarças da beira da estrada, acompanhando o ritmo. Eles subiram por cima da porta traseira, atrapalhados, e ficaram combalidos no feno que havia ali, ofegantes. O sujeito gritou com os cavalos e eles dispararam outra vez, batendo e se trombando enquanto a poeira subia pelos vãos das tábuas no assoalho do carroção. O feno estava empoeirado. Dentro do carroção havia um cachorro grande e sete crianças, todas fitando Len e Esaú com olhos arregalados e hostis. Os dois encararam de volta, até que o menino mais velho apontou e disse:

— Óia os chapéu isquisito!

Todos eles riram.

— E o que te interessa? — retrucou Esaú.

— Esse carroção é nosso, é isso que me interessa, e se você não gostar, pode ir dando no pé — falou o menino.

As crianças continuaram rindo das roupas dos dois. Len fechou a cara, pensando que elas não tinham muito direito de falar nada. Todas as sete estavam descalças e não usavam chapéu nenhum, embora parecessem bem cuidadas e limpas. Mas ele não respondeu, e Esaú também não. Cinco ou seis quilômetros era um bom pedaço para andar à noite.

O cachorro era bonzinho. Lambeu a cara deles todinha e ficou no colo deles de maneira imparcial o caminho todo até chegarem ao local da pregação. Len se perguntou se a mulher no banco do carroção se jogaria no chão e rolaria, e se o homem rolaria com ela. Pensou em como isso pareceria bobo e riu, e de repente não estava mais com raiva das crianças de cabelos amarelos.

Em meio a muitos outros, o carroção por fim chegou a um campo aberto e vasto que se inclinava um pouco na direção de um riacho, o qual estava medindo uns seis metros de largura por causa do tempo seco, com a água baixa entre as margens. Len pensou que devia haver tanta gente ali quanto na feira, só que ali estavam todas agrupadas, os veículos formando um círculo improvisado na parte de trás e todos reunidos no centro, sentados no chão. Um carroção de carga, sem os cavalos, tinha sido levado para perto da margem do rio. Todos olhavam na direção dele, onde um homem estava em cima do veículo, à luz de uma fogueira enorme. Era jovem, alto e de peito largo. Sua barba preta chegava quase até a cintura, brilhante como o peito de um corvo na primavera, e ele não parava de balançá-la enquanto se movia para lá e para cá, jogando a cabeça e gritando. A voz era alta e penetrante e não vinha em um fluxo constante de palavras. Em vez disso, vinha em cacos breves e afiados que perfuravam o ar, cada um deles chegando até as fileiras mais distantes antes que o próximo fosse arremessado. Passou-se um minuto até que Len percebesse que o homem estava pregando. Ele estava acostumado a algo diferente na reunião do Sabá, em que o pai ou o tio David ou qualquer um podia se levantar e falar com Deus ou sobre Ele. Sempre faziam isso baixinho, com as mãos dobradas.

Len estava encarando por cima da lateral do carroção. Antes que as rodas tivessem parado de girar de fato, Esaú lhe deu um soco e disse:

— Vamos.

O primo saltou a porta traseira e Len o seguiu. O homem disse algo sobre a Palavra às costas deles, e todas as sete crianças fizeram careta.

— Obrigado pela carona — disse Len, com educação. E correu atrás de Esaú.

Dali o pregador parecia pequeno e distante, e Len não conseguia ouvir muito do que ele predicava.

— Acho que podemos chegar bem pertinho, mas não faça nenhum barulho — murmurou Esaú.

Len assentiu.

Às pressas, eles deram a volta nos veículos estacionados, e Len notou que havia outras pessoas que pareciam querer se manter fora das vistas. Mantinham-se nas bordas da multidão, no meio dos carroções, e Len as via apenas como formas escuras cuja silhueta aparecia destacada contra a luz do fogo. Algumas tinham tirado o chapéu, mas o corte de suas roupas e seu cabelo as entregavam. Eram da turma de Len. O menino sabia como se sentiam. Ele mesmo sentia certa timidez em ser visto.

À medida que ele e Esaú abriam caminho na direção do rio, a voz do pregador ficava mais alta. Havia algo de estridente nela, algo agitador também, como o grito de um garanhão raivoso. As palavras ficaram mais claras.

— ... foram se prostituir diante de deuses estranhos. Vocês sabem disso, meus amigos. Vocês têm pais que lhes contaram, suas vós idosas e seus vôs velhinhos o confessaram, dizendo como o coração das pessoas era cheio de impiedade, blasfêmia e luxúria...

A pele de Len se arrepiou de empolgação. Ele foi atrás de Esaú, passando por dentro e por fora de uma confusão de rodas e pernas de cavalos, segurando o fôlego. Finalmente, chegaram a um lugar de onde dava para enxergar, abrigados em uma bela sombra preta entre as rodas de uma charrete, com o pregador a apenas alguns metros de distância.

— Eles cobiçavam, meus irmãos. Cobiçavam tudo o que era estranho e novo e antinatural. E Satã viu o que faziam e lhes cegou os olhos, os olhos celestiais da alma, de maneira que ficaram como crianças tolas, chorando por causa dos luxos e dos prazeres que apodrecem a alma. E eles se esqueceram de Deus.

Um gemido e um balanço varreram as pessoas sentadas no chão. Len segurou um raio da roda em cada mão e enfiou o rosto no meio.

O pregador saltou para a beirada da carroça. O vento noturno balançou a barba e o longo cabelo preto dele e, atrás, a fogueira ardia e soltava fumaça e faíscas, enquanto os olhos do pregador também ardiam, imensos e pretos. Ele jogou o braço adiante, reto, apontando para as pessoas, e, em um sussurro curioso e áspero que se espalhou como um grito, repetiu:

— *Eles* se esqueceram de Deus!

De novo, os corpos balançando e os gemidos. Mais altos dessa vez. O coração de Len tinha começado a martelar.

— Sim, meus irmãos. Eles se esqueceram. Mas Deus esqueceu? Não, eu lhes digo, Ele não esqueceu! Ele os observou. Viu as perversões deles. Viu como o Diabo tinha domínio sobre eles e viu que gostavam... Sim, meus amigos, eles gostavam do velho Satã, o Traidor, e não queriam abandonar o caminho dele para seguir o caminho de Deus. E por quê? Porque o caminho do Satã é fácil e tranquilo, e sempre havia um luxo novo um pouco mais adiante, na esquina seguinte do caminho rumo à queda.

Len percebeu Esaú, agachado ao seu lado na poeira. Ele encarava o pregador com os olhos brilhando e a boca escancarada. O coração de Len martelava. A voz do pregador parecia golpear como um açoite em nervos que, até então, o menino nem sabia que possuía. Esqueceu-se de Esaú. Pendurou-se nos raios da roda e pensou, ávido: *Continue, continue!*

— Então o que fez Deus, quando viu que Seus filhos tinham Lhe dado as costas? Vocês sabem o que Ele fez, meus irmãos! Vocês sabem!

Gemidos e balanços, e o gemido se tornou um uivo baixo e esquisito.

— Ele disse: "Eles pecaram! Pecaram contra as Minhas leis, e contra os Meus profetas, que os alertaram mesmo na velha Jerusalém contra os luxos do Egito e da Babilônia! E exaltaram a si mesmos em seu orgulho. Escalaram para o Paraíso, que é o Meu trono, e rasgaram a terra, que é Meu apoio de pés, e soltaram o fogo sagrado que repousa no coração das coisas e que apenas Eu, o Senhor Jeová, deveria ousar tocar". E Deus completou: "Ainda assim, sou piedoso. Que eles sejam purificados de seu pecado".

O uivo se elevou, e por todo o campo aberto houve braços sendo jogados para o alto e pescoços se contorcendo.

— "Que eles sejam purificados!" — gritou o pregador. Seu corpo estava tenso, trêmulo, e as faíscas disparavam para além de onde ele estava. — Disse o Senhor, e eles foram purificados, meus irmãos! Com seus próprios pecados foram repreendidos. Queimados com os fogos que eles mesmos criaram, sim, e as torres orgulhosas desapareceram nas chamas da ira de Deus! E com fogo, e fome, e sede, e medo eles foram expulsos de suas cidades, dos locais de perversão e luxúria, incluindo até mesmo nossos pais e os pais de nossos pais, que haviam pecado, e os locais de maldade foram desfeitos, como Sodoma e Gomorra.

Em algum ponto do outro lado da multidão uma mulher gritou e caiu para trás, batendo a cabeça no chão. Len nem percebeu.

A voz do pregador afundou, voltando àquele murmúrio áspero que se espalhava longe.

— E assim fomos poupados pela piedade de Deus para encontrar Seu caminho e segui-lo.

— Aleluia — gritou a massa. — Aleluia!

O pregador levantou as mãos. A multidão se aquietou. Len segurou o fôlego, esperando. Os olhos dele estavam fixos nos olhos ardentes do homem no carroção. Ele os viu se estreitarem até parecerem os olhos de um gato prestes a saltar, só a cor que estava não combinava.

— Mas Satã ainda está conosco — prosseguiu o pregador.

As fileiras de pessoas saltaram adiante com um ganido bestial, contidas apenas pelas mãos do pregador.

— Ele nos quer de volta. Ele se lembra de como era, o Diabo se lembra, sim, de quando ele tinha todas aquelas mulheres bonitas e delicadas para servi-lo, e todos os homens ricos, e as cidades brilhando com luzes para ser seus altares! Ele lembra, e ele quer tudo de volta! Por isso envia emissários entre nós... Ah, vocês não os distinguiriam de seu próprio povo temente a Deus, meus irmãos, com seu jeitinho manso e trajes sóbrios! Mas eles vão por aí, fazendo proselitismo, tentando nossos meninos e rapazes, oferecendo-lhes a fruta proibida da serpente, e na testa de cada um está a marca da besta, a marca de Bartorstown!

Len ouriçou ainda mais o ouvido com aquilo. Tinha escutado o nome de Bartorstown apenas uma vez, vindo da vó, e se lembrava dele por causa do jeito como o pai a fez se calar. A multidão ululou, alguns ficaram de pé. Esaú se apertou mais contra Len, tremendo todo.

— Não é impressionante? Isso não é impressionante? — cochichou o primo.

O pregador olhou ao redor. Ele não aquietou as pessoas dessa vez; deixou que elas sossegassem por conta própria, pela vontade de ouvir o que ele tinha a dizer em seguida. E Len sentiu algo novo no ar. Não sabia o que era, mas o empolgava de uma forma que ele queria gritar e pular ao mesmo tempo que também o deixava inquieto. Era algo que aquelas pessoas compreendiam, elas e o pregador, juntos.

— Agora — disse baixinho o homem no carroção —, existem algumas seitas, todas de gente temente a Deus, não estou dizendo que elas não tentam, que acham que basta dizer a um desses emissários de Satã: "Vá, deixe a nossa comunidade e não volte mais". Mas talvez eles simplesmente não entendam que, na verdade, o que estão dizendo é: "Vão e corrompam outra pessoa, vamos manter nossa própria casa limpa"! — Com um movimento de mãos brusco e para baixo, ele conteve um grito das pessoas, como se tivesse empurrado uma rolha na boca delas. — Não, meus amigos, esse não é o nosso estilo. Zelamos por nosso vizinho assim como zelamos por nós mesmos. Honramos a lei do governo que afirma que não devam mais existir cidades. Honramos a Palavra de Deus, que disse que se o nosso olho direito nos ofende, devemos arrancá-lo, e se nossa mão direita nos ofende, devemos cortá-la, e que o justo não pode ter parte com homens maus, não, nem que sejam nossos próprios irmãos, pais ou filhos!

Então, um ruído subiu das pessoas e esquentou Len inteiro, travou sua garganta e fez seus globos oculares arderem. Alguém jogou lenha na fogueira. Ela rugiu uma torrente de faíscas e um brilho amarelo das chamas, e àquela altura havia gente rolando no chão, homens e mulheres, arranhando a terra com os dedos e gritando. Os olhos deles estavam brancos e não era nada divertido. Sobre a multidão e a luz do fogo passava a voz do pregador, estridente feito um uivo e potente como um grande animal na noite.

— Se houver o mal em meio a vocês, que se revele!

Um rapaz magrelo com a barbinha brotando no queixo deu um salto. Ele apontou.

— Eu o acuso! — gritou. A espuma escorria, molhada, dos cantos da boca.

Em determinado lugar houve uma onda súbita e violenta. Um homem tinha se levantado e tentado fugir, e outros o pegaram. Os ombros deles arfavam e suas pernas dançavam, e as pessoas ao redor se encolheram, saindo do caminho, ao mesmo tempo em que os empurravam e puxavam. Por fim, arrastaram o homem de volta, e Len conseguiu vê-lo com clareza. Era o comerciante ruivo, William Soames. Mas agora o rosto dele estava diferente, pálido, imóvel e horrível.

O pregador, agachado na beira do carroção, com as mãos para o alto, gritou algo sobre raiz e galho. As pessoas começaram a despir o comerciante. Rasgaram a robusta camisa de couro das costas dele e a calça de camurça das pernas, deixando-o exposto, cru e branco. Usava botas macias nos pés, e uma delas saiu; a outra, eles esqueceram e deixaram no lugar. Em seguida, afastaram-se, e o comerciante ficou completamente sozinho no meio de um espaço aberto. Alguém jogou uma pedra.

Acertou Soames na boca. Ele cambaleou um pouco e ergueu os braços, mas veio outra pedra, e mais uma, e gravetos e torrões de terra, e sua pele branca ficou toda marcada e manchada. Ele se virou para lá e para cá, caindo, tropeçando, dobrando-se, tentando encontrar uma saída, tentando desviar dos golpes. A boca estava aberta e os dentes à mostra, com sangue correndo sobre eles e escorrendo para a barba, mas Len não conseguia ouvir se ele gritava ou não por causa do barulho que o grupo estava fazendo, uma tagarelice arfante gritando voraz e obscena, enquanto as pedras continuavam a acertá-lo. Em seguida, a multidão toda começou a se mover na direção do rio, empurrando o homem. Soames se aproximou, passou a carroça, passou pela sombra de onde Len assistia por entre os raios da roda, e o menino viu os olhos dele com nitidez. Os homens foram atrás dele, as botas caindo pesadamente no chão empoeirado, e as mulheres foram também, com o cabelo esvoaçando e pedras nas mãos. Soames caiu pela ribanceira para dentro do rio raso. Os homens e mulheres foram atrás dele e o cobriram do jeito que as moscas cobrem um pedaço de miúdos depois de um abate. As mãos deles subiram e desceram.

Len virou a cabeça e se deparou com Esaú pálido e chorando. O primo estava abraçando o meio do próprio corpo, curvado por cima dos braços. Os olhos dele estavam imensos e fixos. De repente, ele se virou e engatinhou às pressas por debaixo da charrete. Len disparou atrás dele, arrastando-se feito um caranguejo, com o ar escuro e rodopiando ao redor. Tudo em que conseguia pensar era nas pecãs que Soames lhe dera. Ficou enjoado e parou para vomitar, sentindo-se gelado. A multidão ainda gritava junto à margem do rio. Quando se endireitou, Esaú já sumira nas sombras.

Em pânico, correu entre as charretes e os carroções.

— Esaú! Esaú! — chamou.

Mas ninguém respondeu, ou, se respondeu, ele não conseguiu ouvir devido ao barulho do assassinato. Correu às cegas para um espaço aberto, de onde surgiu uma figura alta e imponente que estendeu braços compridos e o pegou.

— Len. Len Colter — disse a figura.

Era o sr. Hostetter. Len sentiu os joelhos cederem. Tudo ficou muito preto e quieto, e ele ouviu a voz de Esaú, depois a voz do sr. Hostetter, mas muito baixa e distante, como vozes carregadas pelo vento em um dia difícil. Em seguida, estava em um carroção, imenso e recendendo cheiros desconhecidos, e o sr. Hostetter empurrava Esaú para entrar logo depois dele. O primo parecia um fantasma.

— Você disse que seria divertido — disse Len.

— Eu não sabia que eles já tinham... — respondeu Esaú.

Ele soluçou e se sentou ao lado de Len, com a cabeça nos joelhos.

— Fiquem aqui. Tenho que pegar um negócio — avisou o sr. Hostetter.

Ele foi embora. Len levantou a cabeça e assistiu, com os olhos atraídos pelo brilho da fogueira e pela multidão que chorava, soluçava e berrava, oscilando para lá e para cá, gritando que estavam salvos. Glória, glória, aleluia, a dívida do pecado é a morte, aleluia!

O sr. Hostetter atravessou o espaço aberto correndo até o carroção de outro comerciante, estacionado ao lado de um grupo de árvores. Len não conseguia ver o nome na lona, mas tinha certeza de que era o carroção de Soames. Esaú também observava. O pregador retomara o sermão, agitando os braços para o alto.

O sr. Hostetter saltou do outro carroção e voltou correndo. Debaixo de um dos braços, carregava um bauzinho com talvez trinta centímetros de comprimento. Subiu no banco do carroção, e Len rastejou para a frente e pediu:

— Por favor. Posso sentar do seu lado?

Hostetter lhe entregou a caixa.

— Guarde isso aí dentro. Tá bom, pode subir. Cadê o Esaú?

Len olhou para trás. O primo estava encurvado no assoalho do carroção, com o rosto para baixo em um feixe de tecido caseiro. Ele o chamou, mas Esaú não respondeu.

— Desmaiou — disse Hostetter.

Ele desenrolou o chicote com um estalo e gritou com os cavalos. Os seis baios grandões se apoiaram como um só nos peitorais e o carroção entrou em movimento. Andou cada vez mais depressa, e a luz da fogueira ficou para trás, assim como o rugido da multidão. Lá estavam a estrada escura e a árvore escura ao lado dela, o cheiro de poeira e os campos pacíficos. Os cavalos desaceleraram para um ritmo mais tranquilo. O sr. Hostetter passou o braço em volta de Len, que se agarrou a ele.

— Por que eles fizeram aquilo? — perguntou Len.

— Porque têm medo.

— Do quê?

— Do ontem — respondeu o sr. Hostetter. — Do amanhã.

De repente, e com uma fúria assombrosa, ele os amaldiçoou. Len o encarou, boquiaberto. Hostetter fechou os maxilares com força no meio de uma palavra e balançou a cabeça. Len o sentia tremendo por inteiro. Quando tornou a falar, a voz dele estava normal, ou quase.

— Fique com o seu pessoal, Len. Você não vai encontrar nada melhor.

— Sim, senhor — murmurou Len.

Ninguém falou depois disso. O carroção balançava pela estrada e o movimento deixou Len mole, não a moleza boa do sono, mas daquele tipo doentio que vem com a exaustão. Esaú estava muito quieto na parte de trás. Finalmente os cavalos reduziram para um passo lento e Len viu que eles estavam de volta ao terreno da feira.

— Onde está o carroção de vocês? — perguntou Hostetter.

Len respondeu. Quando puderam vê-la, a fogueira já estava acesa de novo e o pai e o tio David estavam de pé ao lado dela. Pareciam severos e zangados e, quando os meninos desceram, não disseram nada além de agradecer a Hostetter por trazê-los de volta. Len olhou para o pai. Queria se ajoelhar e dizer: "Pai, eu pequei". Mas só conseguia ficar ali de pé e começar a soluçar e tremer de novo.

— O que aconteceu? — perguntou o pai.

Hostetter contou a ele, em duas palavras:

— Um apedrejamento.

O pai olhou para Esaú e o tio David, depois para Len e suspirou.

— Eles fazem algo assim muito de vez em quando, mas tinha que ser desta vez. Os meninos estavam proibidos, mas tinham que ir e tinham que ver isso. — Disse para Len: — Chega, menino. Chega, já acabou. — Ele o empurrou, sem muita urgência, na direção do carroção. — Vá lá, Lennie, vá para o seu cobertor e vá dormir.

Len se arrastou para debaixo do carroção, enrolou o cobertor em volta de si e ficou ali deitado. Uma sensação sombria e fraca o dominou, e o mundo começou a deslizar para longe, carregando consigo a memória do rosto moribundo de Soames. Através da lona, ouviu o sr. Hostetter dizer:

— Tentei alertar o sujeito hoje à tarde que os fanáticos estavam cochichando sobre ele. Eu o segui até lá esta noite para convencê-lo a vir embora. Mas cheguei tarde demais, não havia nada que eu pudesse fazer.

— Ele era culpado? — perguntou o tio David.

— De fazer proselitismo? Vocês sabem que não. Os homens de Bartorstown não fazem isso.

— Então ele era de Bartorstown?

— Soames veio da Virgínia. Eu o conhecia como comerciante e como ser humano.

— Culpado ou não, isso não é coisa de cristão — asseverou o pai, com pesar. — É blasfêmia. Mas, enquanto houver líderes enlouquecidos ou astutos o bastante para usar medos antigos, uma multidão dessas vai se tornar cruel.

— Todos nós temos nossos medos antigos — respondeu Hostetter.

Ele subiu no banco outra vez e foi embora. Len, porém, nunca ouviu o final da partida dele.

3

Três semanas tinham se passado, um ou dois dias a menos, e em Piper's Run já era outubro e uma tarde de Sabá. Len estava sentado sozinho no degrau lateral.

Depois de um tempo, a porta atrás dele se abriu e, pelos passos arrastados e a batida da bengala, ele soube que era a vó saindo. Ela fechou a mão surpreendentemente forte e ossuda ao redor do pulso dele e desceu dois degraus, depois se sentou, dobrando-se, rígida como uma vareta seca quando envergada.

— Obrigada, obrigada — disse a vó, e começou a arrumar as várias camadas de saia em volta dos tornozelos.

— Quer um tapete para colocar embaixo? Ou o seu xale? — perguntou Len.

— Não, está quente no sol.

Len tornou a se sentar ao lado dela. Com as sobrancelhas franzidas e a boca curvada para baixo, ele parecia quase tão velho quanto a vó, e muito mais solene. Ela o observava com atenção, e o neto começou a se sentir desconfortável, sabendo que ela o procurara de propósito.

— Você anda muito cismado esses dias, Lennie.

— É, acho que tô.

— Você não tá emburrado, não, né? Odeio birra.

— Não, vó. Tô emburrado, não.

— Seu pai estava certo em te castigar. Você desobedeceu, e agora você sabe que ele te proibiu pro seu bem.

Len assentiu.

— Eu sei.

O pai não tinha dado a surra esperada. Na verdade, fora mais gentil do que Len sonhava ser possível. Tinha falado muito a sério sobre o que Len fizera e o que vira e terminou com a declaração de que o filho não iria para a feira no ano seguinte, talvez nem no outro, a menos que até lá fosse capaz de provar que era confiável. Len considerava que o pai havia sido muito decente. O tio David sovara Esaú de cima a baixo. E como naquele momento Len não sentia que algum dia ia querer ver a feira outra vez, ser proibido de visitá-la não era sofrimento algum.

Ele disse isso, e a vó abriu seu sorriso ancião e desdentado e deu tapinhas carinhosos no joelho dele.

— Você vai mudar de ideia daqui a um ano. É aí que vai doer.

— Talvez.

— Bom, se não tá emburrado, então tem outro problema com você. O que é?

— Nada.

— Lennie, eu já lidei muito com meninos, e sei que nenhum menino naturalmente sadio fica amuado que nem você. E em um dia como este, mesmo que seja o Sabá.

Ela olhou para o céu azul profundo e farejou o ar dourado, em seguida olhou para as florestas que cercavam a fazenda, vendo-as não como grupos de árvores individuais, mas como um borrão glorioso de cores das quais ela já quase se esquecera o nome. Suspirou, meio de prazer, meio de melancolia.

— Parece que este é o único momento em que ainda se vê cores de verdade, quando as árvores mudam no outono. O mundo era cheio de cores. Você não acreditaria, Lennie, mas eu já tive um vestido tão vermelho quanto aquela árvore ali.

— Devia ser bonito.

Ele tentou imaginar a vó como uma menininha em um vestido vermelho, mas não foi capaz, em parte porque não conseguia imaginá-la como nada além de uma velha, em parte porque nunca tinha visto ninguém vestido de vermelho.

— Era lindo — disse a vó, devagarinho, e suspirou outra vez.

Eles ficaram sentados juntos no degrau sem conversar, olhando para o nada. Então, de repente, a vó disse:

— Eu sei o que tá incomodando você. Continua pensando no apedrejamento.

Len começou a tremer um pouco. Não queria, mas não conseguia parar. Ele soltou:

— Ai, vó, foi... Ele ainda estava com uma bota. Estava todo pelado, só com aquela bota, e estava engraçado. E eles continuaram jogando pedras...

Se fechasse os olhos, via de novo como o sangue e a terra escorriam juntos na pele branca do homem, e como as mãos das pessoas subiam e desciam.

— Por que eles fizeram aquilo, vó? Por quê?

— Melhor perguntar pro seu pai.

— Ele disse que eles estavam com medo, e que o medo faz gente burra fazer coisas perversas, e que eu devia rezar por eles. — Len passou as costas da mão no nariz com força. — Eu não rezaria nem uma palavra por eles, só para que alguém jogasse pedras neles.

— Você só viu uma coisa ruim — disse a vó, lentamente balançando a cabeça com a touca branca apertada, de um lado para o outro, com os olhos semicerrados, voltados para dentro. — Se tivesse visto as coisas que eu vi, saberia o que o medo pode fazer. E eu era mais nova que você, Lennie.

— Foi muito horrível, né, vó?

— Eu sou uma velha, uma velha bem velha, e ainda sonho... Tinha fogos no céu, fogos vermelhos, aqui e lá e ali. —

Sua mão descarnada apontou para três lugares em um semi-círculo na direção do oeste, indo do sul para o norte. — Eram cidades queimando. As cidades que eu costumava visitar com minha mãe. E vieram as pessoas de lá, e os soldados, e tinha abrigos em todo campo, e as pessoas lotavam os celeiros e as casas em qualquer lugar em que coubessem, todo nosso gado foi abatido para dar de comer para eles, quarenta cabeças de gado leiteiro do bom. Aquela foi uma época bem, bem ruim. É por misericórdia que alguém tenha sobrevivido.

— Foi por isso que mataram o homem? Porque tavam com medo de que ele pudesse trazer tudo isso de volta, as cidades e tudo mais?

— Não foi o que disseram na pregação? — indagou a vó, sabendo muito bem, já que ela mesma tinha ido às pregações muitas décadas antes, quando o terror provocara a grande ebulição de fé que pariu novas seitas e fortaleceu as antigas.

— Foi. Disseram que ele tentava os meninos com algum tipo de fruta, acho que se referiam à Árvore do Conhecimento, como diz na Bíblia. E disseram que ele vinha de um lugar chamado Bartorstown. O que é Bartorstown, vó?

— Pergunta pro seu pai — disse ela, e começou a mexer no avental. — Onde é que coloquei aquele lenço? Sei que eu estava com ele...

— Eu perguntei pro pai. Ele disse que esse lugar não existia.

— Humf — fez a vó.

— Ele disse que só as crianças e os fanáticos acreditavam nesse lugar.

— Bom, não vou te dizer nada diferente, então não tente me forçar.

— Não vou, vó. Mas já existiu, talvez muito tempo atrás?

A vó encontrou o lenço. Limpou o rosto e os olhos com ele e fungou, depois o guardou. Len esperou.

— Quando eu era menininha, teve uma guerra — contou a vó.

Len assentiu. O sr. Nordholt, o professor, havia contado a eles uma boa parte disso, e na cabeça de Len a história se conectara ao Livro da Revelação, grandioso e assustador.

— Ela durou um longo tempo, acho — continuou. — Eu me lembro de que na tevê eles falavam muito dela, mostravam imagens das bombas que formavam nuvens iguaizinhas a um cogumelo gigante, e cada uma podia arrasar uma cidade, sozinha. Ah, sim, Lennie, teve uma chuva de fogo vinda do céu, e muitos foram consumidos por ela! O Senhor a entregou ao inimigo por um dia para ser Seu açoite.

— Mas nós vencemos.

— Ah, sim, no final, vencemos.

— Eles construíram Bartorstown nessa época?

— Antes da guerra. O guverno que construiu. Isso foi quando o guverno ainda era em Washington, bem diferente do que é agora. Maior, de algum jeito. Não sei, uma menininha não liga muito pra essas coisas. Mas eles construíram um monte de lugares secretos, e Bartorstown era o mais secreto de todos, em algum canto mais para o oeste.

— Se era tão secreto, como a senhora sabe disso?

— Eles contaram na tevê. Ah, eles não disseram onde ficava ou para que serviria, e disseram que podia ser só um boato. Mas eu lembro do nome.

— Então era real! — disse Len, suavemente.

— Mas isso não quer dizer que ainda seja. Foi há muito tempo. Talvez seja como o seu pai falou, a lembrança dela sobreviveu com as crianças e os fanáticos. — Ela acrescentou, ríspida e em voz baixa, que ela mesma não era nem um nem outro. — Você deixe isso quieto, Lennie. Não faça nenhum negócio com o Diabo, e ele não fará nenhum negócio com você.

Você não quer que aconteça com você o que aconteceu com aquele homem na pregação.

Mais uma vez, Len ficou quente e frio pelo corpo todo. Mas, apesar disso, a curiosidade o fez perguntar:

— Bartorstown é um lugar tão terrível assim?

— É, se todo mundo achar que é — disse a vó, com uma sabedoria azeda. — Ah, eu sei! A vida toda tive que vigiar minha língua. Eu me lembro do mundo como ele era antes. Eu era só uma garotinha, mas já tinha idade pra isso, tinha quase a mesma idade que você. E me lembro muito bem de como viramos menonitas, quando antes não éramos. Às vezes eu queria... — Ela se interrompeu e olhou de novo para as árvores em chamas. — Eu amava mesmo aquele vestido vermelho.

Outro silêncio.

— Vó.

— Sim, que foi?

— Como eram as cidades, de verdade?

— Melhor perguntar pro seu pai.

— A senhora sabe o que ele sempre diz. Além disso, nunca viu uma cidade. A senhora sim, vó. A senhora se lembra.

— O Senhor, em Sua infinita sabedoria, destruiu todas as cidades. Não cabe a você questionar. Nem a mim.

— Eu não tô questionando... Só tô perguntando. Como elas eram?

— Eram grandes. Uma centena de Piper's Run não daria nem a metade de uma cidade pequena. Todas elas tinham asfalto duro, com calçadas dos lados para as pessoas, e estradas grandes e largas para os carros, e havia prédios grandes que subiam bem alto no céu. Elas eram barulhentas e o ar cheirava diferente, e tinha sempre um monte de gente correndo para lá e para cá. Eu sempre gostei de ir pra cidade. Na época ninguém achava que elas fossem perversas.

Os olhos de Len estavam arregalados, redondos.

— Elas tinham cinemas grandes, enormes, com assentos macios, e supermercados com o dobro do tamanho daquele celeiro ali, com todo tipo de comida, tudo em embalagens coloridas e brilhantes. As coisas que a gente podia comprar em qualquer dia da semana, coisas que você nem nunca ouviu falar, Lennie! Açúcar branco, nós não achávamos nada demais. Temperos, e vegetais frescos o inverno todo, congelados em tijolinhos. E as coisas que tinha nas lojas! Ai, tantas coisas, não sei nem por onde começar a te contar, roupas e brinquedos e lavadoras 'létricas, livros, rádios e aparelhos de tevê... — A vó balançava um pouco para a frente e para trás, e os olhos anciãos dela brilhavam. — No Natal. Ah, no Natal, as vitrines eram todas decoradas e tinha luzes e os corais! Todas as cores e brilhos e pessoas rindo. Não era perverso. Era maravilhoso.

O queixo de Len caiu. Ficou sentado desse jeito, boquiaberto, quando um passo pesado vibrou no assoalho vindo lá de dentro. Ele tentou dizer à vó que se calasse, mas ela se esquecera de que ele estava ali.

— Caubóis na tevê — balbuciou ela, buscando lá longe, atravessando as décadas problemáticas. — Música e mulheres em vestidos lindos que deixavam os ombros todos de fora. Eu pensava que ficaria como elas quando crescesse. Livros de fotos, e a lojinha do sr. Bloomer com sorvete e coelhos de chocolate na Páscoa...

O pai de Len saiu pela porta. O menino se levantou e desceu até o último degrau. O pai olhou para ele, e Len desmoronou por dentro, pensando que a vida não havia sido nada além de encrencas nas últimas três semanas. A vó prosseguia:

— Água que corria de torneiras brilhantes quando você as abria. E um banheiro bem dentro de casa, e luz 'létrica...

— Você fez ela falar? — perguntou o pai para Len.

— Não, de verdade. Ela que começou a falar sobre um vestido vermelho.

— Fácil — continuou a vó. — Tudo fácil, e claro, e confortável. Assim era o mundo. E aí acabou. Tão rápido.

— Mãe — chamou o pai de Len.

Ela olhou de soslaio para ele, os olhos como duas centelhas apagadas, ganhando vida e se acendendo.

— Chapéu plano — disse ela.

— Ah, mãe...

— Eu queria ter de volta. Queria ter um vestido vermelho, e uma tevê, e uma bela privada de porcelana branca, e todas as outras coisas. Era um mundo bom! Não queria que tivesse acabado.

— Mas acabou — asseverou o pai. — E a senhora é uma velha tonta por questionar a bondade de Deus. — Ele falava mais com Len do que com ela e estava muito zangado. — Alguma dessas coisas ajudou a senhora a sobreviver? Elas ajudaram o povo das cidades? Ajudaram?

A vó virou a cara e não respondeu.

O pai desceu e se postou na frente dela.

— A senhora me entende, mãe. Responde. Ajudaram?

Lágrimas surgiram nos olhos da vó, e o fogo dentro deles morreu.

— Sou uma velha. Não tá certo você gritar assim comigo.

— Mãe. Essas coisas ajudaram uma pessoa sequer a sobreviver?

Ela baixou a cabeça e a moveu lentamente de um lado para o outro.

— Não, e eu sei disso porque a senhora me contou como não chegava mais comida nos mercados, e nada funcionava nas fazendas porque não havia mais eletricidade nem combustível. E apenas aqueles que sempre viveram sem todos os luxos, que se viravam com as próprias mãos e não tinham nenhum negócio com as cidades, saíram dessa sem prejuízo e nos conduzi-ram pelo caminho da paz, da fartura e da humildade perante Deus. E a senhora ousa escarnecer dos menonitas! Coelhos de chocolate — zangou-se o pai, e bateu o pé na terra. — Coelhos de chocolate! Não é de se espantar que o mundo tenha caído.

Ele virou para incluir Len no círculo de sua ira.

— Vocês dois não têm gratidão nenhuma no coração? Não conseguem ficar agradecidos por uma boa colheita, boa saúde, uma casa quentinha e comida de sobra? O que mais Deus tem que dar para deixá-los felizes?

A porta tornou a se abrir. O rosto da mãe de Len apare-ceu, redondo e rosado e cheio de reprovação, emoldurado em uma touca branca justa.

— Elijah! Você está levantando a voz para a sua mãe? No dia do Sabá?

— Eu fui provocado — explicou o pai, respirando aspe-ramente pelo nariz por um ou dois minutos. Em seguida, em voz mais baixa, ele disse a Len: — Vá para o celeiro.

O coração de Len afundou até os joelhos. Ele começou a atravessar o quintal arrastando os pés. A mãe saiu pela porta e parou nos degraus.

— Elijah, o dia do Sabá não é o momento...

— É para o bem da alma do garoto — falou o pai, com uma voz que significava fim de papo. — Deixe por minha con-ta, por favor.

A mãe balançou a cabeça, mas voltou para dentro. O pai caminhou atrás de Len para as portas abertas do celeiro. A vó ficou sentada nos degraus onde estava.

— Eu não ligo. Aquelas coisas eram boas — murmurou ela. Depois de um instante, repetiu, ferozmente: — Boas, boas, *boas*!

Lágrimas escorriam devagar por suas bochechas, caindo no colo de seu vestido caseiro simples.

Dentro do celeiro quente, cheio de sombras e doce com o feno armazenado, o pai pegou a alça do arreio pendurado em um prego na parede e Len tirou a jaqueta. Ele esperou, mas o pai ficou ali olhando para ele com o cenho franzido, passando o couro maleável pelos dedos. Finalmente, ele disse:

— Não, não é assim.

E pendurou o arreio de volta na parede.

— O senhor não vai me bater? — murmurou Len.

— Não pela tolice de sua avó. Ela é muito velha, Len, e as pessoas muito velhas são como crianças. Além disso, ela viveu anos terríveis e trabalhou duro e sem reclamar durante uma vida bem longa. Talvez eu não devesse culpá-la muito por pensar nas coisas mais fáceis que ela tinha durante a infância. E suponho que não faça parte da natureza de um garoto humano não dar ouvidos a isso.

Ele se virou, caminhando de um lado para o outro, acompanhando os pilares, e, quando parou, se manteve de costas para Len.

— Você viu um homem morrer. Esse é o seu problema, não é? E a causa dessas perguntas todas?

— É, pai. Não consigo me esquecer daquilo.

— Não se esqueça — disse o pai, com repentina veemência. — Já que viu, lembre-se sempre da situação. Aquele homem escolheu determinado caminho, e esse caminho o levou a determinado fim. O caminho do transgressor sempre foi difícil, Len. Nunca será fácil.

— Eu sei. Mas só porque ele veio de um lugar chamado Bartorstown...

— Bartorstown é mais do que um lugar. Não sei se ele existe ou não, no mesmo sentido em que Piper's Run existe; e se não existir, não sei se qualquer uma das coisas que dizem sobre ele é verdade. Se são ou não, não vem ao caso. Os homens acreditam nelas. Bartorstown é um modo de pensar, Len.

O comerciante foi apedrejado até a morte porque escolheu esse modo.

— O pregador disse que ele queria trazer as cidades de volta. Bartorstown é uma cidade, pai? Eles têm coisas como a vó tinha quando era pequena?

O pai se virou e colocou as mãos nos ombros de Len.

— Muitas e muitas foram as vezes, Len, que meu pai me bateu, aqui neste mesmo lugar, por fazer perguntas como essa. Ele era um homem bom, mas era como o seu tio David, mais ligeiro com o arreio do que com a língua. Ouvi todas as histórias, da mãe e de todas as pessoas da geração antes dela que continuavam vivas e se lembravam ainda melhor do que ela. Eu costumava pensar em como deveriam ser bons todos aqueles luxos e me perguntava por que eram tão pecaminosos. E o pai me disse que eu ia direto pro inferno desse jeito, me espancou até eu mal conseguir parar de pé. Ele mesmo tinha vivido a Destruição, e o medo de Deus era mais forte no coração dele do que no meu. Aquele foi um remédio amargo, Len, mas não tenho certeza se não me salvou. E, se for preciso, vou tratar você da mesma forma, embora eu preferisse que você não me forçasse a isso.

— Não vou, pai — prometeu Len, depressa.

— Espero que não. Porque, entenda, Len, é tudo tão inútil... Esqueça por um momento se é pecado ou não, pense apenas nos fatos. Todas aquelas coisas de que a vó fala, as tevês, os carros, as ferrovias e os aviões, tudo dependia das cidades. — Ele franziu o cenho e fez movimentos com as mãos, tentando explicar. — Concentração, Len. Organização. Como o mecanismo de um relógio, cada pecinha dependia de todas as outras pecinhas para poder funcionar. Um homem não produzia um automóvel do jeito que um bom fabricante de carroças produz um carroção. Era preciso milhares de homens, todos trabalhando juntos, e dependendo de milhares de outros homens em outros lugares para produzir o combustível e a borracha para que os automóveis pudessem rodar quando eles os construíssem. Eram as cidades que tornavam essas coisas possíveis, Len, e quando as cidades se foram, essas coisas não eram mais possíveis. Então nós não as temos. Nós nunca as teremos.

— Nunquinha, até o fim do mundo? — perguntou Len, com uma sensação melancólica de perda.

— Isso está nas mãos do Senhor. Mas não viveremos tanto quanto o mundo. Len, daria no mesmo desejar pelos Faraós do Egito ou pelas coisas que se perderam na Destruição.

Len assentiu, pensando profundamente.

— Mas eu ainda não entendo, pai... Por que eles tinham que *matar* o homem?

O pai suspirou.

— Os homens fazem o que acreditam ser o correto ou o que julgam ser necessário para se protegerem. Um flagelo terrível veio a este mundo. Aqueles de nós que sobrevivemos a ele trabalhamos e lutamos e suamos por duas gerações para nos recuperarmos dele. Agora somos prósperos e estamos em paz, e ninguém quer que o flagelo retorne. Quando encontramos homens que parecem carregar as sementes dele, tomamos medidas contra esses indivíduos, segundo nossas próprias maneiras. E algumas maneiras são violentas. — Ele entregou a própria jaqueta para Len. — Aqui, vista isto. Quero que você vá para os campos, olhe ao seu redor e pense no que está vendo, e quero que peça a Deus pelo maior presente que Ele tem o poder de dar: um coração satisfeito. Quero que pense no homem morto como um sinal que lhe foi dado para lembrar da dívida da tolice, que é tão ruim quanto a dívida do pecado.

Len vestiu o casaco. Assentiu e sorriu para o pai, amando-o.

— Só mais uma coisa — acrescentou o pai. — Esaú te convenceu a ir para aquela pregação.

— Eu não falei...

— Você não precisou, eu conheço você e conheço Esaú. Agora vou te dizer uma coisa, e você não precisa repetir. Esaú é teimoso, faz questão de ser o líder da boiada e genioso em tudo, só para mostrar que é esperto. Nasceu pra encrenca, assim como as faíscas voam para o alto, e não quero você correndo atrás dele feito um cachorrinho. Se acontecer outra vez, você vai levar uma surra de criar bicho. Entendeu?

— Sim, *senhor*!

— Então vá.

Len não fez o pai falar de novo. Foi-se embora, atravessando o quintal. Passou pelo portão e pela estrada de carroças e saiu pelo campo oeste, movendo-se lentamente, com a cabeça baixa e os pensamentos dando voltas lá dentro até doer.

No dia anterior os homens tinham cortado milho ali, as facas compridas falciformes fazendo *uí-uí-uí* contra os talos farfalhantes, e os meninos tinham deixado o milho pronto para secar. Len gostava da colheita. Todo mundo se reunia e se ajudava, e havia certa empolgação nisso, uma sensação de vitória final na batalha que você havia travado desde o momento do plantio, uma sensação de se aconchegar para o inverno que era tão correta e natural como a queda das folhas e as preparações dos esquilos. Len arrastou os pés devagar entre as fileiras cortadas e as altas pilhas de milho secando e sentiu o cheiro do sol no milho seco e ouviu o crocitar dos corvos em algum ponto na borda da floresta. Foi aí que as cores das árvores começaram a afetá-lo. De repente, ele se deu conta de que toda a paisagem estava em chamas, ardendo de beleza, e seguiu caminhando em direção às florestas, mantendo a cabeça erguida para ver as cristas vermelhas e douradas contra o céu. Havia um amontoado de sumagres à beira do campo, tão triunfantemente escarlates que o fizeram piscar. Ele parou ao lado das plantas e olhou para trás.

Dali conseguia enxergar quase toda a fazenda, o padrão elegante dos campos, as cercas contra cobras em bom estado, as construções firmes e bem cobertas com telhados de madeira desgastados pelo tempo até chegar a uma cor cinza-prateada que reluzia ao Sol. Ovelhas comiam no pasto superior, enquanto no inferior ficavam as vacas, a égua do arreio e a parelha de cavalos grandes e musculosos de puxar carga, todos brilhosos e gordos. O celeiro e o armazém de grãos estavam cheios. O porão onde guardavam vegetais e raízes estava cheio. A despensa de primavera também estava cheia, e na despensa de casa havia panelas, jarros, mantas de bacon, presuntos fresquinhos do defumadouro, e eles tinham tirado cada uma dessas coisas da terra com as próprias mãos. Uma sensação de calidez começou a se espalhar por Len, e com ela veio um amor mudo e passional por aquele lugar que ele estava olhando, os campos e a casa, o celeiro, as florestas rudes, o céu. Ele entendeu o que o pai queria dizer. Era bom, e Deus era bom. Entendeu o que o pai queria dizer sobre um coração satisfeito. Orou. Quando terminou a prece, virou-se e adentrou em meio às árvores.

Tinha passado por ali com tanta frequência que havia formado uma trilha estreita entre a vegetação rasteira. O passo de Len estava leve naquele momento, e sua cabeça, erguida. Seu chapéu de aba larga se prendeu nos galhos baixos e ele o retirou. Logo tirou o casaco também. A trilha se juntou a outra, usada por corças. Várias vezes precisou se abaixar em busca de sinais recentes e, quando cruzou um espaço aberto com grama alta, deparou-se com os círculos esmagados onde a corça dormira.

Em poucos minutos, chegou a uma clareira comprida. A vegetação rasteira diminuiu, expulsa pelas sombras dos poderosos bordos que cresciam ali. Len se sentou e enrolou o casaco, em seguida deitou de barriga para cima, com o casaco debaixo da cabeça, e olhou para as árvores. Os galhos formavam um desenho preto sinuoso segurando uma nuvem de folhas douradas e, acima delas, o céu estava tão azul e tão profundo e imóvel que passava a sensação de ser possível se afogar nele. De tempos em tempos, uma chuva de folhas caía, pairando devagar, colorida, no ar silencioso. Len meditava, mas seus pensamentos não tinham mais um formato. Pela primeira vez desde a pregação, eram meramente felizes. Depois de algum tempo, com uma sensação de paz absoluta, ele adormeceu. E então, de repente, acordou já se sentando, o coração martelando e o suor brotando na pele.

Ouviu um som na floresta.

Um som que não parecia apropriado. Não parecia ter sido feito por algum animal ou pássaro ou vento ou galho de árvore. Era um estalar e um sibilar e um guincho, tudo misturado, e no meio disso tudo veio um súbito rugido. Não foi alto, soou baixo e distante, e ainda assim, ao mesmo tempo, parecia não vir de muito longe. Como se tivesse sido cortado com uma faca, o som parou.

Len ficou de pé e prestou atenção.

Ouviu de novo, mas bem de leve dessa vez, muito furtivamente, misturando-se ao farfalhar da brisa nos galhos altos. Len se sentou e tirou os sapatos. Em seguida, caminhou descalço sobre o musgo e a grama até o final da clareira, depois, com todo o silêncio que era capaz, seguiu o leito de um riachinho até a vegetação rasteira rarear de novo em uma plantação de abóboras. Passou por elas, arrastou-se agachado por umas moitas de figueira-do-inferno e rastejou de quatro até conseguir olhar para o outro lado. O som não tinha ficado mais alto, mas estava mais próximo. Bem mais próximo.

Depois das figueiras-do-inferno, havia um barranco gramado onde violetas cresciam com fartura na primavera. Tinha formato de cunha, formado onde o córrego que dava nome ao vilarejo deslizava para dentro do Pymatuning, lento e amarronzado. Havia uma árvore grande inclinada no ponto mais extremo do barranco, com metade das raízes expostas pelo recorte que a terra sofria na época das cheias. Era um lugar com o máximo de privacidade que se poderia encontrar em uma tarde de Sabá em outubro, no coração e no cerne da floresta, no ponto mais distante das fazendas dos dois lados do rio.

Esaú estava lá. Sentado encolhido sobre um tronco no chão, e o ruído vinha de algo que ele segurava entre as mãos.

4

Len saiu do meio das figueiras-do-inferno. Esaú deu um pulo, em pânico, culpado. Tentou fugir, esconder o objeto atrás do corpo e se desviar de um golpe esperado, tudo ao mesmo tempo, e, quando viu que era apenas Len, tornou a cair no tronco como se os joelhos tivessem cedido sob seu peso.

— Pra que você faz uma coisa dessas? — esbravejou, entre dentes. — Pensei que era o pai.

As mãos dele tremiam. Ainda tentavam cobrir e esconder o que estavam segurando. Len parou onde estava, espantado com o susto de Esaú.

— O que você tem aí? — perguntou ele.

— Nada. Só uma caixa velha.

Era uma mentira bem medíocre. Len a ignorou. Aproximou-se de Esaú e olhou. A coisa tinha o formato de caixa. Era pequena, com só alguns centímetros de largura, e achatada. Era feita de madeira, mas havia algo de diferente na aparência dela comparada com a de qualquer outro objeto de madeira que Len já tivesse visto. Ele não sabia dizer com precisão qual era a diferença, mas estava lá. Tinha aberturas curiosas e botões espetados para fora, e em um ponto havia um pouco de linha encaixado em um recuo, só que essa linha era metálica. Ela zumbia e sussurrava sozinha.

Impressionado e um tanto assustado, Len perguntou:

— O que é?

— Sabe aquele negócio de que a vó fala de vez em quando? De onde as vozes saem pelo ar?

— Tevê? Mas aquilo era grande e tinha imagens.

— Não. Tô falando da outra coisa, que tinha só vozes.

Len respirou fundo, vacilando, e soltou o ar de novo em um "A-ah!" trêmulo. Estendeu um dedo e tocou a caixa murmurante muito de leve, só para ter certeza de que ela estava mesmo ali.

— Um rádio?

Esaú pousou a caixa sobre os joelhos e a segurou firme com uma das mãos. A outra disparou e pegou Len pela frente da camisa. O rosto dele tinha tanta ferocidade que Len não tentou escapar ou resistir. De qualquer maneira, ele tinha medo de lutar — imagina se o rádio se quebrasse.

— Se você contar para alguém, eu te mato. Juro que te mato — ameaçou Esaú.

Ele parecia estar falando sério, e Len não o culpava.

— Não vou contar, Esaú. De verdade, juro-com-a-mão--na-Bíblia. — Os olhos dele foram atraídos de volta para o objeto maravilhoso, apavorante, mágico no colo de Esaú. — Onde você arrumou isso? Ele funciona? Dá pra ouvir vozes com ele?

Ele se encolheu até o queixo estar quase pousado na coxa de Esaú.

A mão do primo se recolheu da camisa de Len e voltou a afagar a superfície lisa de madeira da caixa. De perto assim, Len notou que havia lugares desgastados em volta dos botões, causados pelo roçar de dedos, e que um canto estava lascado. Esses detalhes íntimos tornaram a caixa subitamente real. Alguém havia sido dono dela e a usado por muito tempo.

— Eu roubei. Era do Soames, aquele comerciante — revelou Esaú.

O nervo familiar se retesou e vibrou na barriga de Len. Ele recuou um pouco e olhou para Esaú, em seguida para tudo ao redor, como se esperasse que pedras começassem

a voar na direção deles vindas das moitas de figueira-do-
-inferno.

— Como *você* pegou? — indagou, inconscientemente abaixando a voz.

— Você lembra que quando o sr. Hostetter colocou a gente no carroção, ele foi buscar alguma coisa?

— Lembro, ele pegou uma caixa no carroção do Soames... Ah!

— Estava na caixa. Tinha outras coisas também, livros, eu acho, e umas bugigangas, só que estava escuro e eu não me atrevi a fazer barulho. Mas dava para *sentir* que isto aqui era diferente, como as coisas antigas de que a vó fala. Escondi debaixo da minha camisa.

Len balançou a cabeça, mais por admiração do que por reprovação.

— E o tempo todo nós achamos que você estava desmaiado. O que te fez fazer isso, Esaú? Quero dizer, como é que você sabia que havia alguma coisa na caixa?

— O Soames era de Bartorstown, não era?

— Isso foi o que disseram na pregação. Mas... — Len se interrompeu quando uma verdade complementar lhe ocorreu, brilhando com uma luz intensa. Ele olhou para o rádio. — Ele era de Bartorstown. E existe uma Bartorstown. É real.

— Quando vi o Hostetter voltando com aquela caixa, eu simplesmente tive que olhar dentro dela. Se fossem moedas ou algo assim, eu não teria colocado a mão, mas isto... — Esaú passou os dedos pelo rádio, virando-o com delicadeza nas mãos. — Olha só estes botões e o jeito como esta parte aqui é feita. Não daria para fazer isto à mão nas casas de ferreiro de vilarejo nenhum, Len. Deve ter sido feito à máquina. O jeito como tudo é montado, e dentro... — Ele semicerrou os olhos para enxergar pelas aberturas gradeadas, tentando fazer a luz refletir no que havia além delas. — Dentro, tem as coisas mais esquisitas. — Ele soltou o aparelho de novo. — Eu não sabia o que era, no começo. Só sentia como era. Eu tinha que ficar com ele.

Len se levantou devagar. Caminhou até a beira da margem e olhou para baixo, para a água marrom e transparente, ínfera e frouxa e meio coberta de folhas vermelhas e douradas.

— Qual é o problema? — perguntou Esaú, nervoso. — Se pensar em contar, vou falar que você o roubou comigo. Vou dizer...

— Eu não vou contar — defendeu-se Len, zangado. — Você estava com o negócio esse tempo todo e nunca me contou, e eu posso guardar segredo tão bem quanto você.

— Fiquei com medo de contar. Você é novo, Lennie, e está acostumado a obedecer a seu pai. — Ele acrescentou, com um pouco de verdade: — E, também, a gente mal se viu desde a pregação.

— Não importa — disse Len. Importava sim, é claro, e ele estava magoado e indignado por Esaú não ter confiado nele, mas não deixaria o primo saber disso. — Eu só estava pensando.

— Em quê?

— Bom, o sr. Hostetter conhecia o Soames. Foi até a pregação para tentar ajudar ele, e daí pegou a caixa no carroção do Soames. Talvez...

— É. Eu pensei nisso. Talvez o sr. Hostetter também seja de Bartorstown, e não da Pensilvânia — disse Esaú.

Imagens vastas de possibilidades maravilhosas e aterrorizantes se abriram na mente de Len. Ele ficou ali na margem do Pymatuning enquanto as folhas douradas e escarlates caíam, os corvos soltavam sua risada áspera e zombeteira e os horizontes se ampliavam e brilhavam ao redor dele até o deixarem tonto. E então lembrou por que estava ali, ou melhor, por que o pai o enviara para os campos e a floresta para meditar, e como ele tinha feito as pazes com Deus e com o mundo tão pouco tempo antes, e como a sensação tinha sido boa. Tudo tinha sumido de novo.

Ele se virou.

— Dá pra ouvir vozes com ele?

— Ainda não consegui. Mas vou continuar tentando até ouvir — disse Esaú.

Os dois tentaram naquela tarde, cautelosamente girando um botão e depois outro. Esaú virou um demais, ou Len jamais teria ouvido. Eles não tinham nem a mais remota ideia de como um rádio funcionava ou para que serviam os botões, as aberturas e o fio de arame. Restava-lhes apenas experimentar, e só recebiam o estalo e o chiado e os guinchos, àquela altura familiares. Mas até isso era motivo de espanto. Era um som nunca ouvido, cheio de mistério e um senso de espaços grandes e invisíveis, e ele era produzido por uma máquina. Só desistiram depois que o sol estava tão baixo que ficaram com medo de continuar ali. Então Esaú escondeu o rádio com cuidado em uma árvore oca, embrulhando-o primeiro em um pedaço de lona e certificando-se de que o botão principal estava todo virado para um lado até clicar e não se ouvir mais som algum, para evitar que o zumbido e os estalos atraíssem a atenção de algum caçador ou pescador.

Aquela árvore oca virou o centro dos dias de Len e era a coisa mais empolgante e loucamente frustrante que se podia imaginar. Apesar de ter um motivo para ir até a floresta, parecia quase impossível encontrar tempo e desculpas para isso. O clima mudou, ficando frio e intragável, com chuva e princípio de neve e depois nevascas. O gado teve que ser colocado no celeiro, e aí não havia muito tempo para fazer mais nada além de alimentar animais, dar de beber para eles e limpar uma casa cheia de bichos. Havia a ordenha e o galinheiro para cuidar, e era preciso ajudar a mãe a produzir e carregar pela casa lenha para o fogão e coisas do tipo.

Depois das tarefas matutinas, quando nem estava claro ainda, o garoto caminhava penosamente os dois quilômetros e meio até o vilarejo por estradas que em um dia estavam fundas de lama, e, em outro, congeladas e duras feito ferro, com os sulcos do dia anterior imortalizados em gelo. No lado oeste da praça do vilarejo, depois do ferreiro, mas antes do sapateiro, ficava a casa do sr. Nordholt, o professor, e lá, com os outros jovens de Piper's Run, Len lutava com suas somas e suas letras, sua leitura e sua história da Bíblia até o meio-dia, quando era liberado para caminhar de volta para casa. Depois disso, havia outras tarefas. Len com frequência sentia que tinha mais afazeres do que o pai e o irmão James juntos.

O irmão James tinha 19 anos e estava planejando se casar com a filha mais velha do sr. Spofford, o moleiro. Ele era muito parecido com o pai, parrudo, forte e quieto, orgulhoso de sua bela barba nova, apesar do fato de ela ser quase cor-de-rosa. Quando o tempo estava bom para isso, Len ia com ele e com o pai até a área da floresta reservada ao fornecimento de madeira, ou saíam para consertar cercas ou limpar as sebes, e às vezes iam caçar, tanto pela carne quanto pelas peles, porque nada era desperdiçado nem jogado fora. Havia corças, guaxinins, gambás e marmotas em certas épocas do ano, e esquilos, e rumores de ursos nas partes mais selvagens das colinas da Pensilvânia que talvez pudessem vagar até Ohio; às vezes, se o inverno fosse muito ruim, ouviam boatos de lobos ao norte, depois dos lagos. Havia raposas para manter longe do galinheiro, ratos para manter longe do milho e coelhos para manter longe do pomar viçoso. E toda noite havia a ordenha de novo, e as tarefas do fim do dia, e daí jantar e cama. Não sobrava muito tempo para o rádio.

No entanto, dormindo ou acordado, o negócio nunca saía da cabeça dele. Duas coisas estavam conectadas ao rádio, uma lembrança e um sonho. A lembrança envolvia a morte de Soames. O tempo o transfigurara até ele ficar mais alto e mais nobre e esplêndido do que qualquer comerciante ruivo já tinha sido, e a luz da fogueira a iluminá-lo se fundira à glória do martírio. O sonho envolvia Bartorstown. Surgia a partir das histórias da vó, de trechos de sermões e de descrições do Paraíso. A cidade tinha edifícios altos e brancos que se elevavam bem alto no céu, era cheia de cores, sons e gente vestida de um jeito esquisito e ardia de tanta luz, e nela havia todo tipo de coisa que a vó contou, máquinas, luxos e prazeres.

A parte mais agoniante do radiozinho era que tanto ele quanto Esaú sabiam se tratar de um elo com Bartorstown; se eles simplesmente compreendessem como utilizá-lo, poderiam mesmo ouvir pessoas falando de lá e sobre ela. Podiam até aprender onde a cidade ficava e como uma pessoa conseguia chegar lá se decidisse viajar. Mas era tão difícil para Esaú ir até a floresta quanto era para Len, e, nos poucos momentos roubados deles, não conseguiam tirar nada do rádio, apenas ruídos sem sentido.

Len quase não aguentava resistir à tentação de fazer perguntas sobre rádios para a vó. Mas não ousava e, de qualquer forma, tinha certeza de que ela não saberia mais do que ele a respeito.

— Precisamos de um livro — sugeriu Esaú. — É disso que a gente precisa. Um livro que nos conte tudo sobre essas coisas.

— Ah, é. Claro. Mas onde é que você vai arranjar um livro? — perguntou Len.

Esaú não respondeu.

As fortes ondas de frio rolavam vindas do norte e do noroeste, uma após a outra. A neve caía e depois derretia com um sopro mais quente vindo do sul, e a lama que ela deixava para trás congelava de novo quando a temperatura tornava a despencar. Às vezes chovia, uma chuva muito fria e deprimente, e a madeira exposta pingava. A pilha de estrume atrás do celeiro se tornava um alpe marrom e coalhado de palha. E Len pensava.

Fosse pelo estímulo do rádio ou simplesmente porque estava crescendo, ou pelas duas coisas, ele via tudo em seu entorno com outros olhos, como se tivesse conseguido se distanciar para impedir que a visão borrasse por estar perto demais das coisas. Não fazia isso o tempo todo, é claro. Estava ocupado demais, cansado demais. Mas de vez em quando via a vó sentada junto ao fogo, tricotando com as mãos velhas, muito velhas e instáveis, e pensava em quanto tempo fazia que ela estava viva e em tudo o que ela presenciara, e sentia pena dela por ser tão velha enquanto a bebê Esther, uma cópia diminuta da mãe de Len com a touquinha pequenina, avental e saias volumosas, era nova e estava apenas começando a vida.

Via a mãe, sempre trabalhando em alguma coisa, lavando, costurando, fiando, tecendo, fazendo colchas, certificando-se de que a mesa estava cheia de comida para os homens famintos, uma mulher robusta, respeitável, muito gentil e quieta. Via a casa em que vivia, os cômodos caiados familiares, dos quais conhecia cada fissura e nó das paredes de madeira. Era uma casa antiga. A vó dizia que fora construída apenas um ou dois anos depois da igreja. Os pisos ondulavam para todo lado e as paredes eram inclinadas, mas ela ainda era sólida como uma montanha, feita de tábuas grandes pelo primeiro Colter que chegou lá, muitas gerações antes da Destruição. No entanto, não era muito diferente das casas novas que estavam sendo construídas. As que tinham sido construídas na infância da vó ou logo antes eram as que realmente pareciam engraçadas, coisinhas achatadas de teto reto que precisavam, em sua maioria, ter as laterais refeitas com madeira, e suas janelas grandes e escancaradas tapadas com placas de madeira. Ele se esticava para tentar tocar o teto, imaginando que no ano seguinte conseguiria. Uma grande onda de amor o dominava e ele pensava: *Eu nunca vou deixar este lugar, nunca!* E sua consciência o feria com uma dor física, porque ele sabia que estava cometendo um erro ao brincar com o rádio proibido e o sonho proibido de Bartorstown.

Pela primeira vez, ele realmente viu o irmão James e o invejou. O rosto dele era tão liso e plácido quanto o da mãe, sem nem uma centelha de curiosidade. Ele não ligaria nem que existissem vinte Bartorstown do outro lado do Pymatuning. Tudo o que queria era se casar com Ruth Spofford e ficar exatamente onde estava. Len tinha a leve impressão de que o irmão James era um dos felizardos que nunca tivera que rezar por um coração satisfeito.

Já o pai era diferente. O pai tivera que lutar. A luta deixara vincos em seu rosto, mas eram vincos bons, fortes. E o contentamento dele era diferente daquele do irmão James. Não tinha simplesmente acontecido. O pai precisara suar para isso, do jeito que se faz para conseguir uma boa colheita em um campo infecundo. Dava para sentir quando se estava perto dele, se uma pessoa pensasse a respeito, e era algo bom, algo que ela sentiria vontade de conseguir para si.

Mas será que poderia? Uma pessoa poderia abrir mão de todos os mistérios e maravilhas do mundo? Conseguiria jamais os ver e jamais desejar os ver? Poderia interromper a ansiedade esperançosa no aguardo de ouvir uma voz vinda do nada, saindo de uma caixinha quadrada?

Em janeiro, logo depois da virada do ano, em uma noite de Sabá, ocorreu uma tempestade de gelo. Na segunda-feira de manhã, Len foi para a escola quando o sol estava nascendo, e toda árvore, graveto e erva morta e dura brilhava com uma glória fria. Ele se demorou no caminho, olhando para as florestas familiares transformadas em algo desconhecido e cintilante como uma floresta de gelo — uma visão mais rara e adorável do que a neve que se agarrava e deixava tudo em um branco silencioso e imóvel —, e estava atrasado quando atravessou a praça do vilarejo, passando pelo volumoso monumento de granito que diziam ser em memória dos veteranos de todas as guerras, erguido pelos cidadãos de Piper's Run. Antigamente havia uma águia de bronze ali, mas não restava mais nada dela, apenas um calombo de metal corroído no formato de duas garras. O monumento havia sido todo envolto em gelo, e o chão estava escorregadio sob os pés de Len. Cinzas tinham sido jogadas nos degraus da casa do sr. Nordholt. Len subiu com dificuldade até o alpendre e entrou.

A sala ainda estava gelada, apesar do fogo crepitando atrás da grade da lareira. O teto era imensamente elevado, as portas duplas muito altas, e as janelas bem compridas, de modo que vazava mais frio para dentro do que uma lareira conseguia dar conta com tranquilidade. As paredes eram de gesso caiado, com marcenaria ornamental polida até deixar à mostra o grão escuro original na nogueira-preta nativa. Os estudantes se sentavam em bancos rústicos, sem encosto, mas com mesas compridas de cavalete diante deles. Eram dispostos conforme o tamanho, os menores na frente e os maiores atrás, meninas de um lado, meninos do outro. Havia 23 deles no total. Cada um tinha uma plaquinha de lousa lisa, um lápis barulhento e um trapinho, e tudo o que aprendiam, tirando as somas, vinha da Bíblia.

Naquela manhã estavam todos sentados muito imóveis, com as mãos no colo, cada um tentando se camuflar na sala feito um coelho na sebe para não ser notado. O sr. Nordholt estava de pé na frente deles. Era um sujeito alto e magro, com uma barba branca e uma expressão de severidade gentil que assustava apenas os mais novinhos. Naquela manhã, porém, ele estava zangado. Estava nitidamente zangado, com uma ira imponente e indignada, e os olhos vidrados com uma expressão tão feia para Len que ele fraquejou ao vê-la. E não estava sozinho. O sr. Glasser também estava lá, assim como o sr. Harkness, o sr. Clute, e o sr. Fenway. Eles eram a lei e o conselho de Piper's Run, e estavam sentados rigidamente em uma fileira encarando tempestuosamente os alunos.

— Se puder fazer a gentileza de tomar seu lugar, *senhor* Colter... — disse o sr. Nordholt.

Len deslizou para seu lugar no banco de trás sem parar no caminho para tirar o casaco mais grosso de usar na rua nem o cachecol em volta do pescoço. Ficou ali tentando parecer pequeno e inocente, perguntando-se o que raios seria o problema e pensando com culpa no rádio.

— Por três dias durante o Ano-Novo eu estive em Andover, visitando minha irmã — contou o sr. Nordholt. — Não tranquei a porta de casa quando saí, porque nunca foi necessário trancar nossas portas contra ladrões em Piper's Run.

A voz dele estava embargada com alguma emoção muito forte. Len soube que algo ruim acontecera e repassou rapidamente as próprias ações naqueles três dias, mas não achou nada que pudesse ser usado contra ele.

— Alguém entrou nesta casa durante minha ausência e roubou três livros — anunciou o sr. Nordholt.

Len enrijeceu-se no assento. Lembrou-se de Esaú dizendo que precisavam de um livro...

— Esses livros são propriedade da comunidade de Piper's Run — prosseguiu o sr. Nordholt. — Datam da era pré-Destruição e, portanto, são insubstituíveis. E não servem para futilidades ou uso indiscriminado. Eu os quero de volta.

Ele se afastou para o lado e o sr. Harkness se levantou. Era baixo e atarracado, com as pernas tortas de andar a vida toda atrás do arado, e sua voz tinha um rangido enferrujado. Ele sempre fazia as preces mais compridas nas reuniões. Naquele momento, olhava para as fileiras de bancos com dois olhinhos inflexíveis que geralmente eram tão amistosos quanto os de um beagle. Anunciou:

— Agora, vou perguntar para vocês, um de cada vez, se vocês os pegaram ou se sabem quem pegou. E não quero nenhuma mentira nem falsos testemunhos.

Ele caminhou a passos pesados até o canto da esquerda e começou por ali, emparelhando os bancos até o final e voltando. Ouvindo os monótonos "Não, sr. Harkness" se aproximarem cada vez mais, Len suava profusamente e tentava soltar a língua. Afinal de contas, não sabia se tinha sido Esaú. "Não apresentarás falso testemunho", o sr. Harkness tinha acabado de entoar, e parecer culpado quando você não é era um tipo de falso testemunho. Além do mais, se eles procurassem com atenção, eram capazes de descobrir sobre o...

O olho e o dedo de Harkness apontavam diretamente para ele.

— Não, sr. Harkness — disse Len.

Parecia-lhe que toda a culpa e todo o medo do mundo soavam, ruidosos e trêmulos, naquelas três palavras, mas o sr. Harkness prosseguiu. Quando chegou ao final da última fileira, falou:

— Muito bem. Talvez vocês todos estejam dizendo a verdade, talvez não. Nós descobriremos. Agora, vou dizer uma coisa. Se vocês virem um livro que sabem que não pertence à pessoa que está com ele, devem procurar a mim, ou ao sr. Nordholt, ou ao sr. Glasser, ou ao sr. Clute, ou ao sr. Fenway. Devem pedir a seus pais que façam o mesmo. Estamos entendidos?

Sim, sr. Harkness.

— Oremos. Ó, Deus, que sabeis de todas as coisas, perdoai a criança ou o homem errante, seja quem for, que quebrou Vosso mandamento contra o roubo. Voltai essa alma para a virtude, para que ela devolva aquilo que não lhe pertence, e tornai-a paciente do castigo...

Len se arriscou na volta para casa e cortou pela floresta, correndo na maior parte do caminho para compensar a distância a mais. O calor do sol derretera um pouco da armadura gelada das árvores, mas ainda estava claro o bastante a ponto de fazer doer os olhos, e o terreno estava traiçoeiro. Ele estava vermelho e cansado quando chegou à árvore oca.

Havia três livros dentro dela, embrulhados em lona ao lado do rádio, secos e a salvo. As capas e o papel no interior deles o fascinaram com cores desbotadas para o olhar e texturas desconhecidas para o tato. Tinham algo indefinível em comum com o rádio.

Um deles era um livro verde-escuro chamado *Física elementar*. Um era fino e amarronzado, com um título comprido: *Radioatividade e nucleônica: uma introdução*. O terceiro era cinza e grosso, e seu título era *História dos Estados Unidos*. As palavras dos dois primeiros não significavam nada para Len, exceto por ele reconhecer "radio" no começo do nome. Ele virou as páginas, apressado, com dedos trêmulos, tentando absorver tudo em uma olhada só e sem ver nada além de um borrão de letras impressas, imagens e desenhos curiosos de linhas. Aqui e ali ao longo das páginas, alguém marcara e escrevera nas margens: "Segunda-feira, prova", ou "Até aqui", ou "Escrever um trabalho sobre a compra da Luisiana".

Len foi tomado por uma fome e um anseio que nunca sentira até então, porque nada jamais os despertara. Estavam em sua cabeça e eram tão fortes que o deixaram dolorido. Ele queria ler. Queria pegar os livros, embrulhar-se em torno deles e absorvê-los até a última palavra e a última imagem. Sabia perfeitamente bem qual era seu dever. Mas não o cumpriu. Ele dobrou a lona em torno dos livros outra vez e os devolveu cuidadosamente à árvore oca. Em seguida, correu pela rota sinuosa para casa, e sua mente redemoinhava o caminho todo com estratagemas para enganar o pai e fazer viagens à floresta que lhe provocariam culpa parecerem inocentes. Sua consciência deu um único pio, não muito mais alto do que um pintinho de um dia de vida, e, em seguida, se calou.

5

Esaú estava quase chorando. Ele arremessou o livro que tinha nas mãos e, furioso, exclamou:

— Eu não sei o que essas palavras significam, então de que isso me serve? Corri um risco enorme para nada!

O primo examinou várias e várias vezes o livro de física e o de radioatividade, e Len olhou com ele. Deixaram o de radioatividade de lado, porque não parecia ter nada a ver com rádios; de qualquer forma, não entendiam patavinas do que dizia. Mas o livro de física — outro uso errado e intrigante de uma palavra que quase fez com que Esaú o ignorasse durante sua busca pela biblioteca do sr. Nordholt — tinha, de fato, uma parte sobre rádio. Fizeram cara feia e resmungaram a respeito até que as palavras impronunciáveis e de formato esquisito estivessem gravadas no cérebro dos dois e ambos pudessem desenhar diagramas de ondas, circuitos, tríodos e osciladores até dormindo, mesmo sem entender absolutamente nada do que eram essas coisas.

Len apanhou o livro entre os pés, onde ele havia caído, e limpou a terra da capa. Em seguida, olhou dentro dele e balançou a cabeça.

— Aqui não diz como fazer as vozes saírem — comentou, soando triste.

— Não. Também não fala para que servem os botões e o fio.

Esaú virou o rádio em suas mãos, melancólico. Eles sabiam que um dos botões fazia o rádio fazer barulho ou ficar quieto — vivo ou morto, era como Len pensava inconscientemente. Os outros, porém, permaneciam um mistério. Deixando o ruído muito baixo e segurando o rádio contra os ouvidos, eles descobriram que o som vinha de uma das aberturas. Para que serviam as outras duas, também era um mistério. Nenhuma das três era igual às outras, então era lógico supor que serviam a três propósitos diferentes. Len tinha certeza razoável de que uma delas era para deixar o calor sair, como os ventiladores no celeiro, porque dava para senti-la esquentando ao colocar a mão em cima dela por um tempo. Entretanto, ainda restavam uma abertura e o enigmático rolo de arame. Len estendeu a mão e pegou o rádio de Esaú, simplesmente desfrutando da sensação de tê-lo entre as mãos, um tremor que zumbia meio como uma folha de grama do pântano ao vento.

— O sr. Hostetter deve saber como funciona — comentou.

Eles tinham certeza em seus corações de que o sr. Hostetter, assim como o sr. Soames, era de Bartorstown.

Esaú concordou.

— Mas nem ousemos perguntar para ele.

— Não.

Len revirou o rádio para todo lado, mexendo nos botões, no arame, nas aberturas. Um vento gelado chacoalhou os galhos nus acima deles. Havia gelo no Pymatuning, e o tronco em que ele se sentava estava amargamente frio.

— Eu só me pergunto... — começou ele, devagar.

— Pergunta o quê?

— Bem, se eles falavam e respondiam com esses rádios, não fariam muito isso durante o dia, não é? Digo, as pessoas podiam ouvir. Se fosse eu, esperaria até de noite, quando todos estivessem dormindo.

— Só que não é você — disse Esaú, irritado. Mas pensou a respeito e aos poucos foi se empolgando. — Aposto que é isso mesmo. Aposto que é exatamente isso! Nós só brincamos com ele durante o dia, e, lógico, eles não falam durante o dia. Pode imaginar o sr. Hostetter fazendo isso na praça de Piper's Run, com todo mundo enxameando ao redor dele e uma dúzia de crianças penduradas em cada roda? — Ele se levantou e começou a andar de um lado para o outro, soprando nos dedos frios. — Temos que fazer planos, Len. Temos que escapar à noite.

— Isso — disse Len, ansioso, e em seguida se arrependeu de ter concordado. Não seria nada fácil.

— Caça ao guaxinim — sugeriu Esaú.

— Não. Meu irmão iria querer participar. Talvez o pai também.

Caça ao gambá daria na mesma, e caça a veados com candeeiro não era muito melhor.

— Continua pensando. — Esaú começou a guardar os livros e o rádio. — Tenho que voltar.

— Eu também.

Len olhou cheio de arrependimento para o livro cinza e grosso de história, desejando poder levá-lo consigo. Esaú o pegara por impulso, porque tinha fotos de máquinas. Era difícil e cheio de nomes estranhos e muitas outras coisas que ele não entendia, mas que o atormentavam o tempo todo em que lia, perguntando-se o que viria na página seguinte.

— Talvez fosse melhor só ficar de olho na chance de escapar sozinho, qualquer um de nós dois que consiga, sem tentar vir juntos — disse Len.

— Não, senhor! Eu roubei o rádio, e eu roubei os livros, e ninguém vai ouvir uma voz sem a minha presença!

Ele parecia tão selvagem que Len concordou.

Esaú garantiu que tudo estivesse seguro e deu um passo para trás. Olhou para a árvore oca, fechando a cara.

— Não adianta muito voltar aqui até então. E em breve vamos começar a fazer o açúcar, e daí teremos que lidar com os cordeiros, e daí... — Com uma profundidade madura de amargura que espantou Len, Esaú acrescentou: — Sempre tem alguma coisa, sempre alguma razão pela qual não dá para saber ou aprender ou fazer! Estou de saco cheio disso. E é ruim que eu vou passar minha vida toda assim, limpando merda e puxando teta de vaca!

Len caminhou sozinho de volta para casa, ponderando profundamente essas palavras. Sentia algo crescendo em si e sabia que estava crescendo em Esaú também. Aquilo o assustava. Ele não queria que crescesse. No entanto, sabia que, se parasse de crescer, estaria em parte morto, não no sentido físico, mas como as vacas ou as ovelhas, que comiam a grama sem se importar com o que a fazia crescer.

Isso foi no final de janeiro. Em fevereiro, espalhou-se uma onda de calor, e por todo o interior homens e meninos saíram com extratores, sugadores e baldes para os bordos. A fumaça do bosque de bordos soprava com o vento, o primeiro anúncio da primavera iminente. A última neve profunda caiu e tornou a derreter. Houve um período alternado de gelo e degelo que fez o pai temer que o trigo invernal seria expulso do solo. O vento soprava gelado do noroeste e parecia que nunca mais esquentaria de novo. O primeiro cordeiro veio ao mundo balindo. E, como Esaú previra, não houve tempo de sobra para nada.

Os salgueiros amarelaram, virando depois um verde pálido e plumoso. Havia alguns dias quentes que deixavam o povo preguiçoso e escorregadio como uma cobra de inverno derretendo sob o sol. Bezerros recém-nascidos choravam e tropeçavam atrás das mães, com mais ainda por vir. As vacas se comportavam de modo nervoso e difícil, e Len começou a ter uma ideia. Era tão simples que ele se perguntou por que não tinha pensado naquilo antes. Depois das tarefas da noite, enquanto o irmão James fechava o celeiro, Len se esgueirou de volta e abriu a porta inferior. Uma hora depois, estavam todos no escuro e no frio reunindo as vacas, e, quando as colocaram de volta para dentro e contaram, estavam faltando duas. O pai resmungou, zangado, sobre a obstinação idiota das criaturas que preferiam fugir e parir debaixo de um arbusto, onde não haveria como ajudar se algo desse errado. Deu um candeeiro a Len e mandou o filho correr a distância de quase um quilômetro até a casa do tio David, para pedir a ajuda dele e de Esaú. Foi fácil assim.

O menino cobriu a distância em um passo ligeiro, a mente ocupada prevendo possibilidades e se preparando para elas com uma tranquilidade enganosa que o deixou um tanto horrorizado. Len era muito dado à preguiça, mas nunca à mentira, e era horrível a velocidade com que estava aprendendo. Ele tentou se desculpar pensando que não tinha contado uma mentira para ninguém. Mas não adiantou nada. Ele era como um daqueles sepulcros caiados sobre os quais se falava na Bíblia, bonito por fora e cheio de perversidade por dentro. E à sua direita, enquanto corria, a floresta era visível sob a luz das estrelas, muito escura e estranha.

A cozinha do tio David estava quente. Cheirava a repolho, vapor e botas secando e estava tão limpa que Len hesitou em entrar nela mesmo depois de ter limpado os pés do lado de fora. Havia um pedacinho de tapete feito de trapos assim que se passava pela porta, e ele ficou de pé ali, entregando a mensagem entre arquejos e tentando chamar a atenção de Esaú sem transparecer muita culpa. O tio David reclamou e resmungou, mas começou a calçar as botas, e a tia Mariah pegou a jaqueta dele e um candeeiro. Len respirou fundo.

— Acho que vi alguma coisa branca se movendo lá no campo oeste. Venha, Esaú, vamos dar uma olhada!

E Esaú foi, com o chapéu torto e um braço ainda fora do casaco. Os primos correram juntos antes que o tio David sequer pudesse pensar em impedi-los, tropeçando e saltando sobre a pastagem irregular onde cada sulco estava cheio por causa da chuva recente, e então entrando no campo oeste, o tempo todo mirando a floresta. Len abafava o candeeiro debaixo do casaco para que o tio David não conseguisse enxergar da estrada quando eles entrassem de fato na floresta e o manteve escondido por algum tempo depois, conhecendo o caminho muito bem mesmo no escuro, uma vez que encontrada a trilha.

— Depois podemos dizer que o candeeiro se apagou — sugeriu para Esaú.

— Certo — concordou o outro menino, em uma voz estranha, tensa. — Vamos depressa.

Eles foram depressa. Esaú agarrou o candeeiro e correu em frente, imprudente. Quando chegaram ao ponto em que as águas se encontravam, colocou a luz no chão e tirou o rádio com mãos que mal conseguiam segurá-lo, de tanto que tremiam. Len se sentou no tronco, a boca escancarada, os braços pressionados nas laterais doloridas do corpo. O Piper's Run rugia como um rio de verdade, as margens cheias. Ele se embaralhava e formava um redemoinho onde caía no Pymatuning. A água passava formando espuma, bem alta agora, quase no nível do terreno onde eles se encontravam, penumbroso e perturbado sob a luz das estrelas, e a noite era preenchida pelo som dela.

Esaú deixou o rádio cair.

Len saltou adiante com um grito. Esaú tentou agarrar, ligeiro e frenético. Ele pegou o rádio pelo novelo de arame saliente. O fio se soltou e o rádio continuou a cair, mas mais devagar, balançando na ponta do arame que se desenrolava da mão de Esaú. Atingiu com um impacto suave a grama do ano anterior. Esaú ficou encarando o rádio, o novelo e o arame entre os dois.

— Quebrou — lamentou ele. — Quebrou.

Len se ajoelhou.

— Não quebrou, não. Olha aqui. — Ele moveu o rádio para perto do candeeiro e apontou. — Está vendo estas duas molinhas? O novelo tem que sair dali, e o arame se desenrola...

Imensamente empolgado, ele girou o botão. Era algo que eles não sabiam nem tinham testado antes. Ele esperou até o zumbido começar. Soava mais forte do que nunca. Gesticulou para que Esaú fosse mais para trás, que assim o fez, esticando o arame, e o ruído ficou cada vez mais forte. Então, de repente, sem aviso, uma voz masculina começou a falar, muito áspera e distante:

— ... volto para a civilização eu mesmo no próximo outono, espero. De qualquer maneira, o negócio tá no rio, pronto para carregar assim que o...

A voz se esvaiu com um rugido e uma investida. Feito alguém meio aturdido, Esaú estendeu o arame até o finalzinho. E uma voz baixa, muito baixa disse:

— O Sherman quer saber se você teve notícias do Byers. Ele não...

E isso foi tudo. O rugido, os assovios e o zumbido continuaram, tão altos que eles ficaram com medo de que fossem ouvidos lá de onde estavam os outros da família, caçando as vacas. Uma ou duas vezes julgaram ouvir vozes por trás do barulho, mas não conseguiram fazer nenhuma palavra a mais soar cristalina. Len virou o botão, e Esaú enrolou o arame no novelo e o prendeu de volta no lugar. Colocaram o rádio na árvore oca, apanharam o candeeiro e foram embora, atravessando a floresta. Eles não conversaram. Sequer olharam um para o outro. E à luz fraca do candeeiro seus olhos estavam enormes e brilhantes.

6

A nuvem de poeira apareceu primeiro, bem longe na estrada. Depois o topo da cobertura de lona cintilou branco onde o sol batia, brilhando forte por entre as árvores verdes. A cobertura ficou mais alta e mais redonda, e o carroção começou a aparecer debaixo dela. A equipe de cavalos que a guiava se estendeu, passando de uma mancha escura e confusa de movimento para seis grandes baios marchando orgulhosos como imperadores, seus arreios cintilando, as correntes todas tilintando.

Bem no alto do banco do carroção, segurando as rédeas compridas com leveza, vinha o sr. Hostetter, a barba ondulando ao vento enquanto o chapéu, os ombros e as pernas da calça nas canelas estavam cheias de poeira amarronzada por causa da estrada.

— Tô com medo — admitiu Len.

— E tá com medo por quê? Você nem vai — disse Esaú.

— E talvez você também não — resmungou Len, olhando para cima, para a ponte de troncos enquanto o carroção oscilava e sacudia ao passar. — Não acho que seja fácil assim.

Era junho, momento do ápice das folhas verdes. Len e Esaú estavam ao lado do Piper's Run, bem nos limites do vilarejo, onde a roda do moinho encontrava-se pendurada de modo frouxo sobre a água e guarda-rios desciam como raios de chama azul. A praça ficava a menos de cem metros dali, e todos da comunidade estavam lá, todos que não eram novos demais, velhos demais nem doentes demais para serem transportados. Havia amigos e parentes de Andover, Farmdale, Burghill e das fazendas solitárias por toda a fronteira da Pensilvânia que ficavam mais próximas de Piper's Run do que de qualquer vilarejo próprio. Era o festival do morango, o primeiro grande evento social do verão, no qual as pessoas que talvez não tivessem se visto desde a primeira nevasca tinham a chance de reunir-se, conversar e empanturrar-se agradavelmente, sentadas sob o sol pintalgado debaixo dos olmos.

Uma multidão de meninos disparou pela estrada para alcançar o carroção. Naquele momento, estavam correndo ao lado dela e gritando para o sr. Hostetter. As meninas e os meninos ainda pequenos demais para correr se postaram ao longo dos limites da praça e acenavam e cumprimentavam, as meninas com as toucas e as saias compridas soprando no vento morno, os menininhos exatamente iguais aos pais em tecidos caseiros e chapéus largos e marrons. Então todo mundo começou a se mover, fluindo pela praça em direção ao carroção, que desacelerou e desacelerou até enfim parar, os seis cavalos enormes jogando as cabeças e fungando como se levar aquele veículo até ali fosse uma proeza enorme e estivessem orgulhosos dela. O sr. Hostetter acenou e sorriu, e um menino subiu e colocou um prato de morango na mão dele.

Len e Esaú continuaram onde estavam, olhando para o sr. Hostetter a distância. Len sentiu um arrepio curioso o percorrer, em parte devido à culpa pelo rádio roubado, em parte vindo da intimidade, quase camaradagem, porque ele sabia um segredo sobre o sr. Hostetter e por isso estava, de certa forma, em destaque. No entanto, por algum motivo, não queria olhar para o sr. Hostetter.

— Como você vai fazer? — perguntou para Esaú.

— Vou dar um jeito.

Ele fitava o carroção com uma intensidade fanática. Desde aquela noite em que ouviram vozes, Esaú andava estranho e selvagem de alguma forma, não por fora, mas por dentro, de um jeito que às vezes Len mal o reconhecia. "Eu vou para lá", dissera ele, referindo-se a Bartorstown, e parecia alguém possuído, esperando o sr. Hostetter.

Esaú estendeu a mão e pegou Len pelo braço, apertando dolorosamente.

— Você não vem comigo?

Len abaixou a cabeça. Ficou ali por um instante, muito imóvel, e então disse:

— Não, eu não posso. — Ele se afastou de Esaú. — Agora não.

— Talvez no ano que vem. Vou falar de você pra ele.

— Talvez.

Esaú começou a dizer alguma outra coisa, mas parecia não encontrar as palavras. Len se afastou um pouco mais. Começou a subir a margem, lentamente a princípio, depois mais e mais rápido até estar correndo, com lágrimas quentes nos olhos e a própria mente gritando: *Covarde, covarde, ele vai para Bartorstown e você não tem coragem!*

Ele não tornou a olhar para trás.

O sr. Hostetter ficou em Piper's Run por três dias. Foram os dias mais longos e difíceis que Len já vivera. A Tentação repetia para ele: "Você ainda pode ir". E então a Consciência apontava a mãe, o pai, o lar, o dever e a perversidade de fugir sem dizer nada. Esaú não pensou duas vezes no tio David e na tia Mariah, mas Len não conseguia se sentir assim em relação aos próprios pais. Sabia o quanto a mãe choraria e como o pai assumiria a culpa para si mesmo por, de alguma forma, não ter treinado Len direito, e a maior parte de sua covardia vinha disso. Ele não queria ser responsável por desagradá-los.

Também havia uma terceira voz dentro de si. Ela residia bem afastada das outras e não tinha nome. Era uma voz que ele jamais ouvira e que dizia apenas "Não! Perigo!" sempre que ele pensava em procurar o sr. Hostetter com Esaú. Ela falava tão alto e tão firme sem nunca ter sido convidada que Len não era capaz de ignorá-la e, de fato, quando tentou, ela se tornou uma restrição física sobre ele, como os arreios em um cavalo, puxando-o para cá e para lá para evitar uma palavra ou uma ação que talvez fossem irreparáveis. Foi o primeiro encontro ativo de Len com o próprio subconsciente. Ele jamais se esqueceu.

Lamentou, amuou-se e pensou insistentemente pela fazenda, oprimido pelo peso de seu segredo, sem cumprir as tarefas direito e dando desculpas para não ir até o centro quando a família ia, até que a mãe se preocupou e lhe deu uma dose pesada de remédio e de chá de sassafrás. E o tempo todo os ouvidos dele estavam espichados e trêmulos, esperando escutar cascos batendo na estrada, esperando ouvir o tio David aparecer correndo para anunciar que Esaú tinha sumido.

Na noite do terceiro dia, escutou a batida dos cascos vindo ligeiras. Ele acabava de ajudar a mãe a retirar os pratos do jantar e a luz ainda estava no céu, avermelhando pelo poente. Seus nervos se retesaram de repente com um estalo doloroso. Os pratos pareceram escorregadios e enormes em suas mãos. O cavalo entrou no cercado com a carroça sacolejando atrás dele e, depois disso, um segundo cavalo com carroça, e daí um terceiro. O pai foi até a entrada da casa e Len o seguiu, com um enjoo se assentando sobre todos os seus ossos. Ele já esperava um cavalo e uma carroça, do tio David. Mas três...

O tio David estava ali, sim, sentado em sua própria carroça, com Esaú ao lado dele, muito quieto e branco feito um lençol, e o sr. Harkness do outro lado. O sr. Hostetter estava na segunda carroça com o sr. Nordholt, o professor, e o sr.

Clute a conduzia. O sr. Fenway e o sr. Glasser estavam na terceira carroça.

O tio desceu. Gesticulou para o pai de Len, que havia saído na direção das carroças. O sr. Hostetter se juntou a eles, assim como o sr. Nordholt e o sr. Glasser. Esaú permaneceu onde estava. Sua cabeça abaixou e ele não a levantou. O sr. Harkness encarava Len, que havia ficado na porta. O olhar era ultrajado, acusatório e triste. Len o sustentou por uma fração de segundo, depois abaixou os olhos. Sentia-se muito enjoado, com bastante frio. Queria fugir, mas sabia que seria inútil.

Os homens se moveram juntos para a carroça do tio David, e este disse alguma coisa para Esaú, que continuou encarando as próprias mãos. O primo não falou nem moveu a cabeça, até que o sr. Nordholt falou:

— Ele não queria contar, foi um deslize. Mas ele disse.

O pai se virou, olhou para Len e chamou:

— Vem cá.

Len saiu, bem devagar. Não ergueu a cabeça a fim de olhar para o pai, não por causa da raiva na expressão dele, mas por causa do pesar que ali estava.

— Len.

— Sim, senhor.

— É verdade que vocês têm um rádio?

— Eu... É, sim, senhor.

— É verdade que vocês tentaram usá-lo para entrar em contato com Bartorstown?

— Sim, senhor.

— Você leu certos livros que foram roubados? Sabia onde eles estavam e não contou para o sr. Nordholt? Sabia o que Esaú planejava fazer e não contou para mim nem para o tio David?

Len suspirou. Com um gesto curiosamente semelhante ao de um velho cansado, levantou a cabeça e jogou os ombros para trás.

— Isso. Eu fiz isso tudo — admitiu ele.

O rosto do pai, no entardecer cada vez mais profundo, tornara-se algo retirado de uma rocha cinzenta.

— Muito bem. Muito bem — disse ele.

— Você pode vir com a gente — falou o sr. Glasser. — Poupa o trabalho de colocar os arreios para uma distância tão curta.

— Tudo bem — respondeu o pai. E deu ao filho uma olhada fria e ardente que significava "Vem comigo".

Len o seguiu. Passou perto do sr. Hostetter, que estava de pé com a cabeça meio virada para lá, e achou ter visto uma expressão de pena e remorso sob a aba de seu chapéu. Mas eles passaram sem falar nada, e Esaú não se moveu. O pai de Len subiu na carroça com o sr. Fenway, e o sr. Glasser subiu em seguida.

— Lá atrás — mandou o pai.

Len subiu lentamente na plataforma e cada movimento era um esforço. Agarrou-se ali e as carroças saíram do cercado, enfileiradas, sacudindo, e atravessaram a estrada, saindo pela margem do campo oeste, indo na direção da floresta.

Pararam perto de onde cresciam os sumagres. Todos desceram e os homens conversaram juntos. E então o pai de Len se virou.

— Len — chamou ele, apontando para a floresta. — Mostre para nós.

Len não se moveu.

Esaú falou pela primeira vez:

— Pode mostrar. Eles vão achar de qualquer jeito, nem que tenham que queimar a floresta toda — disse, em uma voz carregada de ódio.

O tio David lhe deu um tapa na boca com as costas da mão e o chamou de algo raivoso e bíblico.

— Len — repetiu o pai.

O menino cedeu. Entrou na floresta na frente dos outros. A trilha parecia exatamente a mesma, as árvores também, e o córrego, e os arbustos familiares de figueira-do-inferno. Mas algo havia mudado. Algo havia sumido. Eram apenas árvores naquele momento, e figueiras-do-inferno, e o leito pedregoso de um fio de água. Eles já não lhe pertenciam mais. Apresentavam-se retraídos e hostis, com contornos ásperos, e as botas grandes dos homens esmagavam as samambaias.

O grupo saiu no ponto em que as águas se encontravam. Len parou ao lado da árvore oca.

— Aqui — indicou ele.

Sua voz soou desconhecida aos próprios ouvidos. O fulgor do oeste caía claramente ali ao longo do riacho, pintando as folhas e a grama de um verde escandaloso, tingindo de cobre o marrom do Pymatuning. Corvos voavam para casa no alto, soltando sua risada zombeteira pelo caminho. Parecia a Len que a risada era para ele.

O tio David deu um empurrão rude e duro em Esaú.

— Tire tudo daí.

Esaú ficou imóvel por um minuto ao lado da árvore. Len observava o primo e a expressão dele à luz do poente. Os corvos se distanciaram e tudo ficou muito quieto.

Esaú enfiou a mão no oco da árvore. Tirou de lá os livros embrulhados em lona e os entregou ao sr. Nordholt.

— Não estão estragados — avisou Esaú.

O professor os desembrulhou, saindo de debaixo da árvore para enxergar melhor.

— Não. Não estão mesmo — concordou.

Ele tornou a embrulhá-los e os segurou contra o peito.

Esaú retirou o rádio da cavidade.

Ficou ali, segurando-o, e as lágrimas encheram seus olhos, cintilando ali, sem cair. Uma hesitação tomou conta dos homens. Como se houvesse dito antes, mas temesse que talvez não tivesse sido compreendido, o sr. Hostetter falou:

— O Soames me pediu que, caso algo acontecesse, eu pegasse seus pertences pessoais e os entregasse à esposa. Ele me mostrou o baú em que estavam. As pessoas na pregação estavam prestes a saquear o carroção dele. Não pensei em olhar o que tinha dentro do baú.

O tio David deu um passo adiante. Ele derrubou o rádio das mãos de Esaú, descendo o punho como um martelo. O rádio caiu na relva e o homem o pisoteou, várias e várias vezes, com a bota pesada. Em seguida, apanhou o que restara do objeto e o jogou dentro do Pymatuning.

— Eu odeio vocês — declarou Esaú. Olhou para todos eles. — Vocês não podem me impedir. Algum dia, eu vou para Bartorstown.

O tio David bateu nele outra vez, forçou-o a dar meia-volta e começou a fazê-lo marchar de volta pela floresta. Olhando para trás, ele disse:

— Eu cuido dele.

O restante do grupo os seguiu em uma fila dispersa depois de o sr. Harkness enfiar a mão no vão da árvore para garantir que não havia mais nada lá.

— Quero que meu carroção seja vasculhado — pediu o sr. Hostetter.

— Nós o conhecemos há muito tempo, Ed. Não acho que seja necessário — respondeu o sr. Harkness.

— Não, eu exijo — insistiu Hostetter, falando de um jeito que todos ouvissem. — Esse menino fez uma acusação que não posso deixar passar. Quero que meu carroção seja vasculhado de cima a baixo, para que não exista nenhuma dúvida se eu possuo ou não qualquer coisa que não deveria possuir.

Uma vez que a suspeita surge, é difícil de matá-la, e as notícias se espalham. Eu não desejaria que *outras* pessoas pensassem de mim o que pensaram do Soames.

Um calafrio percorreu Len. Ele se deu conta, de repente, de que Hostetter estava dando uma explicação e um pedido de desculpas.

Ele entendeu também que Esaú cometera um erro fatal.

Pareceu um longo caminho de volta à travessia do campo oeste. Dessa vez, as carroças não entraram no cercado da fazenda. Elas pararam na estrada, e Len e o pai desceram enquanto os outros mudaram de lugar, para que Esaú e tio David ficassem sozinhos na própria carroça.

— Vamos querer ver os meninos amanhã — avisou o sr. Harkness.

A voz dele estava ameaçadoramente baixa. Ele se afastou na direção do vilarejo, seguido pela segunda carroça logo atrás. O tio David começou a se dirigir na direção contrária, para casa.

Esaú se debruçou para fora da carroça e gritou para Len, histérico:

— Não desista. Eles não podem fazer você parar de pensar. Não importa o que eles façam, eles não podem...

O tio David fez uma curva brusca com a carroça e a conduziu para dentro do cercado.

— Sobre isso aí, nós vamos ver. Elijah, vou usar o seu celeiro — falou.

O pai de Len franziu a testa, mas não disse nada. O tio David foi até o celeiro, empurrando Esaú grosseiramente para a frente. A mãe de Len saiu de casa correndo.

— Traz o Len. Eu quero ele aqui — gritou o tio David.

O pai franziu a testa de novo, depois concordou:

— Tá bom.

Ele estendeu as mãos para a mãe de Len, puxou-a de lado e disse algumas palavras para ela, muito baixinho, balançando a cabeça. A mãe olhou para Len.

— Ah, não — lamentou ela. — Ai, Lennie, como você pôde?

Em seguida, ela voltou para dentro de casa com o avental por cima do rosto, e Len soube que ela estava chorando. O pai apontou para o celeiro. Os lábios dele estavam espremidos. Len pensou que o pai não gostava do que o tio David ia fazer, mas que não sentia ter permissão para questioná-lo.

Len também não gostava. Preferiria que a situação ficasse entre ele e o pai. Mas o tio David era assim mesmo. Sempre pensava que, se você era criança, não tinha mais direitos ou sentimentos do que qualquer outro bem na fazenda. Len recuou, sem querer entrar no celeiro.

O pai apontou de novo, e o menino entrou.

Estava escuro àquela altura, mas um lampião queimava lá dentro. O tio David havia tirado o arreio de couro da parede. Esaú estava de frente para ele, no amplo espaço entre as fileiras de postes vazios.

— Fique de joelhos — mandou o tio David.

— Não.

— De joelhos!

E a alça do arreio estalou.

Esaú soltou um ruído entre um choramingo e uma praga. E se pôs de joelhos.

— *Não roubarás* — citou o tio David. — Você fez de mim o pai de um ladrão. *Não apresentarás falso testemunho.* Você fez de mim o pai de um mentiroso. — O braço dele subia e descia na cadência de suas palavras, de modo que cada pausa era pontuada por um *vuup!* do couro achatado contra os ombros de Esaú. — Você sabe o que diz o Livro, Esaú. Aquele que ama seu filho aplica a disciplina, mas aquele que o odeia poupa a vara. Eu não vou poupá-la.

Esaú não conseguiu mais se manter em silêncio. Len virou de costas.

Depois de um tempo, o tio David parou, respirando pesadamente.

— Você me desafiou agora há pouco. Disse que eu não conseguiria fazer você mudar de ideia. Ainda se sente assim?

Agachado no chão, Esaú gritou para seu pai:

— Sim!

— Ainda acha que vai para Bartorstown?

— Sim!

— Então, veremos.

Len tentou não escutar. Parecia que não acabava nunca. Certa hora, o pai deu um passo adiante e chamou:

— David...

Mas o tio David disse apenas:

— Cuide da sua própria cria, Elijah. Sempre falei que você era mole demais com ele. — Voltou-se para Esaú de novo. — Já mudou de ideia?

A resposta de Esaú foi ininteligível, mas abjeta em sua rendição.

— Você — falou o tio David, virando-se de súbito para Len e o empurrando. — Olhe bem para isso e veja no que dá a ostentação e a insolência no final.

Esaú se arrastava no chão do celeiro, na poeira e na palha. O tio David mexeu nele com o pé.

— Você ainda pensa que vai para Bartorstown?

Esaú murmurou e gemeu, escondendo o rosto nos braços. Len tentou se afastar, mas o tio David o segurou com a mão pesada e quente. Ele cheirava a suor e raiva.

— Eis aí o seu herói — disse para Len.— Lembre-se dele quando chegar a sua vez.

— Me solta — sussurrou Len.

O tio David riu. Ele empurrou Len para longe e entregou ao pai dele a alça do arreio. Em seguida, estendeu o braço para baixo e pegou Esaú pelo colarinho da camisa, puxando-o até colocá-lo de pé.

— Diga, Esaú. Diga em voz alta.

Esaú soluçava feito criancinha de colo.

— Eu me arrependo. Eu me arrependo — respondeu.

— Bartorstown — desdenhou o tio David, no mesmo tom que Naum devia ter usado para sentenciar a cidade sanguinária. — Sai daqui. Vá para casa e reflita sobre os seus pecados. Boa noite, Elijah, e lembre-se: sua cria é tão culpada quanto a minha.

Eles saíram para a escuridão. Um minuto depois, Len ouviu a carroça partir.

O pai suspirou. Seu rosto parecia cansado, triste e profundamente zangado de um jeito que era muito mais assustador do que a fúria do tio David.

— Eu confiei em você, Len — disse ele, devagar. — Você me traiu.

— Eu não tinha a intenção.

— Mas traiu.

— É.

— Por quê, Len? Você sabia que aquelas coisas eram erradas. Por que fez mesmo assim?

— Porque eu não pude evitar. Eu quero aprender, eu quero *saber*! — gritou Len.

O pai tirou o chapéu e dobrou a manga da camisa.

— Eu poderia pregar um longo sermão sobre esse texto. Mas já fiz isso, e foi tempo perdido. Você se lembra do que eu disse, Len.

— Sim, pai. — Ele cerrou a mandíbula e fechou as duas mãos bem apertadas.

— Sinto muito — confessou o pai. — Queria nunca ter que fazer isto. Mas vou te expurgar do seu orgulho, Len, do mesmo jeito que Esaú foi expurgado.

Não vai, não, você não vai fazer eu cair e me arrastar, disse Len para si mesmo, feroz. *Eu não vou desistir deles, de Bartorstown e dos livros e de saber e de todas as coisas que existem no mundo além de Piper's Run!*

Mas desistiu. Na poeira e na palha do celeiro ele abriu mão de tudo, e de seu orgulho junto. E aquele foi o fim de sua infância.

7

Ele dormira por um tempo, um sono soturno e pesado, depois acordou novamente para olhar as trevas, sentir e pensar. Seu corpo doía, não com a mera sensação familiar de uma surra, mas de um jeito sério, do qual ele não se esqueceria tão logo. Não doía tanto quanto as partes intangíveis de si, e ele jazia e lutava contra a agonia no quartinho torto debaixo dos beirais, ainda abafado por causa do sol que batia durante o dia. Já estava quase amanhecendo quando algo ficou claro em meio à fúria cega de pesar, ira, ressentimento e vergonha absoluta que se sacudia dentro dele como um furacão em um lugar apertado. E então, talvez por estar exausto demais para continuar violento, ele começou a ver uma ou duas coisas e a entender.

Sabia que, quando rastejara nos rastros deixados por Esaú na poeira e renegara a si mesmo, tinha mentido. Não ia desistir de Bartorstown. Não podia desistir dela sem abrir mão da parte mais importante de si mesmo. Não sabia direito o que era essa parte mais importante, mas sabia que estava lá, e sabia que ninguém, nem mesmo o pai, tinha o direito de botar as mãos nela. Boa ou má, correta ou pecadora, ela estava além de caprichos, atitudes ou joguinhos passageiros. Ela era ele mesmo, Len Colter, o indivíduo, único. Não podia renegá-la e viver.

Quando entendeu isso, dormiu de novo, quieto, e acordou com o gosto salgado de lágrimas na boca, vendo a janela clara e iluminada e o sol nascente. O ar estava cheio de som, o grito dos gaios e o chamado áspero de um faisão na sebe, os piados e chilreados um sem-número de pássaros. Len olhou para fora, para lá do toco de um bordo gigante que fora atingido por um raio e exibia um raminho verde indomável ainda brotando de sua lateral, para o telhado do galinheiro e o campo mais próximo com o trigo invernal amadurecendo, até a encosta bruta da colina e a floresta subindo-a até formar uma crista onde havia três pinheiros escuros. Uma tristeza embotada o dominou, porque ele estava olhando para aquilo pela última vez. Ele não chegou a essa decisão por nenhuma linha consciente de raciocínio. Simplesmente soube o que faria assim que acordou.

Levantou-se e cumpriu as tarefas com rigidez, pálido e distante, falando apenas quando lhe dirigiam a palavra, evitando o olhar das pessoas. Com uma gentileza áspera, o irmão James lhe disse, longe dos ouvidos do pai, para aguentar firme.

— É para o seu próprio bem, Lennie, e algum dia você vai olhar para trás e ser grato por ter sido pego a tempo. Afinal, não é o fim do mundo.

Ah, é, sim, pensou Len. *E isso é tudo o que as pessoas conhecem.*

Após o almoço, mandaram que ele subisse para se lavar e colocar o terno que normalmente usava apenas no Sabá. E em breve a mãe subiu com uma camisa limpa, ainda quente do ferro, e fingiu olhar com severidade atrás das orelhas dele e debaixo do cabelo da nuca. Enquanto isso, o tempo todo as lágrimas escapavam dos olhos dela, e de repente ela o agarrou e falou depressa, em um sussurro:

— Como você pôde fazer aquilo, Lennie? Como pôde ser tão perverso, ofender o bom Deus e desobedecer a seu pai?

Len sentiu que começava a desmoronar. Em um ou dois minutos, estaria chorando nos braços da mãe e toda a resolução sumiria por aquele momento. Por isso, afastou-se dela e disse:

— Por favor, mãe, está doendo.

— Suas costinhas. Eu esqueci — murmurou. Ela segurou as mãos dele. — Lennie, seja humilde, seja paciente, que isso tudo vai passar. Deus vai te perdoar, você é tão jovem! Jovem demais para perceber...

O pai gritou lá de baixo, encerrando o assunto. Dez minutos depois, a carroça estava oscilando para fora do quintal com Len sentado muito rígido ao lado do pai, sem nenhum dos dois dizer uma palavra. Len pensava sobre Deus e sobre Satã, sobre os anciãos da comunidade e o pregador, sobre Soames e Hostetter e Bartorstown. Tudo estava confuso, mas ele sabia de uma coisa. Deus não iria perdoá-lo. Ele escolhera o caminho do transgressor e estava condenado para além de toda esperança. Mas teria toda a Bartorstown para lhe fazer companhia.

A carroça do tio David os alcançou e eles entraram no centro juntos, com Esaú encolhido em um canto e parecendo pequeno e arriado, como se todos os ossos tivessem sido retirados dele. Quando chegaram à casa do sr. Harkness, o pai de Len e o tio David saíram e ficaram próximos um do outro conversando, deixando que Len e Esaú amarrassem os cavalos. O primo não olhou para Len. Evitou até ficar frente a frente com ele. Len também não olhou para Esaú. Mas ficaram lado a lado no varão de amarração. Len falou, baixinho e com ferocidade:

— Vou esperar você no lugar de sempre até a lua aparecer. Depois disso, vou embora.

Ele sentiu Esaú se assustar e enrijecer. Antes que pudesse abrir a boca, Len mandou:

— Cala a boca.

E então virou e se afastou, postando-se respeitosamente ao lado do pai.

Houve uma sessão muito longa e muito infeliz na sala de visitas da casa do sr. Harkness. Os srs. Fenway, Glasser e Clute também estavam lá, além do sr. Nordholt. Quando terminaram, Len sentia como se o tivessem esfolado e esquartejado, feito um coelho cujas partes mais íntimas tinham sido expostas. Aquilo o deixou com raiva. Fez com que odiasse todos aqueles homens barbados que falavam devagar, que o cutucaram, rasgaram e descascaram.

Duas vezes ele sentiu Esaú prestes a entregá-lo e estava pronto para declarar que o primo era um mentiroso. Esaú, porém, engoliu a língua, e depois de um tempo Len acreditou ter visto certo retesamento voltar à coluna do primo.

Finalmente, o interrogatório terminou. Os homens discutiram.

— Lamento muito que uma desgraça dessas seja colocada sobre vocês, pois ambos são homens bons e velhos amigos — disse o sr. Harkness para o pai de Len e o tio David. — Mas talvez isso sirva de lembrete a todos que a juventude não é digna de confiança e que a vigilância constante é o preço de uma alma cristã. — Ele se voltou muito sombriamente para os meninos. — Um açoitamento público para vocês dois na manhã de sábado. E, depois disso, caso sejam considerados culpados uma segunda vez, vocês sabem qual será a punição?

Ele esperou. Esaú olhava para as próprias botas. Len fitava firmemente um ponto atrás dos ombros do sr. Harkness.

— E então? — insistiu o sr. Harkness, mordaz. — Vocês sabem?

— Sei — respondeu Len. — Os senhores nos farão ir embora e nunca mais voltar. — Ele olhou para o sr. Harkness nos olhos e acrescentou: — Não haverá uma segunda vez.

— Espero mesmo que não. E recomendo que os dois leiam suas Bíblias, reflitam e orem para que Deus lhes dê sabedoria, além do perdão.

Houve um pouco mais de conversa entre os mais velhos, e então os Colter saíram, embarcaram em suas carroças e partiram de volta para casa. Na praça, passaram pelo carroção do sr. Hostetter, mas não o viram.

O pai de Len ficou em silêncio na maior parte do caminho, exceto quando, em um rompante, comentou:

— Eu me considero tão culpado quanto você, Len.

— Fui eu quem fiz isso. Não foi culpa sua, pai. Não tinha como ser — respondeu Len.

— Em algum ponto, eu falhei. Não te ensinei direito, não fiz você entender. Em algum ponto, você me escapou. — O pai balançou a cabeça. — Acho que David tinha razão. Eu poupei demais a vara.

— Esaú estava mais envolvido nisso do que eu. Foi ele quem roubou o rádio para começo de conversa, e todas as surras do tio David não o impediram. Não foi culpa sua, de jeito nenhum, pai. Foi toda minha.

Len se sentiu mal. De alguma forma, sabia que esse sentimento era a verdadeira culpa, e era inevitável.

— James nunca foi assim — falou o pai consigo mesmo, matutando. — Nunca, nem um momento de preocupação. Como pode a mesma semente gerar dois frutos tão diferentes?

Eles não voltaram a falar. Quando chegaram em casa, a mãe, a vó e o irmão James estavam esperando. Len foi mandado para o quarto e, enquanto subia as escadas estreitas, ouviu o pai contando brevemente o que acontecera e a mãe soltando um soluço meio gemido. E de repente, ouviu a voz da vó se elevar, alta e estridente em uma raiva poderosa:

— Você é um tolo e um covarde, Elijah. É isso o que todos vocês são, tolos e covardes, e o menino vale mais que todos vocês juntos! Vai em frente e destrua o espírito dele se puder, mas espero que vocês nunca sejam capazes. Espero que nunca o ensinem a ter medo de conhecer a verdade.

Len sorriu e um pequeno tremor o percorreu, porque ele sabia que aquilo tinha sido dito para seus ouvidos tanto quanto para os do pai. *Tá bom, vó*, pensou ele. *Eu vou me lembrar disso*.

Naquela noite, quando a casa estava quieta como um túmulo, ele amarrou as botas em torno do pescoço e rastejou para fora da janela que dava para o telhado da cozinha externa, de lá até o galho da pereira, depois de lá para o chão. Escapou do cercado do quintal, atravessou a estrada e lá calçou as botas. Então caminhou, contornando o campo oeste, onde crescia a aveia nova da estação. A floresta surgia adiante, muito sombria. Ele não olhou para trás nem uma vez.

Estava escuro, quieto e solitário em meio às árvores. *De agora em diante vai ser bem assim. Já pode ir se acostumando*, pensou Len. Quando chegou ao ponto de encontro, sentou-se no mesmo tronco onde se sentara antes com tamanha frequência e ouviu a música noturna dos sapos e o vogar quieto do Pymatuning entre as margens. O mundo parecia imenso, e o menino sentia um frio às suas costas, como se alguma cobertura protetora tivesse sido tosquiada. Ele se perguntou se Esaú apareceria.

Começou a clarear no sudeste, um cinza borrado alvejando devagar para o prateado. Len aguardou. *Ele não vai vir*, pensou, *está com medo, e vou ter que fazer isto sozinho*. Levantou-se, tentando ouvir, observando a borda fina da lua surgir. E uma voz dentro de si disse: "Você ainda pode correr para casa e subir pela janela outra vez, ninguém jamais vai saber". Ele se agarrou com força ao galho de uma árvore para se impedir de fazer isso.

Houve um farfalhar e estalos na floresta escura, e Esaú apareceu.

Os primos olharam um para o outro por um momento, feito corujas, e então seguraram nas mãos um do outro e riram.

— Açoitamento público. Açoitamento público, caramba. Eles que vão pro inferno — disse Esaú, ofegando.

— Vamos acompanhar a corrente do riacho até encontrarmos um barco — propôs Len.

— Mas e depois?

— A gente continua. Rios dão em outros rios. Eu vi o mapa no livro de história. Se a gente continua em frente o bastante, acaba chegando no Ohio, o maior rio da região aqui.

— Mas por que o Ohio? — retrucou Esaú, teimoso. — Fica muito ao sul, e todo mundo sabe que Bartorstown é no oeste...

— Mas onde no oeste? O oeste é um lugar grande demais. Escuta, você não se lembra da voz que ouvimos? "O negócio tá no rio, pronto para carregar assim que" alguma coisa. Era gente de Bartorstown falando, sobre coisas que estavam indo para Bartorstown. E o Ohio corre para o oeste. É a principal estrada. Depois disso, tem outros rios. E barcos devem passar por lá. E é para lá que estamos indo.

Esaú pensou por um momento, depois disse:

— Tá, tá bom. É um ponto de partida, pelo menos. Além disso, quem sabe? Ainda acho que estávamos certos sobre o Hostetter, mesmo que ele tenha mentido. Talvez ele vá contar aos outros, talvez eles vão conversar sobre nós pelos rádios, de como nós fugimos para encontrá-los. Talvez eles até nos ajudem, quando acharem um momento seguro. Quem sabe?

— É. Quem sabe? — concordou Len.

Os dois caminharam acompanhando a margem do Pymatuning, indo para o sul. A lua subiu para iluminar o caminho deles. A água ondulou e os sapos cantaram, e, na cabeça de Len Colter, o nome de Bartorstown soou como o badalo de um grande sino.

LIVRO DOIS

8

As águas marrons e estreitas do Pymatuning alimentam o Shenango. O Shenango flui para se encontrar com o Mahoning, e os dois juntos formam o Beaver. O Beaver alimenta o Ohio, e o Ohio corre grandiosamente para o oeste para ajudar a formar o poderoso Pai das Águas.

O tempo também flui. Pequenas unidades crescem até ficar grandes, os minutos virando meses, e os meses, anos. Meninos se tornam homens e os marcos de uma longa busca se multiplicam e são deixados para trás. A lenda, porém, continua sendo lenda, e o sonho continua sendo sonho, cintilando, desbotando, sempre em algum lugar mais adiante, na direção do poente.

Havia uma comunidade chamada Refúgio, e uma garota de cabelos amarelos, e elas eram reais.

Refúgio não era nem um pouco parecida com Piper's Run. Era maior, tão maior que suas fronteiras já forçavam os limites da lei, mas tamanho não era a principal diferença. Era uma questão de sensação. Len e Esaú tiveram a mesma sensação em vários lugares à medida que abriram caminho pelos vales dos rios, particularmente nos quais, como ocorria em Refúgio, a estrada e a hidrovia se uniam. Piper's Run vivia e respirava com a calma rítmica das estações, e os pensamentos do povo que vivia lá também eram calmos. Refúgio fervilhava. As pessoas se moviam mais depressa, pensavam mais depressa, falavam mais alto, e as ruas eram mais barulhentas à noite, com a passagem de carretas e carroções e as vozes dos estivadores pelos molhes.

Refúgio ficava na margem norte do Ohio. Pelo que Len entendia, ela recebera esse nome porque pessoas de uma cidade um pouco mais adiante ao longo do rio haviam buscado refúgio ali durante a Destruição. Tinha se tornado o ponto final para duas das principais rotas comerciais que se estendiam até os Grandes Lagos, e os carroções rolavam dia e noite sempre que as estradas estavam trafegáveis, levando fardos de pele, ferro e tecido de lã, farinha e queijos. Do leste e do oeste, acompanhando o rio, vinha outro tráfego carregando outras coisas: cobre, couros, sebo e carne salgada das planícies, carvão e ferro-velho da Pensilvânia, peixe salgado do Atlântico, barris de prego, belas armas, papel. O tráfego do rio se movia o tempo todo também, da primavera até o começo do inverno, barcaças, lanchas e rebocadores arrastando longas fileiras de barcas carregadas, soltando uma fina fumaça corajosa ao avançar e emitindo a algazarra de seus motores a vapor. Essas foram as primeiras máquinas que Len e Esaú viram na vida; a princípio, ficaram apavorados com o barulho, mas logo se acostumaram. Em certo inverno, chegaram a trabalhar em uma pequena fundição perto da embocadura do Beaver, produzindo caldeiras e sentindo que já estavam ajudando a mecanizar o mundo. Os neomenonitas não viam com bons olhos o uso de qualquer poder artificial, mas os barqueiros do rio pertenciam a outras seitas e tinham outros problemas. Eles precisavam levar cargas rio acima contra a corrente e, se pudessem utilizar o vapor em um motor simples e facilmente produzido de maneira artesanal a seu favor, assim o fariam, descartando a ética para atender à necessidade.

No lado do rio que pertencia ao Kentucky, na margem oposta, havia uma comunidade chamada Shadwell. Era muito menor do que Refúgio e muito mais nova, mas vinha crescendo tão depressa que até Len e Esaú notaram a diferença no período de mais ou menos um ano em que estiveram ali. O povo de Refúgio não gostava muito de Shadwell, o que só acontecia porque comerciantes tinham começado a chegar do sul com açúcar, melaço, algodão e tabaco, atraídos pelo comércio dos mercados em Refúgio. Foram erguidos um par de abrigos temporários, uma doca de balsa e um ou dois chalés, e antes que alguém se desse conta havia um vilarejo, com molhes e armazéns próprios, um nome e uma população crescente. Enquanto isso, Refúgio, já quase tão grande quanto era permitido, continuou ali, imóvel, amarga, assistindo ao excedente comercial com o qual era incapaz de lidar fluir para Shadwell.

Havia poucos amish e menonitas em Refúgio. As pessoas, em sua maioria, pertenciam à Igreja da Sagrada Gratidão e eram chamadas de kelleritas em homenagem a James P. Keller, que fundara a seita. Len e Esaú descobriram que havia poucos menonitas em qualquer lugar nos assentamentos que viviam do comércio em vez da agricultura. E como eles mesmos eram excomungados, sem nenhum desejo de terem suas raízes em Piper's Run descobertas, fazia muito tempo que ambos tinham descartado os trajes distintos da fé de sua infância em troca dos tecidos caseiros das comunidades ribeirinhas, sem características que os distinguissem. Mantinham os cabelos curtos e os queixos expostos, porque era o costume entre os kelleritas que os homens permanecessem de rosto raspado até se casarem, quando então se esperava que eles cultivassem a barba que os diferenciava de forma mais clara do que qualquer anel removível. Os dois iam todos os domingos à Igreja da Sagrada Gratidão e se juntavam às devoções diárias regulares da família com quem se hospedavam; às vezes até esqueciam que já tinham sido qualquer outra coisa que não kelleritas.

De vez em quando, Len pensava, eles esqueciam por que estavam ali e o que estavam buscando. E ele se forçava a se lembrar da noite em que esperara por Esaú no ponto de encontro acima do Pymatuning e tudo o que acontecera antes para levá-lo até ali, e era até fácil se lembrar das coisas físicas, do ar frio e do cheiro das folhas, da surra, da expressão no rosto do pai ao erguer a alça do arreio e a abaixar com um silvo. Mas a outra parte, o que ele sentira por dentro, era mais difícil de relembrar. Às vezes, só conseguia com muito esforço. Em outras, não conseguia de modo algum. E em outras ocasiões ainda — e essas eram as piores —, o que ele sentira sobre sair de casa e encontrar Bartorstown lhe parecia infantil e absurdo. Ele via a casa e a família tão claramente que sentia quase uma dor física. *Eu joguei tudo isso fora em troca de um nome, uma voz no ar, e aqui estou, um andarilho, e onde está Bartorstown?* Ele descobriu que o tempo pode ser um traidor e que pensamentos são como topos de montanhas, um formato diferente de cada lado, mudando à medida que ficam mais distantes.

O tempo também lhe pregou outra peça. Ele o fizera crescer e lhe dera muitos assuntos novos com que se preocupar.

Incluindo a garota de cabelos amarelos.

Era uma noite de meados de junho, quente e abafada, com o pôr do sol engolido pela escuridão de uma tempestade que se aproximava. As duas velas sobre a mesa queimavam com uma chama reta, sem nenhum tremor de ar vindo das janelas abertas para perturbá-las. Len estava sentado com as mãos dobradas e a cabeça baixa, olhando para os restos de um pudim de leite. Esaú estava à direita, na mesma posição. A garota de cabelos amarelos se encontrava do outro lado da mesa. Seu nome era Amity Taylor. O pai dela estava dando graças pela carne, sentado na cabeceira da mesa, e a mãe dela ouvia com reverência da outra ponta.

— ... estendestes o manto da Vossa piedade para nos abrigar no dia da Destruição...

Amity deu uma olhadinha por baixo da sombra de suas sobrancelhas à luz de velas, espiando primeiro Len, depois Esaú.

— ... nosso agradecimento pela abundância ilimitada das Vossas bênçãos...

Len sentiu os olhos da garota sobre si. A pele dele era fina e sensível a esse toque, de modo que, mesmo sem levantar a cabeça, ele sabia o que ela estava fazendo. O coração começou a martelar. Sentiu-se quente. As mãos de Esaú estavam em seu campo de visão, dobradas entre os joelhos. Ele as viu se moverem e retesarem e soube que Amity tinha olhado para Esaú também, o que o fez ficar com mais calor ainda, pensando no jardim e no lugar sombreado debaixo do caramanchão.

Será que o juiz Taylor iria se calar algum dia?

O amém chegou, finalmente, abafado na voz mais alta do trovão. *Depressa,* pensou Len. *Depressa com a louça, ou não vai haver passeio no jardim. Para ninguém.* Ele deu um pulo, arrastando a cadeira para trás no assoalho. Esaú também se levantou, e Len foi retirar os pratos da mesa tão depressa que os primos se chocaram entre si. Do outro lado da luz de velas, Amity lentamente empilhava os copos e sorria.

A sra. Taylor saiu carregando duas travessas para a cozinha. Na porta do corredor, o juiz parecia estar a ponto de entrar em seu gabinete, como sempre fazia imediatamente após dizer a graça final. Esaú se virou de repente e lançou um olhar discreto de raiva para Len.

— Fique fora disso — cochichou.

Amity caminhou para a porta da cozinha, equilibrando a pilha de copos nas duas mãos. Os cabelos amarelos pendiam nas costas dela, em uma trança grossa. Usava um vestido de algodão cinza de gola alta e saia comprida, mas na garota não parecia nem um pouco similar ao vestido que a mãe dela usava. Ela tinha um jeito maravilhoso de andar que fazia o coração de Len subir à garganta sempre que a via. Ele fechou a cara para Esaú e saiu atrás da garota com a própria pilha de pratos, dando passos largos para chegar na frente.

— Len, venha para o gabinete quando tiver largado esses pratos — disse baixinho o juiz Taylor, da porta para o corredor. — Eles podem se virar lavando sozinhos uma vez.

Len parou. Deu uma olhada assustada e apreensiva para Taylor e concordou:

— Sim, senhor.

Taylor assentiu e deixou a sala. Len olhou depressa para Esaú, que estava abertamente aborrecido.

— O que ele quer? — perguntou Esaú.

— Como é que eu vou saber?

— Escuta. Escuta, você andou aprontando?

Amity passou lentamente pela porta vaivém, com a saia se movendo cheia de graça em volta dos tornozelos. Len corou.

— Não mais que você, Esaú — retrucou, raivoso.

E foi atrás de Amity. Colocou sua pilha de pratos na bancada da pia. Amity começou a dobrar as mangas do vestido e avisou para a mãe:

— O Len não pode ajudar hoje. Papai quer falar com ele.

Reba Taylor deu as costas para o fogão, onde uma panela de água para lavar a louça esquentava sobre as brasas. Tinha um rosto brando, agradável e um tanto vazio, e fazia muito tempo que Len a marcara como uma das pessoas desprovidas de curiosidade. A vida passara por cima dela com muita facilidade.

— Ó céus, ó céus. Você não fez nada de errado, não é, Len? — indagou ela.

— Espero que não, senhora.

— Aposto que é sobre o Mike Dulinsky e o armazém dele — falou Amity.

— O *sr.* Dulinsky — corrigiu Reba Taylor, cortante —, e se apresse com a louça, mocinha. Isso, sim, é da sua conta. Vá logo, Len. É bem provável que o juiz só queira lhe dar alguns conselhos, e você não se sairia mal dando ouvidos a eles.

— Sim, senhora — disse Len.

Saiu, cruzando a sala de jantar e indo para o corredor, seguindo por ele até o gabinete, perguntando-se por todo o caminho se ele tinha sido visto beijando Amity no jardim, ou se isso era sobre o negócio com Dulinsky, ou sobre o que seria. Ele ia com frequência ao gabinete do juiz e já conversara várias vezes com o homem, sobre livros e sobre o passado e o futuro, às vezes até sobre o presente, mas nunca fora convocado até lá.

A porta do gabinete estava aberta.

— Entre, Len — disse Taylor.

Ele estava sentado atrás da grande escrivaninha no canto das janelas. Elas davam para o oeste, e o céu para lá delas era de um preto embotado, como se tudo tivesse sido esfregado com cinzas de carvão. As árvores pareciam doentias e sem cor, e o rio jazia de um lado como uma faixa de chumbo. Taylor estivera sentado ali olhando para fora, com uma vela apagada e um livro fechado ao lado. Era um homem um tanto pequeno, com bochechas lisas e uma testa alta. Seu cabelo e sua barba estavam sempre muito bem aparados e cuidados, a roupa branca era trocada todos os dias, e o terno escuro e simples era feito do tecido mais fino que chegava ao mercado de Refúgio. Len gostava do homem. Ele tinha livros, os quais lia e encorajava outras pessoas a ler, e não tinha medo do conhecimento, embora nunca fizesse fanfarra de ter mais do que o necessário em sua profissão. "Nunca chame atenção indevida para si mesmo, e você evitará muitos problemas", dizia ele para Len com frequência.

Naquele momento, ele pediu que Len entrasse e fechasse a porta.

— Precisamos ter uma conversa bem séria, e eu queria você aqui sozinho porque quero que se sinta livre para pensar e tomar suas decisões sem nenhuma... Bem, sem outras influências.

— O senhor não tem muita consideração pelo Esaú, não é? — perguntou Len, sentando-se onde o juiz colocara uma cadeira para ele.

— Não, mas isso não vem ao caso. E digo mais: tenho muita consideração por você. Agora, vamos deixar as personalidades de lado. Len, você trabalha para o Mike Dulinsky.

— Sim, senhor — confirmou Len, começando a se encrespar na defensiva. Então era isso.

— Você vai continuar trabalhando para ele?

Len hesitou apenas por um instante antes de responder:

— Sim, senhor.

Taylor pensou, olhando para o céu preto e o entardecer feio. Um clarão bifurcado desceu das nuvens. Len contou lentamente e, quando chegou a sete, ouviu o ronco do trovão.

— Ainda está um tanto longe — comentou o menino.

— Está, mas vai nos alcançar. Quando a tempestade vem daquela direção, sempre nos alcança. Você leu bastante durante este ano que passou, Len. Aprendeu alguma coisa com as leituras?

Cheio de amor, Len passou os olhos pelas prateleiras. Estava escuro demais para enxergar os títulos, mas ele conhecia os livros por seu tamanho e lugar. Tinha lido muitos deles.

— Espero que sim.

— Então aplique o que aprendeu. Não vai lhe servir de nada trancado dentro da sua cabeça, em um armário separado. Você se lembra de Sócrates?

— Lembro.

— Ele foi um homem maior e mais sábio do que eu ou você jamais seremos, mas isso não o salvou quando ele foi com tudo contra o corpo da lei e da crença pública.

Outro relâmpago brilhou de novo e, dessa vez, o intervalo foi mais curto. O vento começou a soprar, jogando os galhos das árvores para todo lado e agitando a superfície lisa do rio. Figuras distantes trabalhavam nos molhes, apertando as amarrações das barcas ou levando fardos e sacos para debaixo das coberturas às pressas. Mais para dentro da terra firme, entre as árvores, as casas esbranquiçadas ou prateadas pelas intempéries de Refúgio cintilavam na última luz débil vinda do alto.

— Por que você quer apressar o dia? — perguntou Taylor, baixinho. — Você nunca viverá para vê-lo, nem seus filhos ou netos. Por quê, Len?

— Por que o quê? — indagou Len, francamente confuso.

— Por que você quer trazer as cidades de volta?

Len arquejou e ficou em silêncio, espiando a penumbra que havia subitamente ficado mais profunda, a ponto de Taylor não passar de uma sombra a pouco mais de um metro de distância.

— Elas já estavam morrendo mesmo antes da Destruição — continuou Taylor. — Megalópoles, afogadas no próprio esgoto, sufocadas nos próprios fumos, asfixiadas e esmagadas pela própria população. "Cidade" é uma palavra que pode soar como música para os seus ouvidos, mas o que você sabe de verdade sobre elas?

Eles já tinham falado sobre esse assunto.

— Minha vó dizia que...

— Que era uma menininha na época, e menininhas dificilmente veem a parte suja, a feiura, a pobreza amontoada, os vícios. As cidades estavam sugando toda a vida do país para dentro delas mesmas e a destruindo. Os homens não eram mais indivíduos, mas, sim, unidades em uma máquina vasta, todos seguindo um mesmo modelo, com os mesmos gostos e ideias, a mesma educação produzida em massa que não educava, apenas passava um verniz de palavras de ordem por cima da ignorância. Por que você quer trazer isso de volta?

Um debate antigo, mas aplicado de forma totalmente inesperada.

— Eu não tenho pensado em cidades de um jeito ou de outro — respondeu Len, gaguejando. — E não vejo o que o novo armazém do sr. Dulinsky tem a ver com elas.

— Len, se você não for honesto consigo mesmo, a vida jamais será honesta com você. Um idiota poderia dizer que não viu e ser honesto, mas você, não. A menos que ainda seja criança demais para pensar em coisas além do que vê.

— Tenho idade suficiente para me casar, e isso deveria ser idade bastante para qualquer coisa — retrucou Len, irritado.

— Realmente, realmente — concordou Taylor. — Aí vem a chuva, Len. Me ajude com as janelas.

Eles fecharam tudo e Taylor acendeu a vela. A sala ficou insuportavelmente quente e abafada.

— Que pena que as janelas sempre tenham que ser fechadas justamente quando o vento frio começa a soprar — lamentou o homem. — Você tem mesmo idade suficiente para se casar, e creio que a própria Amity pensa uma coisa ou outra nesse sentido. É uma possibilidade que eu quero que você considere.

O coração de Len começou a martelar como sempre fazia quando o assunto envolvia Amity. Sentia-se loucamente empolgado e, ao mesmo tempo, era como se uma armadilha tivesse sido posta aos seus pés. Ele tornou a se sentar enquanto a chuva castigava as janelas como granizo.

Taylor continuou, devagar:

— Refúgio é uma boa comunidade do jeito que é agora. Você poderia ter uma vida boa aqui. Posso retirá-lo das docas e fazer de você um advogado; com o tempo, seria um homem importante. Você teria tempo ocioso para estudar e toda a sabedoria do mundo está aqui, nestes livros. E ainda tem a Amity. Essas são as coisas que posso lhe dar. O que o Dulinsky tem a oferecer?

Len balançou a cabeça.

— Eu faço meu serviço e ele me paga. Só isso.

— Você sabe que ele está violando a lei.

— É uma lei boba. Um armazém a mais ou a menos...

— Um armazém a mais, neste caso, viola a Trigésima Emenda, a lei mais básica desta terra. Ela não deve ser ignorada.

— Mas não é justo. Ninguém aqui em Refúgio quer ver Shadwell germinar e tomar vários negócios só porque não há armazéns, molhes e abrigos suficientes deste lado para dar conta de todo o comércio.

— Um armazém a mais — disse Taylor, repetindo as palavras de Len de propósito —, e então mais molhes para servi--lo, e mais habitações para os comerciantes, e em breve você vai precisar de mais um armazém, e é assim que nascem as cidades. Len, o Dulinsky alguma vez mencionou Bartorstown para você?

O coração de Len, que vinha batendo com tanta força por causa de Amity, parou em um medo súbito. Ele estremeceu e, com sinceridade perfeita, respondeu:

— Não, senhor. Nunca.

— Eu só estava pensando. Parece o tipo de coisa que um homem de Bartorstown faria. Por outro lado, eu conheço o Mike desde que éramos meninos e não me lembro de nenhuma influência possível... Não, acho que não. Mas isso talvez não o salve, Len, e talvez não salve você também.

— Acho que não estou entendendo — disse Len, com cautela.

— Você e o Esaú são desconhecidos. As pessoas os aceitam, desde que vocês não contrariem os costumes delas; se contrariarem, cuidado. — Ele apoiou os cotovelos na escrivaninha e olhou para Len. — Você não foi de todo sincero a respeito de si mesmo.

— Eu nunca contei nenhuma mentira.

— Isso nem sempre é necessário. De qualquer forma, posso muito bem adivinhar. Você é um rapaz do interior. Eu apostaria que era um neomenonita. E fugiu de casa. Por quê?

Len escolheu as palavras como alguém à beira de um alçapão escolhe os passos.

— Acho que foi porque o pai e eu não concordávamos no quanto seria correto que eu soubesse.

— Até este ponto e nada além — disse Taylor, pensativo. — Essa sempre foi uma linha difícil de traçar. Cada seita deve decidir por si mesma, e até certo grau o mesmo vale para todos os homens. Você descobriu seu limite, Len?

— Ainda não.

— Descubra antes que vá longe demais — orientou Taylor.

Eles ficaram em silêncio por um momento. Chovia com força, e um raio caiu tão perto que fez um chiado audível antes de atingir o solo. O trovão resultante abalou a casa como uma explosão.

— Você entende por que a Trigésima Emenda foi aprovada? — perguntou Taylor.

— Para que não existissem mais cidades.

— Sim, mas você compreende o raciocínio por trás dessa interdição? Eu fui criado em certo conjunto de crenças e, em público, nem sonharia em contradizer qualquer parte delas, mas aqui em privado posso dizer que não acredito que Deus dispôs que as cidades fossem destruídas por serem pecadoras. Li história demais. O inimigo bombardeou as principais cidades porque elas eram excelentes alvos, centros populacionais, centros de manufatura e distribuição sem os quais o país seria igual a um homem com a cabeça decepada. E foi exatamente o que aconteceu. O sistema de abastecimento para lá de complexo degringolou, as cidades que não foram bombardeadas tiveram que ser abandonadas não apenas por serem perigosas, mas inúteis, e todos foram arremessados de volta às questões básicas para a sobrevivência, em especial à busca por alimentos.

"Os homens que criaram as novas leis estavam determinados a não deixar aquilo acontecer outra vez. Naquele momento, as pessoas estavam dispersas, e eles queriam mantê-las assim, próximas da fonte de abastecimento e sem oferecer alvos fáceis para um potencial inimigo. Foi por isso que aprovaram a Trigésima Emenda. Era uma lei sábia. Adequada para o povo. Eles tinham acabado de receber uma temível aula prática sobre o tipo de armadilha mortal que as cidades podiam ser. Não as queriam mais, e, pouco a pouco, isso se tornou uma questão de fé. O país é saudável e próspero por causa da Trigésima Emenda, Len. Deixe isso em paz."

— Talvez o senhor esteja certo — comentou Len, com uma carranca para a chama da vela. — Mas quando o sr. Dulinsky diz como o país começou a crescer de novo e não deveria ser contido por leis ultrapassadas, eu também acho que ele está certo.

— Não deixe ele enganar você. O Dulinsky não está preocupado com o país. Ele é um sujeito que é dono de quatro armazéns e quer ser dono de cinco e está doído porque a lei diz que ele não pode. — O juiz se levantou. — Você terá que decidir o que é o correto por conta própria. Mas quero deixar uma coisa bem clara. Tenho que pensar na minha esposa, na minha filha e em mim. Se você continuar com o Dulinsky, terá que sair da minha casa. Nada de caminhadas com a Amity. Nada de livros. E eu lhe dou um alerta: se eu for convocado a julgá-lo, julgá-lo é o que eu farei.

Len também se levantou.

— Sim, senhor.

Taylor pousou a mão no ombro dele.

— Não seja tolo, Len. Pense nisso.

— Pensarei.

Ele saiu, mal-humorado e ressentido e, ao mesmo tempo, convencido de que o juiz estava sendo sensato. Amity, casamento, um lugar na comunidade, um futuro, raízes, nada de Dulinsky, nada de dúvidas. Nada de Bartorstown. Nada de sonhar. Nada de buscar sem nunca encontrar.

Ele pensou em se casar com Amity e em como seria. Isso o assustava tanto que suou como um potro vendo o arreio pela primeira vez. Nada de sonhos com justiça. Pensou no irmão James, que àquela altura provavelmente já era pai de vários menonitinhas, e se perguntou se, no fim das contas, Refúgio era tão diferente assim de Piper's Run. Valia a pena ter percorrido toda essa distância por Amity? Amity ou Platão. Ele não lera Platão em Piper's Run; em Refúgio, sim, mas Platão também não parecia ser a resposta completa.

Nada mais de Bartorstown. Mas será que ele a encontraria algum dia, de qualquer maneira? Estaria maluco ao considerar trocar uma garota por um fantasma?

O corredor estava escuro exceto pelos lampejos intermitentes dos relâmpagos. Houve um quando ele passou pelo pé da escadaria, e no breve clarão viu Esaú e Amity na alcova triangular debaixo dos degraus. Estavam pressionados um contra o outro, e Esaú a beijava com força. Amity não protestava.

9

Era a tarde do Sabá. Estavam de pé na sombra do caramanchão, e Amity o olhava de cara feia.

— Você não me viu fazer nada disso, e vou dizer que está
mentindo se contar para alguém que viu!

— Eu sei o que eu vi, e você também sabe — disse Len.

Amity fez a trança grossa balançar para lá e para cá, com
o jeito dela de chacoalhar a cabeça.

— Não estou prometida a você.

— Você gostaria de estar, Amity?

— Talvez. Não sei.

— Então por que estava beijando o Esaú?

— Bom, como é que eu vou saber de qual dos dois eu gosto mais se não beijasse? — indagou ela, muito razoavelmente.

— Tá. Tá bom, então.

Len estendeu a mão e a puxou para si e, por estar pensando em como Esaú o fizera, foi um tanto rude no trato. Pela
primeira vez, ele a abraçou bem apertado e sentiu o quanto ela era firme e macia, sentiu como seu corpo se curvava
de uma forma incrível. Os olhos dela estavam próximos dos
dele, tão próximos que se tornaram apenas uma cor azul,
sem nenhum formato, e ele ficou tonto, fechou os próprios
olhos e encontrou a boca de Amity apenas pelo tato.

Depois de algum tempo, ele a afastou um pouquinho e
perguntou:

— E então, qual dos dois?

Ele tremia por inteiro, mas havia apenas o mais leve rubor nas bochechas de Amity, e o olhar que ela lançou era um tanto frio. Ela sorriu.

— Não sei. Você vai ter que tentar de novo — falou ela.

— Foi isso o que você disse pro Esaú?

— O que te importa o que eu disse pro Esaú? — Outra vez a trança amarela deslizou pelas costas do vestido dela. — Vai tomar conta da sua vida, Len Colter.

— Eu podia fazer isso ser da minha conta.

— Quem disse?

— Seu pai, foi ele quem disse.

— Ah. Ele disse, é? — perguntou Amity.

Subitamente, foi como se uma cortina tivesse se fechado entre eles. A menina recuou e sua boca formou uma linha rígida.

— Amity — chamou ele. — Escuta, Amity, eu...

— Você me deixe em paz. Está me entendendo, Len?

— O que tem de tão diferente agora? Você estava disposta, um minuto atrás.

— Disposta! Isso é tudo o que você sabe. E se pensa que, porque andou se esgueirando com meu pai pelas minhas costas...

— Eu não me esgueirei. Amity, escuta.

Ele a pegou de novo e a puxou, e ela sibilou de volta, entre dentes.

— Me solta, eu não sou sua propriedade, eu não sou de ninguém! Me solta...

Ele a segurou mais, relutante. Aquilo o excitou, e ele riu e abaixou a cabeça para beijá-la outra vez.

— Ah, vamos, Amity. Eu te amo...

Ela guinchou feito um gato e unhou o rosto dele. Len a soltou e ela não estava mais bonita, seu rosto todo contorcido e feio e os olhos maldosos. A garota fugiu dele, seguindo a trilha no jardim. O ar estava quente e o cheiro de rosas em torno dele era forte. Por um tempo, Len ficou ali, observando Amity se afastar, depois caminhou lentamente até a casa e subiu para o quarto que dividia com Esaú.

O primo estava na cama, meio adormecido. Apenas grunhiu e rolou para o lado quando o outro entrou. Len abriu a porta do armário raso. Tirou de lá um saco pequeno feito de lona resistente e começou a guardar seus pertences, metodicamente, enfiando cada item no lugar com uma força desnecessária. Seu rosto estava corado; as sobrancelhas, franzidas em uma carranca pesada.

Esaú rolou de volta.

— O que você acha que tá fazendo? — perguntou para Len, pestanejando.

— As malas.

— As malas! — Esaú se sentou. — Pra quê?

— Pra que as pessoas normalmente fazem as malas? Tô indo embora.

Os pés de Esaú pousaram no chão.

— Você está maluco? Como assim, você tá indo embora, assim, do nada? Eu não tenho direito de dizer nada sobre isso?

— Sobre eu ir embora? Não tem, não. Você pode fazer o que quiser. Cuidado, eu quero essas botas aí.

— Tá bom! Mas você não pode... Espera um pouco aí. O que é isso no seu rosto?

— O quê?

Len esfregou a bochecha com o dorso da mão, que ficou com uma mancha vermelha. Amity cravara fundo.

Esaú começou a rir.

Len se aprumou.

— Qual é a graça?

— Ela finalmente brigou com você, né? Ah, não me vem com historinhas de que foi o gato que te arranhou, eu conheço marcas de unhas quando vejo. Muito bom. Eu disse pra você ficar longe dela, mas você não quis ouvir. Eu...

— Você acha que ela te pertence? — perguntou Len, bem baixinho.

Esaú sorriu.

— Eu também podia ter te dito isso.

Len bateu nele. Foi a primeira vez na vida que bateu em alguém com raiva de verdade. Observou Esaú cair de costas na cama, com os olhos arregalados de surpresa e um filete vermelho brotando no canto da boca, e tudo pareceu acontecer muito lentamente, dando tempo de sobra para que ele se sentisse culpado, arrependido e confuso. Era quase como se tivesse batido no próprio irmão. Mas ainda estava zangado. Ele pegou o saco e partiu na direção da porta, e Esaú levantou da cama em um salto e o pegou pelo ombro do casaco, fazendo-o dar meia-volta.

— Bate em mim, vai — provocou, arfando. — Bate em mim, seu...

Ele chamou Len de um nome que ouvira nas docas do rio e deu um soco forte.

Len se desviou. Os nós dos dedos de Esaú deslizaram ao longo da mandíbula de Len e aterrissaram no sólido batente da porta. O primo uivou e saiu dançando, praguejando, com a mão enfiada debaixo do outro braço. Len começou a dizer algo como "Desculpe", mas mudou de ideia e novamente se virou para ir embora. O juiz Taylor estava no corredor.

— Pare com isso — mandou, dirigindo-se a Esaú.

O menino parou, ficando imóvel no meio do quarto.

— Acabei de falar com a Amity — disse o homem, e Len via que, por trás de seu comportamento jurídico, Taylor estava borbulhando de fúria. — Lamento muito, Len. Creio que cometi um erro de julgamento.

— Sim, senhor. Eu estava de saída — disse Len.

Taylor assentiu.

— Ainda assim, o que eu te disse é verdade. Lembre-se disso.

Ele olhou intensamente para Esaú.

— Ele que vá. Eu vou ficar bem aqui — falou Esaú.

— Acho que não vai, não — replicou Taylor.

— Mas ele... — insistiu Esaú.

— Eu bati nele primeiro — admitiu Len.

— Isso não vem ao caso. Junte as suas coisas, Esaú.

— Mas por quê? Eu ganho o suficiente para pagar o aluguel. Não fiz nada...

— Ainda não sei direito o que você fez, mas seja muito ou pouco, acaba por aqui. O quarto não está mais disponível para alugar. E se eu pegar você perto da minha filha outra vez, vou te expulsar de Refúgio. Fui claro?

Esaú o encarou, emburrado, mas não falou nada. Começou a jogar as coisas em uma pilha sobre a cama. Len passou pelo juiz, seguiu o corredor e desceu a escada. Saiu pela porta dos fundos e, ao passar pela cozinha, pela porta semiaberta, teve um vislumbre de Amity debruçada sobre a mesa da cozinha, soluçando feito um gato selvagem, e da sra. Taylor observando-a com uma expressão levemente desanimada, com uma das mãos erguida como se fosse dar um tapinha reconfortante no ombro da filha, mas se contivera, abandonando-a no ar.

Len escapou pelo portão dos fundos, evitando o caramanchão.

Quieto e pesado, o Sabá caía sobre Refúgio. Len se manteve nas vielas, caminhando sem parar pela poeira. Não fazia ideia de para onde ia, mas o hábito e a configuração geral de Refúgio o levaram para o rio e as docas, onde os quatro grandes armazéns de Dulinsky ficavam enfileirados. Ele parou lá, incerto e taciturno, só então começando a se dar conta de que as coisas tinham mudado muito radicalmente para ele nos minutos anteriores.

O rio corria verde como uma garrafa de vidro e, entre as árvores da margem mais distante, os telhados de Shadwell cintilavam no sol quente. Havia uma fila de embarcações fluviais amarradas ao longo da doca. Os homens delas estavam na comunidade ou dormindo nos conveses inferiores. Nada se movia com exceção do rio, das nuvens e de um gato adolescente brincando sozinho no convés de proa de uma das barcas. À direita de Len, um pouco mais adiante, estava o grande retângulo desnudo do local separado para o novo armazém. As pedras da fundação já tinham sido colocadas. Vigas e tábuas estavam dispostas em pilhas organizadas, e havia uma serraria com um monte de poeira amarelo-clara logo abaixo. Dois homens, bem separados, descansavam na sombra, sem chamar muita atenção. Len franziu a testa. Eles olharam para o garoto como se estivessem de vigia.

Talvez estivessem. Era um mundo estúpido, cheio de gente estúpida. Gente medrosa, pensando que o céu inteiro desabaria sobre elas se a menor coisinha fosse alterada. Mundo idiota. Ele o odiava. Amity vivia nele, e, em algum lugar dele, Bartorstown estava escondida para que nunca fosse encontrada, e a vida era sombria e cheia de frustrações.

Ainda estava pensando quando Esaú apareceu na doca à procura dele.

O primo estava carregando os pertences em um pacote feito às pressas, com o rosto feio e vermelho. O lábio inchara em um dos lados. Ele largou o embrulho no chão, postou-se na frente de Len e anunciou:

— Eu tenho umas coisas para acertar com você.

Len inspirou fundo pelo nariz. Ele não tinha medo de Esaú e se sentia deprimido e maldoso o bastante naquele momento para que uma briga lhe parecesse algo agradável. Não era tão alto quanto Esaú, mas seus ombros eram mais largos e robustos. Ele os encolheu e esperou.

— Por que você quis que nos expulsassem de lá? — exigiu Esaú.

— *Eu* fui embora. Você que foi expulso.

— Belo primo, você. O que foi que você disse pro velho Taylor pra que ele fizesse aquilo?

— Nada. Não precisei.

— O que você quer dizer com isso?

— Ele não gosta de você, é isso o que eu quero dizer. Não venha caçar briga comigo a menos que esteja falando sério, Esaú.

— Tá doído, é? Bom, pode ficar doído, mas vou te dizer uma coisa. E você pode dizer isso pro juiz. Ninguém pode me manter longe da Amity. Vou ver ela sempre que eu quiser e vou fazer o que eu quiser com ela, porque ela gosta de mim, o pai dela gostando ou não.

— Um bocudo — acusou Len. — É isso que você é, um bocudo com uma boca enorme feito uma mala aberta.

— Eu não diria nada. Se não fosse por você, eu nunca teria saído de casa. Estaria lá agora, provavelmente com a fazenda toda pra mim a essa altura, e uma esposa e uns filhos se eu quisesse, em vez de estar vagando pro inferno e andando pelo país procurando...

— Cala a boca — vociferou Len.

— Tá bom, mas você sabe o que eu quero dizer, e nem sei onde é que vou dormir esta noite. Encrenca, Len. Isso é tudo o que você sempre me arranjou, e agora arranjou pra minha garota também.

Em indignação absoluta, Len retrucou:

— Esaú, você é um frouxo mentiroso!

Esaú lhe deu um soco.

Len tinha ficado tão zangado que se esquecera de fechar a guarda, e o golpe o pegou de surpresa. Derrubou seu chapéu e atingiu mais dolorosamente a maçã do rosto. Ele engoliu o ar pela boca e partiu para cima de Esaú. Eles brigaram e se esmurraram pela doca por um ou dois minutos, até que subitamente Esaú disse:

— Espera, para, tem alguém vindo e você sabe o que acontece quando alguém briga no Sabá.

Com a respiração pesada, eles se separaram. Len pegou o chapéu, tentando fingir que não estava fazendo nada. Pelo canto dos olhos, viu Mike Dulinsky e dois outros homens chegando na doca.

— A gente termina isso mais tarde — cochichou para Esaú.

— Com certeza.

Eles se postaram de lado. Dulinsky os reconheceu e sorriu. Era uma homem grande e poderoso, que estava começando a engordar na cintura. Tinha olhos muito brilhantes que pareciam ver tudo, inclusive muito do que ficava fora das vistas, mas eram olhos frios, que nunca se aqueciam, nem mesmo quando sorriam. Len admirava Mike Dulinsky. Ele o respeitava. Mas, particularmente, não gostava dele. Os dois sujeitos que o acompanhavam eram Ames e Whinnery, ambos proprietários de armazéns.

— E aí? Observando o projeto? — disse Dulinsky.

— Não exatamente — respondeu Len. — Nós... Hã... Poderia nos dar permissão para dormir no escritório hoje à noite? Nós... não estamos mais alojados na residência dos Taylor.

— Ah, é? — falou Dulinsky, erguendo as sobrancelhas.

Ames soltou um ruído sarcástico que não chegou a ser bem uma risadinha. Len ignorou.

— Pode ser, senhor?

— Mas é claro. Fiquem à vontade. Vocês estão com a chave? Ótimo. Venham comigo, cavalheiros.

Ele saiu andando com Whinnery e Ames. Len pegou seu saco, Esaú pegou seu pacote, e eles voltaram um pouco na doca até chegar ao escritório, um galpão comprido de dois andares onde se cuidava da burocracia dos armazéns. Len tinha a chave porque abrir o escritório toda manhã era parte do seu trabalho. Enquanto remexia na tranca, Esaú olhou para trás e disse:

— Ele os levou lá embaixo para mostrar os alicerces. Eles não parecem muito felizes.

Len também olhou rapidamente para trás. Dulinsky agitava os braços e falava, animado, mas Ames e Whinnery pareciam preocupados e balançavam a cabeça em negação.

— Só falar não vai ser suficiente para convencer os caras — comentou Esaú.

Len grunhiu e entrou. Em poucos minutos, depois de terem subido para o sótão a fim de guardar seus pertences, ouviram alguém entrar. Era Dulinsky e estava sozinho. Ele lhes lançou um olhar duro e direto.

— Também estão com medo? Vão fugir e me deixar na mão? — provocou. Ele não lhes deu tempo de responder, indicando o lado de fora com a cabeça. — *Eles* estão com medo. Também querem mais armazéns. Querem que Refúgio cresça e faça eles enriquecerem, mas não querem assumir nenhum risco. Querem ver o que acontece comigo primeiro. Aqueles desgraçados. Estou tentando convencê-los de que, se todos trabalharmos juntos... Por que o juiz mandou vocês embora da casa dele? Foi por minha causa?

— Bem... Foi — disse Len.

Esaú pareceu surpreso, mas não acrescentou nada.

— Eu preciso de vocês — pediu Dulinsky. — Preciso de todos os homens que conseguir. Espero que fiquem comigo, mas não vou obrigar vocês. Se estiverem preocupados, é melhor que se vão agora.

— Não sei o Len, mas eu vou ficar — declarou Esaú, com um sorriso largo.

Ele não estava pensando em armazéns.

Dulinsky olhou para Len, que corou e abaixou o olhar para o chão.

— Eu não sei — confessou. — Não é que eu tenha medo de ficar, é só que talvez eu queira deixar Refúgio e continuar descendo o rio.

— Vou superar — insistiu Dulinsky.

— Tenho certeza de que vai, mas quero pensar a respeito — respondeu Len, teimoso.

— Fique comigo e enriqueça. Meu tataravô veio da Polônia para cá e nunca enriqueceu porque as coisas já estavam construídas. Só que agora elas estão prestes a serem construídas de novo, e vou entrar nessa logo no começo. Sei o que o juiz anda dizendo para você. Ele é um negativista. Tem medo de acreditar nas coisas. Eu não tenho. Acredito na grandeza deste país e sei que esses grilhões obsoletos têm que ser rompidos se algum dia pretendemos voltar a crescer. Eles não vão se romper sozinhos. Homens como você e eu, alguém vai precisar ir até lá e rompê-los.

— Sim, senhor. Mas ainda quero pensar a respeito — disse Len.

Dulinsky o analisou com atenção, depois sorriu.

— Você não dá o braço a torcer mesmo, hein? Não é um traço ruim... Tá bom, vai lá, pense.

Ele os deixou. Len olhou para Esaú, mas o clima tinha passado e a vontade de brigar também.

— Vou sair para dar uma volta — anunciou.

Esaú deu de ombros, sem tentar se juntar ao primo. Len caminhou lentamente pela doca, pensando nos barcos que iam para o oeste, imaginando se algum deles se destinava a Bartorstown em segredo, questionando se vagar às cegas de um lugar para o outro adiantava de algo, perguntando-se o que fazer. Quando chegou ao final da doca, saiu dela e continuou a andar para além do local de construção do armazém. Os dois homens o observaram com cuidado até ele se afastar.

Talvez não estivesse pensando conscientemente em ir até lá, mas alguns minutos de caminhada à toa a mais o levaram até a borda do complexo dos comerciantes, uma área de terra compactada e dura, onde os carroções ficavam estacionados entre longas fileiras de galpões com estábulos, galpões de leilão e abrigos permanentes para os homens. Len passava um bom tempo ali. Por um lado, era parte de seu trabalho com Dulinsky, mas ia além disso. Ali encontrava toda a fofoca e empolgação das estradas e às vezes até recebia notícias de Piper's Run. Tinha esperança infinita de que algum dia fosse ouvir a novidade pela qual esperara todos aqueles anos, mas nunca ouvira. Nunca sequer chegara a ver um rosto familiar, nem mesmo o de Hostetter, e isso era estranho, porque ele sabia que Hostetter viajava para o sul no inverno e, portanto, teria que atravessar o rio em algum ponto. Len estivera em todas as paradas de balsa, mas Hostetter não dera as caras. Com frequência Len se perguntava se Hostetter tinha voltado para Bartorstown ou se algo lhe acontecera e ele estava morto.

Naquele momento, a área estava quieta, afinal, não se conduzia negócios durante o Sabá. Os homens ou estavam sentados conversando na sombra, ou tinham ido a algum lugar para fazer a reunião da oração vespertina. Len conhecia a maior parte deles, ao menos de vista, e eles o conheciam. Ele se juntou ao grupo, feliz por ter um pouco de conversa para distrair a cabeça dos problemas. Alguns eram neomenonitas. Len sempre ficava tímido perto deles, um pouco infeliz também, porque o faziam se lembrar de muitas coisas nas quais preferia não pensar. Ele nunca deixava transparecer que tinha sido um deles.

Conversaram por um tempo. As sombras ficaram mais compridas, e uma brisa fria se ergueu do rio. Começou a surgir um cheiro de fumaça de lenha e comida cozinhando, e ocorreu a Len que ele não tinha onde jantar. Perguntou se podia ficar.

— É claro, e seja bem-vindo — disse um neomenonita chamado Fisher. — Vou te dizer um negócio, Len: seria de grande ajuda se você fosse buscar um pouco mais de lenha naquela pilha grande.

Len pegou o carrinho de mão e atravessou até a beira do complexo, onde ficava a grande pilha de lenha. Para isso, precisou passar ao longo dos galpões dos estábulos. Encheu o carrinho com lenha e se virou para voltar. Quando chegou a certo ponto ao lado dos estábulos, as filas de carroções o esconderam dos abrigos e dos homens que estavam se ocupando em torno das fogueiras naquele momento. Estava escuro dentro dos estábulos. O interior recendia um cheiro doce e quente de cavalo, junto ao som de mastigação.

Uma voz saiu lá dentro também, chamando o nome dele.

— Len Colter.

Len parou. Era uma voz baixa e apressada, muito cortante, insistente. Ele olhou ao redor, mas não enxergou nada.

— Não me procure, a menos que queira arranjar problemas para nós dois — continuou a voz. — Apenas escute. Tenho uma mensagem para você, de um amigo. Ele pediu para te dizer que você nunca vai encontrar o que está procurando. Falou para você ir para casa, para Piper's Run, e fazer as pazes. Ele disse...

— Hostetter. O senhor é o Hostetter? — sussurrou Len.

— ... para ir embora de Refúgio. Haverá um banho de fogo, e você será queimado nele. Vá embora, Len. Vá para casa. Agora continue andando, como se nada tivesse acontecido.

Len começou a andar. Mas falou para o escuro dos estábulos, em um grito sussurrado de triunfo selvagem:

— Você sabe que só tem um lugar para onde eu quero ir! Se quiser que eu vá embora de Refúgio, terá que me levar para lá.

— Lembre-se da noite da pregação — respondeu a voz, em um suspiro esmaecido. — Nem sempre você será salvo.

10

Duas semanas depois, a estrutura do novo armazém tinha tomado forma, e homens começavam a trabalhar no telhado. Len trabalhava onde lhe diziam para trabalhar, ora na turma da construção, ora no escritório, onde os papéis se empilhavam alto demais. Fazia isso em um estado de animação tensa, passando por muitos movimentos de maneira automática enquanto sua cabeça estava em outras coisas. Ele era como um homem à espera de uma explosão.

Len mudara seu dormitório para uma cabana na seção dos comerciantes, deixando Esaú com o sótão de Dulinsky só para si. Passava cada minuto vago ali, esquecendo-se bem de Amity, esquecendo-se de tudo que não fosse a esperança de que a qualquer minuto, depois de tantos anos, as coisas iriam acontecer para ele do jeito que esperava. Repassou várias e várias vezes em sua cabeça cada palavra que a voz dissera. Ele as ouvia enquanto dormia, com leveza e inquietação. E não teria deixado Refúgio e Dulinsky naquele momento por motivo nenhum.

Sabia que o perigo existia. Estava começando a senti-lo no ar e a vê-lo no rosto de alguns dos homens que passavam para observar as vigas do armazém subirem. Havia desconhecidos demais entre eles. A zona rural em torno de Refúgio era terra de cultivo, populosa e próspera, e apenas em parte neomenonita. Em dias de feira, havia fazendeiros por lá, e lojistas, comerciantes e pregadores do interior iam e vinham. Era óbvio que a notícia estava se espalhando. Len sabia que corria risco e sabia que talvez não fosse justo com Hostetter ou seja lá quem tivesse se arriscado a lhe dar aquele aviso. Mas estava ferozmente determinado a não ir embora.

Estava com raiva de Hostetter e dos homens de Bartorstown.

Ficara bem claro que eles sabiam onde ele e Esaú estavam desde que foram embora de Piper's Run. Len conseguia pensar em meia dúzia de vezes em que um comerciante passara por acaso, providencialmente, para ajudá-los a sair de um aperto, e agora tinha certeza de que essas situações não foram acidentais. E tinha certeza de que a razão pela qual nunca encontrou com Hostetter também não era acidental. Hostetter os evitara, e provavelmente os homens de Bartorstown tentaram não usar as instalações de qualquer comunidade em que os meninos Colter estivessem. Era por isso que nunca encontraram pistas. Hostetter sabia muito bem que por todos aqueles anos os homens de Bartorstown vinham deliberadamente obstruindo qualquer esperança de encontrar o que eles procuravam. Ao mesmo tempo, poderiam, com facilidade e a qualquer momento, tê-los simplesmente apanhado e levado para onde queriam ir. Len se sentiu como uma criança tapeada pelos mais velhos. Queria botar as mãos em Hostetter.

Não contou nada disso para Esaú. Já não gostava mais tanto assim do primo e não tinha muita certeza sobre o que achava dele. Imaginara que haveria tempo de sobra para conversar depois, e todos por enquanto, incluindo Esaú, estariam mais seguros se ele não soubesse de nada.

Len ficava por perto dos comerciantes, sem fazer perguntas nem falar algo, apenas ali, com olhos abertos e ouvidos atentos. Mas não viu ninguém que conhecesse, e nenhuma voz secreta tornou a falar com ele. Se aquele era Hostetter, ele ainda se mantinha fora das vistas.

Seria difícil fazer isso em Refúgio. Len concluiu que, se fosse mesmo Hostetter, o homem estaria ficando do outro lado do rio, em Shadwell. E logo sentiu um impulso de ir para lá. Talvez, longe das pessoas que o conheciam tão bem, pudesse firmar outro contato.

Ele não tinha nenhuma desculpa para ir a Shadwell, mas não levou muito tempo para encontrar uma. Certa noite, enquanto ajudava Dulinsky a fechar o escritório, falou:

— Estive pensando que não seria uma má ideia se eu fosse até Shadwell para ver o que eles acham do que o senhor está fazendo. Afinal, se o senhor for bem-sucedido, vai acabar tirando o ganha-pão deles.

— Eu sei o que eles acham — disse Dulinsky. Ele fechou uma gaveta da escrivaninha com um estrondo e olhou pela janela para a estrutura escura do prédio que erguia contra o oeste azul. Depois de um instante, acrescentou: — Eu vi o juiz Taylor hoje.

Len aguardou. Andava irrequieto e nervoso o tempo todo naqueles dias. Horas pareceram passar até Dulinsky voltar a falar.

— Ele me disse que, se eu não parar a construção, ele e as autoridades de Refúgio vão me prender e prender todos que estiverem ligados a mim.

— O senhor acha que vão fazer isso mesmo?

— Eu o lembrei que não violei nenhuma lei local. A Trigésima Emenda é uma lei federal, e ele não tem jurisdição sobre isso.

— E o que ele respondeu?

Dulinsky deu de ombros.

— Exatamente o que eu esperava. Que vai informar imediatamente a corte federal em Maryland, solicitando a intervenção das autoridades ou de um oficial federal.

— Ah, bem... Isso vai demorar um tempinho. E a opinião pública...

— Sim — interrompeu Dulinsky. — A opinião pública é minha última esperança. Taylor sabe disso. Os anciãos sabem disso. O velho Shadwell sabe disso. Esse negócio não vai esperar que algum juiz federal se abale de Maryland até aqui.

— O senhor vai vencer o comício amanhã à noite. Refúgio está bem aborrecida com Shadwell tomando negócios daqui. As pessoas apoiam o senhor, a maioria delas — disse Len, confiante.

Dulinsky grunhiu.

— Talvez não seja má ideia você ir até Shadwell. Esse comício é importante. Ele vai determinar se eu me sustentarei ou cairei, e quero saber se o velho Shadwell está se preparando para vir até aqui me criar problemas. Vou dar algumas coisas para você fazer lá, para não dar na cara que está espionando. Não faça nenhuma pergunta, apenas veja o que consegue captar. Ah, e não leve o Esaú.

Len não pretendia levá-lo, mas perguntou:

— Por que não?

— Você é esperto o bastante para ficar longe de encrencas. Ele, não. Você sabe onde ele tem passado as noites?

— Ué, aqui, eu acho — respondeu Len, surpreso.

— Talvez. Espero que sim. Pegue a balsa da manhã, Len, e volte na da tarde. Quero você aqui para o comício. Preciso de todas as vozes que puder gritando "Viva o Mike!".

— Tudo bem — concordou Len. — Boa noite.

No caminho, ele passou pelo armazém recém-construído. O local exalava o perfume de madeira nova e tinha uma imensidão satisfatória. Len sentia que era bom construir. Naquele momento, concordava apaixonadamente com Dulinsky.

Uma voz o desafiou da sombra de uma pilha de tábuas, e ele respondeu:

— Olá, Harry, sou eu.

E seguiu caminhando. Havia quatro homens de guarda. Carregavam grandes tarugos de madeira nas mãos, e fogueiras ardiam a noite toda para iluminar a área. Ele entedia que Mike Dulinsky ia até ali com frequência para dar uma olhada, como se estivesse inquieto demais para dormir.

O próprio Len não dormiu bem. Ele ficou ali por algum tempo depois da janta, depois se enrolou para dormir, mas ficou pensando no dia seguinte, em como caminharia por Shadwell até o complexo dos comerciantes e Hostetter estaria lá, e como diria algo para ele, algo discreto, mas cheio de significado, e Hostetter assentiria e diria: "Tudo bem, não adianta mais lutar contra você, vou levá-lo para onde quer ir". Repetiu a cena várias vezes em sua cabeça, e o tempo todo sabia que era apenas uma dessas coisas que se sonha quando é criança e ainda não aprendeu sobre a realidade. Em seguida, começou a pensar em Dulinsky perguntando onde Esaú passava as noites e dormir virou algo impensável. Len também queria saber.

Ele achou que sabia. E, considerando-se que ele não se importava nem um pouco com Amity, era incrível o quanto a ideia o deixou chateado.

O garoto se levantou e saiu na noite quente. O complexo estava escuro e silencioso, tirando os baques ocasionais nos estábulos, onde os cavalos grandes se moviam nas baias. Len atravessou o complexo e andou pelas ruas adormecidas da comunidade, deliberadamente pegando o caminho mais longo para não passar pelo novo armazém. Não queria conversar com os guardas.

O caminho mais longo era longo o bastante para levá-lo além da casa do juiz Taylor. Nada se movia por lá e nenhuma luz estava visível. Ele identificou qual era a janela de Amity, depois ficou com vergonha e seguiu em frente, descendo para as docas.

A porta do escritório de Dulinsky estava fechada, mas Esaú tinha ganhado uma chave, então isso não queria dizer nada. Len hesitou. O cheiro molhado do rio impregnava o ar, pressagiando a chuva, e o céu estava nublado. As fogueiras de vigia queimavam mais abaixo na margem. Tudo estava quieto e, de algum modo, o galpão do escritório passava a sensação de um prédio vazio. Len destrancou a porta e entrou.

Esaú não estava lá.

Len ficou imóvel por um bom tempo, em uma fúria sombria a princípio, mas que se assentou gradualmente em algo semelhante a um desprezo enojado pela estupidez de Esaú. Quanto à Amity, se era isso o que ela queria, que fizesse bom proveito. Ele não estava zangado. Não muito.

O catre de Esaú encontrava-se intocado. Len virou a colcha, dobrando-a com cuidado. Colocou as botas reserva de Esaú bem debaixo da beirada do catre, apanhou uma camisa suja e a pendurou em um cabide. Depois acendeu o lampião ao lado da cama de Esaú, abaixou a chama e o deixou queimando. Saiu, trancando a porta do escritório ao passar.

Era bem tarde quando voltou para o complexo. Mesmo assim, sentou-se por um longo tempo na soleira da porta, olhando para a noite e pensando. Pensamentos solitários.

De manhã, passou para pegar com Dulinsky a carta que seria levada até Shadwell, e Esaú estava lá, com um semblante tão bobo e velho que Len quase ficou com dó do primo.

— Qual é o seu problema? — indagou ele, e rosnou.

— Você parece estar morrendo de medo. Tem alguém te ameaçando por causa do armazém? — perguntou Len deliberadamente.

— Cuide da sua vida — disse Esaú, e Len sorriu por dentro.

Ele que se preocupasse. Ele que se perguntasse quem estivera lá na noite anterior, quando ele estava onde não devia. Ele que se perguntasse quem sabia e que esperasse.

Len desceu e embarcou na balsa, um troço enorme, pesado e achatado com uma barraca para abrigar a caldeira e a pilha de lenha. Uma chuva leve e contínua começara a cair, e a margem distante estava obscurecida pela névoa. Um comerciante que seguia rumo ao sul com uma carga de artigos de lã e couro também estava cruzando. Len o ajudou com a parelha de cavalos, depois se sentou com ele no carroção, lembrando-se de como veículos como aquele lhe pareciam coisas mágicas quando era menino. Era como se a Feira de Canfield tivesse acontecido um milhão de anos antes. O comerciante era um homem magro, cuja barba ruiva fazia Len se lembrar de Soames. Ele estremeceu e desviou o olhar, mais adiante no rio, onde a corrente lenta e forte seguia eternamente para o oeste. Um escaler subia se chocando contra as águas. Deu uma buzinada lamentosa para a balsa, que respondeu. Em seguida, vindo do leste, uma terceira voz falou, e uma fileira de barcas desceu na frente deles, carregadas de carvão que cintilava, preto e brilhoso, sob a chuva.

Shadwell era pequena, nova e crua, e crescia tão depressa que, para todo lado que Len olhasse, havia edifícios construídos pela metade. A orla zumbia de atividade, e a grande casa de Shadwell se aboletava em um aclive atrás dela, assistindo a tudo com seus olhos vidrados.

Len foi até o escritório do armazém, onde precisava entregar a carta. Muitos dos homens que estariam construindo não estavam trabalhando naquele dia por causa da chuva. Havia uma turminha deles agrupada no alpendre da mercearia. Para Len, parecia que eles o observavam com muita atenção, mas provavelmente se devia ao fato de ele ser um desconhecido que desembarcara da balsa. O menino entrou e entregou a carta para um senhorzinho idoso chamado Gerrit, que a leu apressadamente e então encarou Len como se ele tivesse se arrastado para fora da lama na maré baixa. Por fim, declarou:

— Você diga ao Mike Dulinsky que eu sigo as palavras do Bom Livro e que elas me proíbem de fazer qualquer negócio com homens iníquos. E, quanto a você, eu o aconselharia a fazer o mesmo. Mas você é um homem jovem, e os jovens são sempre pecaminosos, então não vou perder meu tempo. Vá.

Ele largou a carta em uma caixa de papel usado e lhe deu as costas. Len encolheu os ombros e saiu. Atravessou a praça enlameada na direção do complexo dos comerciantes. Um dos sujeitos no alpendre da mercearia desceu os degraus e foi zanzando até o escritório de Gerrit. Chovia mais pesado naquele momento, e pequenos córregos de água amarelada corriam para todo lado pelo chão de terra nua.

Havia muitos carroções no complexo, mas nenhum deles trazia o nome de Hostetter. A maioria dos homens estava em locais cobertos. Len não encontrou ninguém conhecido, e ninguém falou com ele. Depois de algum tempo, deu meia-volta e retornou.

A praça estava cheia de homens. Estavam parados debaixo de chuva, com a água amarela respingando em suas botas, mas eles não pareciam se importar. Todos voltados para o mesmo lado: na direção de Len.

— Você é de Refúgio — comentou um deles.

Len anuiu.

— Você trabalha para o Dulinsky.

Len deu de ombros e começou a passar por ele.

Dois outros homens surgiram de cada lado de Len e o pegaram pelos braços. Ele tentou se soltar, mas eles o seguravam com força, um de cada lado, e pisotearam seus tornozelos quando ele tentou chutar.

— Temos um recado para Refúgio — falou o primeiro homem. — Pode dizer para eles. Nós não vamos deixar que tomem o que é nosso por direito. Se eles não impedirem o Dulinsky, nós o impediremos. Consegue lembrar disso tudo?

Len o encarou, carrancudo. Estava com medo. Não falou nada.

— Façam com que ele se lembre, rapazes — ordenou o primeiro homem.

Mais dois sujeitos se juntaram aos que o seguravam. Jogaram Len de cara na lama. Ele começou a se levantar, mas, quando estava no meio do movimento, eles o chutaram até derrubá-lo outra vez e agarraram seus braços e o fizeram rolar. Uma quinta pessoa o agarrou, depois outra e mais uma, arrastando-o entre si pela praça, tudo bem quieto, exceto pelos grunhidos fracos de esforço, sem o machucar demais, mas sem lhe dar a chance de revidar. Quando terminaram, foram embora e o deixaram ali, tonto e ofegante, cuspindo lama e água. Len lutou para ficar de pé e olhou ao redor, mas a praça estava deserta. Foi até a balsa e embarcou, ainda que faltasse bastante tempo até o horário de ela voltar. Estava encharcado e tremia, embora não percebesse o frio.

O capitão da balsa era morador de Refúgio. Ajudou Len a se limpar e lhe deu um cobertor do próprio armário. Em seguida, o rapaz olhou para as ruas de Shadwell.

— Eu vou matar eles. Vou matar eles — declarou.

— Claro. E eu vou te dizer uma coisa. É melhor eles não irem para Refúgio querendo arrumar encrenca ou vão descobrir o que é encrenca de verdade — ameaçou o capitão.

Lá pelo meio da tarde a chuva cessou, e às cinco horas, quando a balsa atracou de novo em Refúgio, o céu estava ficando límpido. Len prestou seu relatório a Dulinsky, que se mostrou preocupado e balançou a cabeça.

— Sinto muito, Len. Eu já devia saber — disse ele.

— Eles não me causaram nenhum estrago, e agora o senhor sabe. Devem aparecer no comício.

Dulinsky assentiu. Seus olhos começaram a brilhar, e ele esfregou as mãos.

— Talvez seja exatamente isso o que queremos. Vá trocar de roupa e depois jantar. Eu te vejo mais tarde.

Len foi para casa, mas Dulinsky já se adiantara, postando homens de vigia ao longo das docas e redobrando os guardas do armazém.

No complexo, Fisher viu Len e lhe perguntou:

— O que aconteceu com você?

— Tive uns probleminhas com os Shads — contou, ainda dolorido demais para querer falar a respeito.

Ele entrou no chalé, fechou a porta e começou a tirar as roupas, que haviam secado e endurecido por causa da lama amarela. E ficou pensando.

Ele se perguntou se Hostetter o abandonara. E se perguntou se Hostetter ou mais alguém seria mesmo capaz de fazer grande coisa quando chegasse a hora. Lembrou-se da voz dizendo: "Nem sempre você será salvo".

Quando escureceu, ele foi até a praça para o comício.

11

A praça principal de Refúgio era ampla e gramada, com árvores que faziam sombra no verão. A igreja, austera, desolada e imponente, dominava a praça a partir do lado norte. No leste e no oeste havia prédios menores, lojas, casas, uma escola, enquanto no lado sul ficava a câmara municipal, não tão alta quanto a igreja, porém mais larga, espalhando-se em alas que abrigavam os tribunais, os arquivos, os diversos escritórios necessários para a administração organizada de uma comunidade daquele tamanho. Àquela hora, os estabelecimentos comerciais e os edifícios públicos estavam fechados e escuros, e Len reparou que alguns dos lojistas tinham colocado os protetores contra tempestade.

A praça estava lotada. Parecia que todos os homens e metade das mulheres de Refúgio estavam ali, parados na grama molhada ou para lá e para cá conversando, e também havia outros lá, fazendeiros do interior, um grupo de neomenonitas. Um espécie de púlpito erguia-se no meio da praça. Era uma estrutura permanente, utilizada em grande parte por pregadores convidados em reuniões de prece a céu aberto, mas oradores políticos também a usavam na época de alguma eleição local ou nacional. Mike Dulinsky o utilizaria naquela noite. Len se lembrou do que a vó lhe dissera sobre os velhos tempos, quando um orador podia falar com todos do país de uma vez só através das caixas de tevê, e se perguntou com um arrepio trêmulo de empolgação se aquela noite seria o início da longa estrada de volta a esse tipo de mundo — com Mike Dulinsky discursando para um punhado de gente em uma vila chamada Refúgio, no obscuro Ohio. Ele lera os livros de história do juiz Taylor o bastante para saber que era assim que as coisas aconteciam às vezes. Seu coração começou a bater mais rápido e Len caminhou com nervosismo de um lado para o outro, vagamente determinado que Dulinsky deveria falar, não importava quem tentasse impedi-lo.

O pregador, o irmão Meyerhoff, saiu pela porta lateral da igreja. Quatro dos diáconos estavam com ele, mais um quinto homem que Len só reconheceu quando passaram pela luz de uma das fogueiras que ardia ali. Era o juiz Taylor. Continuaram seu caminho, e Len os perdeu na multidão, mas tinha certeza de que se dirigiam à plataforma do orador. Ele os seguiu a passos lentos. Estava na metade do gramado aberto quando Mike Dulinsky apareceu do outro lado e houve uma comoção generalizada no meio, com a multidão de repente tão espremida que Len não conseguiria passar sem empurrar. Havia meia dúzia de homens com Dulinsky, todos carregando lampiões em postes compridos. Colocaram-nos em suportes em torno do púlpito do orador, de modo que ele se erguia como uma coluna brilhante entre a escuridão. Dulinsky subiu e começou a falar:

— Esta noite nós nos encontramos em uma encruzilhada.

Alguém puxou a manga de Len e ele se virou. Era Esaú, indicando com a cabeça que ele se afastasse da multidão.

— Tem barcos no rio — informou Esaú, quando estavam longe de ouvidos curiosos. — Vindo para cá. Avise o Dulinsky, Len, eu tenho que voltar para as docas. — Ele olhou furtivamente ao redor. — A Amity está aqui?

— Não sei. O juiz está.

— Ai, meu Deus — exclamou Esaú. — Escuta, eu preciso ir. Se você vir a Amity, diga que vou sumir por um tempo. Ela vai entender.

— Ela vai? Mas, enfim, pensei que você estava se gabando que ninguém poderia...

— Ah, cala a boca. Diga ao Dulinsky que eles estão chegando. Se cuide, Len. Procure não se meter em encrencas que puder evitar.

— Para mim, parece que é você quem está encrencado. Se eu não vir a Amity, vou passar o recado para o pai dela.

Esaú praguejou e desapareceu no escuro. Len começou a abrir caminho aos poucos pela multidão. Eles estavam de pé, quietos e escutando, muito sérios e atentos. Dulinsky lhes falava com uma sinceridade apaixonada. Aquela era sua única oportunidade, e ele estava dando tudo de si.

— ... isso foi há oitenta anos. Nenhum perigo nos ameaça agora. Por que deveríamos continuar a viver na sombra de um medo para o qual não existe mais motivo?

Uma onda de som, meio sufocada, meio ansiosa, correu pela multidão. Dulinsky não lhe deu tempo para morrer.

— Eu lhes digo o porquê! É porque os neomenonitas subiram na sela e se agarraram ao governo desde então. Eles não gostam de crescimento, não gostam de mudança. O credo deles rejeita ambos, assim como sua ganância. Sim, eu disse ganância! Eles são fazendeiros. Não querem ver os centros comerciais como Refúgio ficando ricos e gordos. Não querem um mercado competitivo e, acima de tudo, não querem pessoas como nós os retirando dos confortáveis assentos no Congresso, onde podem criar todas as leis. Então nos proíbem de construir um novo armazém quando precisamos. Agora, vocês acham que isso é justo ou certo ou piedoso? E o senhor, irmão Meyerhoff, acha que os neomenonitas deveriam dizer a todos nós como viver ou que nossa própria Igreja da Sagrada Gratidão é que deveria ter algo a dizer sobre isso?

— Isso não tem a ver com eles nem com a gente. Tem a ver com você, Dulinsky, e você está blasfemando! — respondeu o irmão Meyerhoff.

Um ecoar de vozes, em sua maioria femininas, o apoiou. Len abriu caminho até estar ao pé da plataforma. Dulinsky estava debruçado, olhando para Meyerhoff. Havia gotas de suor na testa do patrão.

— Estou blasfemando, é? Me conta como — cobrou ele.

— Você já frequentou a igreja. Já leu o Livro e ouviu os sermões. Sabe como o Todo-Poderoso expurgou o mundo das cidades e, a Seus filhos que Ele poupou, ordenou que caminhassem dali por diante no caminho da retidão, que amassem as coisas do espírito, e não as da carne! Nas palavras do profeta Naum...

— Eu não quero construir uma cidade. Quero construir um armazém — afirmou Dulinsky.

Surgiram algumas risadinhas nervosas, que rapidamente se cessaram. O rosto de Meyerhoff estava vermelho acima da barba. Len subiu os degraus e falou com Dulinsky, que assentiu. Len desceu de novo. Queria dizer a Dulinsky para largar do pé dos neomenonitas, mas não ousou dizer algo assim, por medo de se entregar.

— Quem andou lhe falando sobre cidades? — perguntou Dulinsky para Meyerhoff. Ele fez uma pausa, então apontou e acusou: — Foi o senhor, juiz Taylor?

No clarão das lamparinas, Len viu que o rosto de Taylor estava estranhamente pálido e tenso. Sua voz, quando ele falou, estava baixa, mas ressoou por toda a praça.

— Existe uma emenda na Constituição dos Estados Unidos que o proíbe de fazer isso. Não há conversa que vá mudar este fato, Dulinsky.

— Ah — disse Dulinsky, em um tom satisfeito, como se tivesse feito o juiz Taylor cair em uma armadilha —, é aí que o senhor se engana. Conversa é exatamente o que *vai* mudar isso. Se houver pessoas suficientes falando nisso, essa emenda será alterada para que a gente possa construir um armazém, caso precise dele para guardar farináceos ou couros, ou uma casa, caso precise dela para abrigar a família. — Ele levantou a voz em um grito repentino: — Pensem nisso, meu povo! Seus próprios filhos tiveram que deixar Refúgio, e cada vez mais deles terão que partir, porque não podem construir mais casas aqui quando se casam. Estou certo?

Ele recebeu uma reação. Dulinsky sorriu. Fora dos limites escuros da multidão surgiu um homem, depois outro e mais outro, encaminhando-se discretamente da direção do rio.

— Sempre, em todas as eras, o descrente preparou o caminho para o mal — disse Meyerhoff, com a voz trêmula de raiva.

— Talvez — falou Dulinsky. Ele olhava por cima da cabeça de Meyerhoff, em direção aos extremos da multidão. — E admito aqui que sou um descrente. — Ele olhou de relance para Len, dando-lhe o alerta, enquanto a multidão arquejava com suas palavras. Em seguida prosseguiu, rápido e calmo: — Sou descrente da pobreza, da fome, da miséria. Não conheço uma pessoa que acredite nessas coisas, exceto os neoismaelitas, mas não me lembro se já os respeitamos algum dia. De fato, nós os expulsamos. Sou um descrente de pegar uma criança saudável, em fase de crescimento, e prendê-la com faixas para que não fique mais alta do que alguém pensa que ela deveria ser. Eu...

O juiz Taylor passou raspando por Len e subiu os degraus. Dulinsky pareceu surpreso e parou no meio da frase. Taylor lhe lançou um olhar causticante e disse:

— A pessoa pode formar o que ela quiser com palavras. — Ele se voltou para a multidão. — Vou lhes dar um fato, e então veremos se o Dulinsky consegue acabar com ele na conversa. Se vocês violarem a lei das cidades, isso não afetará apenas Refúgio. Afetará toda a área ao redor. Bem, os neomenonitas são um povo pacífico e seu credo os proíbe de usar violência. Eles procederão por meio do devido processo jurídico, não importa quanto tempo isso leve. Mas existem outras seitas no interior, e as crenças delas são diferentes. Elas entendem como próprio dever brandir o porrete em nome do Senhor.

Ele fez uma pausa e, naquela quietude, Len conseguia ouvir até a respiração das pessoas.

— É melhor vocês pensarem duas vezes antes de provocá-las a brandir esse porrete contra vocês — concluiu Taylor.

Houve uma explosão de aplausos vindo do pessoal na parte mais externa da multidão.

— De quem o senhor tem medo, juiz? — desdenhou Dulinsky. — Dos fazendeiros ou dos homens de Shadwell?

Ele se debruçou sobre a balaustrada e chamou o público:

— Venham para cá, Shads, venham aqui onde eu possa vê-los. Não precisam ter medo, vocês são sujeitos corajosos. Tenho um rapazinho aqui que sabe como vocês são corajosos. Len, suba aqui um minutinho.

Len fez o que ele pediu, evitando os olhos do juiz Taylor. Dulinsky o empurrou para a balaustrada.

— Alguns de vocês conhecem Len Colter. Eu o mandei para Shadwell hoje de manhã a negócios. Contem para nós que tipo de recepção vocês deram para ele, Shads! Ou estão com vergonha?

A multidão começou a resmungar e virar para trás.

— Qual é o problema? — gritou uma voz grave e rude lá do fundo. — Ele não aprovou o gosto da lama de Shadwell?

Os homens de Shadwell riram; em seguida outra voz, uma da qual Len se lembrava muito bem, gritou para ele:

— Você passou nosso recado para eles?

— Passou — disse Dulinsky. — Dê aquele recado para o povo, Len. Diga bem alto, para que todos ouçam.

— Vocês vão se arrepender desta noite — declarou o juiz Taylor, falando bem baixinho.

Ele desceu os degraus.

Len olhou para as sombras, de cara fechada.

— Eles vão impedir vocês. Os Shads não vão deixar que vocês cresçam. É por isso que eles estão aqui hoje — contou para o povo de Refúgio. A voz dele subiu um pouco, até esganiçar. — Não estou nem aí para quem está com medo deles. Eu não estou.

Ele saltou por cima da balaustrada para o chão e disparou para o meio da multidão. Toda a fúria impotente da manhã voltou multiplicada por cem, e ele não ligava para o que mais ninguém fizesse nem para o que aconteceria com ele. Abriu passagem à força até que um caminho surgisse subitamente, e ali estavam os homens de Shadwell, parados em grupo diante de Len. A voz de Dulinsky gritou alguma coisa que combinava os nomes de Shadwell e Refúgio à palavra medo. A multidão começou a se mover. Uma mulher gritou. Os homens de Shadwell puxaram porretes de baixo dos casacos. Len saltou feito uma pantera. Um grande rugido subiu da multidão, e o tumulto se instalou.

Len derrubou um homem e o socou. Pernas se agitavam ao redor, e pessoas caíam por cima deles. Soavam muitos gritos, e mulheres fugiam da praça. Porretes, punhos e botas golpeavam com selvageria. Alguém atingiu Len na nuca. O mundo virou de ponta-cabeça por um minuto, e, quando voltou a se estabilizar, Len estava pendurado no casaco de alguém, esmurrando às cegas com a mão livre à medida que avançava trôpego no meio de um rodamoinho que borbulhava com homens respirando pesado. O turbilhão girou, oscilou e o arremessou contra uma vidraça protegida, depois sumiu. Len continuou ali, confuso e balançando a cabeça, com sangue soprando do nariz. A multidão havia se separado. As lamparinas ainda ardiam em torno do púlpito no meio da praça, mas agora não tinha mais ninguém ali e não restava nada no gramado em torno dele, apenas alguns chapéus e pontos esburacados na relva. A luta havia se deslocado para outro lugar. Ele a ouvia fluindo para as ruas e vielas que levavam até as docas. Grunhindo, foi correndo atrás dela. Estava feliz pelo pai não poder vê-lo naquela situação. Sentia-se quente e esquisito por dentro, e gostou disso. Queria brigar mais.

Quando alcançou as docas, os homens de Shadwell estavam se amontoando nos barcos o mais depressa que conseguiam, chacoalhando os punhos e praguejando. Os homens de Refúgio estavam todos alinhados na beira da água, ajudando-os. Três ou quatro Shads estavam no rio, sendo arrastados para dentro dos barcos. O ar ressoava com assovios e zombarias. Mike Dulinsky estava bem no meio do caos, o casaco escuro rasgado e os cabelos espetados, com uma mancha de sangue na frente da camisa por causa de um corte na boca.

— Vocês vão nos impedir, vão? — gritava para os homens de Shadwell. — Vão dizer para Refúgio o que fazer?

Os homens ao lado de Dulinsky o levantaram, de repente, colocando-o sobre os ombros com uma ovação. O bando de Shadwell se afastou devagar e mal-humorado no rio escuro. Quando sumiram de vista, a multidão, que ainda carregava Dulinsky e comemorava, se virou para o lugar onde as fogueiras continuavam a arder em volta da estrutura do armazém. Marcharam e marcharam, dando voltas por ali, enquanto os guardas também comemoravam. Len os observou, sentindo-se tonto, porém triunfante. Em seguida, olhando ao redor, percebeu um clarão de luz vindo da direção do complexo dos comerciantes. Ele o encarou, franzindo o cenho, e nos intervalos da algazarra atrás dele ouviu as vozes distantes de homens e o relinchar de cavalos. Começou a andar na direção do complexo.

Lampiões e tochas queimavam por todo lado para iluminar. Os homens guiavam suas parelhas de cavalo para fora dos estábulos e as atrelavam, revisando o equipamento e preparando os carroções para partir. Len observou por um ou dois minutos, e toda a sensação de triunfo e entusiasmo sumiu. Sentiu-se cansado, com o nariz doendo.

Viu Fisher e se aproximou dele, postando-se na frente da parelha do homem enquanto este trabalhava.

— Por que tá todo mundo indo embora? — perguntou.

Fisher lhe deu um olhar demorado e severo por baixo do chapéu de aba larga.

— Os fazendeiros saíram daqui prontos para arranjar problema. Eles vão trazer os problemas para cá, e nós não pretendemos ficar esperando — explicou ele.

Ele se certificou de que suas rédeas estavam livres e subiu no banco. Len ficou na lateral, e Fisher olhou para ele de um jeito muito parecido com o que seu pai o tinha olhado tanto tempo antes.

— Achei que você fosse melhor do que isso, Len Colter. Mas aquele que com ferro fere com ferro será ferido. Que o Senhor tenha piedade de você! — disse Fisher.

Ele chacoalhou as rédeas e gritou, seu carroção estalou e se moveu, os outros carroções foram atrás, enquanto Len ficava ali, assistindo-os partir.

12

Duas da tarde de um dia quente e parado. Os homens instalavam chapas de madeira nos lados norte e leste do armazém, trabalhando na sombra. Refúgio estava quieta, tão quieta que o som dos martelos ressoava como sinos em uma manhã de Sabá. A maioria das embarcações tinha partido das docas, e os molhes estavam vazios.

— Você acha que eles virão? — perguntou Esaú.

— Não sei.

Len olhava atentamente para os telhados distantes de Shadwell do outro lado do rio e dos dois lados da vasta extensão de água. Não sabia bem o que estava procurando: Hostetter, um rosto amistoso, qualquer coisa para romper o vazio e a sensação de espera. A manhã toda, desde o nascer do sol, carroças cheias de mulheres e crianças foram embora de Refúgio, e também houvera alguns homens as acompanhando, bem como fardos de utensílios domésticos.

— Eles não vão fazer nada. Não ousariam — disse Esaú.

A voz dele não transmitia convicção. Len olhou para o primo de relance e viu que o rosto dele estava tenso e nervoso. Os dois estavam na porta do escritório, sem fazer nada, apenas sentindo o calor e o silêncio. Dulinsky tinha ido ao centro. Len disse:

— Eu queria que ele voltasse.

— Ele tem homens nas estradas. Se tiver alguma novidade, vamos ser os primeiros a saber.

— É. Imagino que sim.

As marteladas soavam forte na madeira nova e amarela. Ao longo dos limites da área do armazém, bem atrás das árvores, homens vadiavam e observavam. Havia mais deles nas docas, inquietos, desconfortáveis, reunindo-se em grupinhos para conversar e então se separando de novo, indo para lá e para cá. Eles ficavam olhando de soslaio para o escritório e para Len e Esaú parados na porta, e também para os homens trabalhando no armazém, mas não se aproximaram nem falaram com eles. Len não gostava disso. A situação fazia com que se sentisse sozinho e em evidência, o que o preocupava, porque ele sentia a dúvida, a apreensão e a incerteza desses homens, que enfrentavam algo novo e não sabiam muito bem o que fazer. De tempos em tempos uma jarra de aguardente de milho era retirada de um esconderijo atrás de um tronco ou de uma pilha de barris, passada de mão em mão e guardada de novo, mas apenas um ou dois dos homens estavam bêbados.

Por impulso, Len foi até a ponta da doca e gritou para um grupo que conversava de pé sob uma árvore:

— Temos novidades do centro?

Um deles balançou a cabeça.

— Nada ainda.

Este era o que tinha gritado mais alto a favor de Dulinsky na noite anterior, mas seu rosto não exibia mais entusiasmo algum. De repente, ele se abaixou, pegou uma pedra e a arremessou em um grupinho de meninos que se esgueirava ao fundo, assistindo à espera de problemas.

— Saiam daqui! Isso não é um showzinho pra vocês se divertirem. Vamos, caiam fora! — gritou para eles.

Os meninos se foram, mas não para muito longe. Len voltou à porta. Estava muito quente, muito parado. Esaú se remexeu, chutando o batente da porta com o calcanhar.

— Len.

— Que foi?

— O que vamos fazer se eles vierem?

— Como é que eu vou saber? Brigar, acho. Ver o que acontece. Como é que eu vou saber?

— Bom, eu só sei de uma coisa — disse Esaú, em tom de desafio. — Eu é que não vou ter meu pescoço quebrado por causa do Dulinsky. Que se dane.

— Tá, você que pense em alguma coisa, então.

Havia uma raiva em Len naquele momento, por enquanto vaga, difusa, mas o bastante para deixá-lo irritadiço e impaciente. Talvez fosse porque ele estava com medo, e isso o deixava zangado. Mas ele sabia para onde os pensamentos de Esaú corriam e não queria ter de acompanhá-los passo a passo em voz alta.

— Pode apostar que eu vou pensar em alguma coisa — declarou Esaú. — Pode apostar que eu vou. O armazém é dele, não meu. Ele que lute. Com certeza ele não vai arriscar a pele dele por nada meu. Eu...

— Cala a boca. Olha — ordenou Len.

O juiz Taylor se aproximava pela doca. Esaú xingou, nervoso, e passou porta adentro, saindo da vista. Len aguardou, ciente de que os homens assistiam, como se o que ocorresse pudesse ser muito importante.

Taylor chegou até a porta e parou.

— Diga ao Mike que eu quero vê-lo.

— Ele não está aqui — respondeu Len.

O juiz olhou para ele, ponderando se estava mentindo ou não. Uma tensão de velhice marcava os cantos da boca do juiz, e seus olhos estavam curiosamente duros e brilhantes.

— Eu vim oferecer uma última chance ao Mike — anunciou.

— Ele está em algum lugar no centro. Talvez o senhor possa encontrá-lo por lá — sugeriu Len.

Taylor balançou a cabeça.

— É a vontade do Senhor — disse, dando meia-volta e se afastando. Quando estava na esquina do escritório, ele parou e tornou a falar: — Eu avisei você, Len. Mas ninguém é tão cego quanto aquele que não quer enxergar.

— Espera — disse Len. Ele foi até o juiz, o fitou nos olhos e estremeceu. — O senhor sabe de alguma coisa. O que é?

— A vontade do Senhor ficará clara para você quando chegar a hora.

Len estendeu a mão, pegou o homem pelo colarinho do casaco de tecido bom e o chacoalhou.

— Fale por si mesmo — disse, com raiva. — O Senhor deve estar cansado de todo mundo se escondendo atrás Dele. Nada acontece neste lugar sem que tenha um dedo seu envolvido. O que é?

Um pouco da luz desafortunada nos olhos de Taylor se apagou. Ele olhou com certa surpresa e choque para as mãos de Len, postas nele com tanta rudeza. Len o soltou e acrescentou:

— Desculpe. Mas eu quero saber.

— É, você quer saber — disse o juiz Taylor, baixinho. — Esse sempre foi o seu problema. Eu não te falei para descobrir o seu limite antes que fosse tarde demais? — O rosto dele se suavizou, tornando-se compassivo e cheio de um pesar genuíno. — É uma pena, Len. Eu poderia ter amado você como se fosse meu filho.

— O que o senhor fez? — perguntou Len, dando um passo à frente.

— Não haverá mais cidades. Existe uma lei, e a lei deve ser cumprida — respondeu o juiz.

— O senhor está com medo — deduziu Len, com a voz lenta, aturdida. — Agora eu entendo, o senhor está com medo. O senhor pensa que, se uma cidade crescer aqui, as bombas virão de novo, e o senhor estará sob elas. O senhor disse aos fazendeiros que não tentaria impedi-los se eles...?

— Shh — mandou o juiz, levantando a mão.

Len se virou para ouvir. Os homens debaixo das árvores e ao longo das docas fizeram o mesmo. Esaú saiu pela porta. E, no armazém, um por um, os martelos pararam.

Ouviram o som de cânticos.

Era baixo, mas só porque ainda estava distante. Era grave e sonoro, um som masculino, marcial e de algum modo aterrorizante, vindo com a inevitabilidade solene de uma tempestade que não para nem desvia. Len não conseguia entender as palavras, mas depois de ter escutado por um minuto, sabia quais eram. *Já refulge a glória eterna de Jesus, o Rei dos reis.*

— Adeus, Len — disse o juiz, e se foi, caminhando de queixo erguido, o rosto branco e severo no calor do sol de junho.

— Temos que ir — sussurrou Esaú. — Temos que dar o fora daqui.

Ele disparou de volta para o escritório e Len ouviu os pés dele batendo pelos degraus de madeira até o sótão. Len hesitou por um instante. Em seguida, começou a correr, na direção do centro, na direção do hino distante que se aproximava. *E o clarim que chama os crentes à batalha já soou... Glória, glória! Aleluia! Vencendo vem Jesus!* Um nó frio e apertado de medo constringiu a barriga de Len, o ar ficou gelado contra sua pele. Os homens pelas docas e sob as árvores também começaram a se mexer, vagando aos poucos por outros caminhos, no começo de maneira incerta, depois mais depressa, até que também estavam correndo. Pessoas tinham saído de casa. Mulheres, velhos, crianças, todos escutando, gritando uns com os outros e com os homens que passavam na rua, perguntando o que era, o que ia acontecer. Len chegou à praça e uma carroça passou às pressas, tão perto que a espuma do cabresto do cavalo espirrou nele. Havia uma família inteira lá dentro, o homem chicoteando o cavalo e gritando, as mulheres berrando, as crianças todas se agarrando e chorando. Havia meia dúzia de pessoas dispersas na praça, algumas indo para a estrada norte principal, outras andando sem rumo, mulheres perguntando se alguém tinha visto seus maridos ou seus filhos, perguntando, sempre perguntando, o que é isso, o que está havendo? Len passou por elas e saiu pela estrada norte.

Dulinsky estava nos limites de Refúgio, onde a estrada ampla corria entre campos de trigo quase maduros para o corte. Havia talvez uns duzentos homens com ele, armados com porretes e barras de ferro, rifles e armas de caça, picaretas e cunhas. Eles pareciam lúgubres e ansiosos. Queimado pelo sol até ficar vermelho feito um tijolo, o rosto de Dulinsky estava corado apenas na superfície. Logo abaixo, estava pálido. Ele ficava limpando as mãos na calça, uma após a outra, mudando o jeito de segurar o porrete pesado que carregava. Len chegou ao lado dele. Dulinsky olhou para Len de relance, mas não falou nada. Sua atenção estava voltada para o norte, onde uma muralha marrom-amarelada e sólida de poeira avançava, espalhando-se pela estrada e penetrando no trigo de ambos os lados. O som do hino saía dessa muralha, assim como uma batida ritmada de pés, e por toda a borda dianteira piscava aqui e ali algo brilhoso, como metal cintilante refletindo a luz do sol.

— Refúgio é nossa. Eles não têm direito a ela. Nós podemos vencê-los — disse Len.

Dulinsky enxugou o rosto na manga da camisa. Grunhiu. Podia ter sido uma pergunta ou uma risada. Len olhou ao redor para os homens de Refúgio e disse:

— Eles vão lutar.

— Vão? — ecoou Dulinsky.

— Eles estavam todos a seu favor ontem à noite.

— Isso foi ontem à noite. Agora é outra coisa.

A muralha de poeira se aproximou revoluteando e estava cheia de homens. Ela parou e a poeira soprou para longe ou se assentou, mas os homens permaneceram, uma mancha enorme, pesada e sólida que se espalhava pela estrada e pelo trigo pisoteado. Os pontos brilhantes se revelaram lâminas de foices e facas de milho, e aqui e ali se via o cano de uma arma.

— Alguns desses caras devem ter andado a noite toda — comentou Dulinsky. — Olhe para eles. Cada fazendeiro com cabeça de estrume dos três condados está aqui. — Ele enxugou o rosto de novo e falou para os homens atrás dele: — Fiquem firmes, rapazes. Eles não vão fazer nada.

Dulinsky deu um passo adiante, mantendo a expressão orgulhosa e impassível, lançando olhares duros para lá e para cá.

Um homem com cabelos brancos e um rosto coriáceo e severo se adiantou para se encontrar com ele. Carregava uma espingarda na dobra do braço, e seu passo era o passo de um fazendeiro, pesado e gingado. Mas ele levantou a cabeça e se dirigiu aos homens de Refúgio que esperavam na estrada. Havia algo em sua voz áspera e estridente que fez Len se lembrar do pregador.

— Fiquem fora disso! Não queremos matança, mas podemos matar se for preciso, então fiquem fora disso, em nome do Senhor! — gritou ele.

— Opa. Só um minutinho aí — interveio Dulinsky. — Refúgio é nossa. Que mal lhe pergunte, o que vocês acham que têm a ver com isso?

O homem olhou para ele e retrucou:

— Não teremos cidade nenhuma entre nós.

— Cidade — repetiu Dulinsky. — Cidade! — Ele riu. — Agora veja bem, senhor. O senhor é Noah Burdette, não é? Eu o conheço bem, de vista e de reputação. O senhor tem muita fama como pregador na seção em volta de Twin Lakes. — Ele deu um passo mais para perto, falando com um tom mais calmo, como alguém fala quando sabe que vai virar a discussão a seu favor. — O senhor é um homem sincero e honesto, sr. Burdette, e percebo que está agindo com base no que acredita ser informação verdadeira. Então eu sei que ficará agradecido em descobrir que sua informação está equivocada e que não há nenhuma necessidade de violência. Eu...

— Violência eu não busco — interrompeu Burdette. — Mas também não fujo dela, quando é por uma boa causa. — Ele olhou para Dulinsky de cima a baixo, devagar, deliberadamente, com o rosto duro como pedra. — Eu também te conheço, de vista e de reputação, e pode poupar o fôlego. Vai ficar fora disso?

— Escute — disse Dulinsky, com uma nota de desespero transparecendo na voz. — Disseram para vocês que eu estou tentando construir uma cidade aqui, e isso é loucura. Só estou tentando construir um armazém e tenho tanto direito a isso quanto o senhor tem direito a um celeiro novo. Vocês não podem vir aqui me dando ordens, do mesmo jeito que eu não posso ir até a sua fazenda para mandar em vocês!

— Mas estou aqui — retrucou Burdette.

Dulinsky olhou rapidamente por cima do ombro. Len se moveu na direção dele, como se para dizer "Estou com você". E então o juiz Taylor avançou pelas fileiras esparsas do povo de Refúgio, dizendo:

— Dispersem, vão para casa e fiquem por lá. Nada de mal acontecerá com vocês. Larguem suas armas e vão para casa.

Eles hesitaram, olharam uns para os outros, para Dulinsky e para a massa sólida de fazendeiros.

— Seu covarde canhestro — vociferou Dulinsky para o juiz com o desprezo de quem está cansado. — Você estava sabendo disso.

— Você já causou danos suficientes, Mike — disse o juiz, muito branco, postando-se bem ereto e rígido. — Não há necessidade de fazer todos em Refúgio sofrerem por isso. Afaste-se e fique de fora.

Dulinsky o encarou carrancudo, depois se virou para Burdette.

— O que vocês vão fazer?

— Limpar todo o mal — declarou Burdette, lentamente —, da forma como o Livro nos ensina, queimando-o com fogo.

— Falando com todas as letras, vão queimar meus armazéns e qualquer outra coisa que lhes dar na telha — disse Dulinsky. — O caramba que vão! — Ele se virou e gritou para os homens de Refúgio: — Escutem, seus tolos, acham que eles vão parar nos meus armazéns? Eles vão fazer Refúgio toda queimar em volta de vocês. Não enxergam que este é o momento, o ato que decidirá como viverão pelas próximas décadas? Vocês serão homens livres ou um bando de escravizados rastejantes? — A voz dele se elevou com um uivo. — Venham e lutem, caramba, lutem!

Ele virou e correu para atacar Burdette, erguendo seu porrete bem alto.

Sem pressa e sem piedade, Burdette girou a espingarda e disparou.

Fez um barulho muito alto. Dulinsky parou como se tivesse se chocado contra uma parede sólida. Ficou de pé, imóvel, por um ou dois segundos, e então o porrete caiu de suas mãos e ele abaixou os braços, dobrando-os sobre a barriga. Seus joelhos se curvaram e, sobre eles, o homem caiu na poeira.

Len correu para a frente.

Dulinsky olhou para ele com uma expressão de surpresa aturdida. Sua boca se abriu. Ele parecia tentar dizer alguma coisa, mas apenas sangue escapou por entre seus lábios. Em seguida, subitamente, seu rosto ficou inexpressivo e distante, como uma janela quando alguém apaga a vela. Ele caiu adiante e ficou parado.

— Mike — chamou o juiz Taylor. — Mike? — Ele se voltou para Burdette, com os olhos arregalados. — O que foi que você fez?

— Assassino — disse Len, e a palavra abarcou tanto Burdette quando o juiz. A voz de Len falhou, elevando-se em um grito áspero. — Maldito assassino covarde!

Ele levantou os punhos e correu na direção de Burdette, mas a linha de fazendeiros começara a se mover, como se a morte de Dulinsky fosse o sinal pelo qual esperavam, e Len foi pego nesse movimento como se estivesse na crista de uma onda. Burdette sumira, e de frente para ele, em vez do velho, estava um fazendeiro jovem e corpulento, com um pescoço comprido, ombros caídos e o tipo de boca que havia gritado acusações contra Soames. Ele carregava um pedaço de madeira descascada, como as que são utilizadas em postes de cercas, e deu com ela na cabeça de Len, rindo com uma gargalhada rápida e olhos que faiscavam de imensa empolgação. Len desabou. Botas pisaram, chutaram e tropeçaram nele, e ele se curvou instintivamente com os braços por cima da cabeça e do pescoço. Ficara muito escuro e o povo de Refúgio estava muito distante, atrás de um véu oscilante, mas ele conseguia vê-lo se afastando, aos poucos desvanecendo até que a estrada estivesse vazia à frente dos fazendeiros e não houvesse mais nada entre eles e a comunidade. Eles entraram em Refúgio na tarde quente, levantando poeira outra vez à medida que se moviam; quando ela se assentou, restavam apenas Len, o corpo de Dulinsky caído a mais ou menos um metro de distância dele e o juiz Taylor, imóvel no meio da estrada, simplesmente estático, encarando Dulinsky.

13

Len se colocou de pé devagar. Sua cabeça doía e ele estava enjoado, mas o impulso para sair dali era tão grande que ele se forçou a andar apesar de tudo. Contornou Dulinsky com cuidado, evitando as manchas escuras que marcavam a poeira, e passou pelo juiz Taylor. Eles não se falaram nem olharam um para o outro. Len prosseguiu na direção de Refúgio até um pouco antes da praça, onde havia um pomar de maçãs ao lado da estrada. Entrou no meio das árvores e, quando sentiu que tinha saído de vista, sentou-se na grama alta, colocou a cabeça entre os joelhos e vomitou. Um frio gelado o dominou, assim como um tremor. Ele esperou até que ambos passassem, depois tornou a se levantar e continuou, dando a volta para o oeste pelas árvores.

Havia uma balbúrdia a distância, na direção do rio. Um sopro de fumaça se ergueu no ar límpido, depois veio outro, em seguida um rugido abafado estrondoso surgiu de repente, e toda a área de frente para o rio pareceu explodir em chamas enquanto a fumaça se despejava, preta, oleosa e muito espessa, iluminada na parte de baixo pelo tipo de labareda produzido por barris de piche e óleo de lampião armazenados. Ali e acolá alguém ajudava a carregar um ferido. Len os evitava, atendo-se às vielas mais distantes e aos campos periféricos. A fumaça subia cada vez mais preta e espessa, rolando pelo céu e manchando o sol de uma cor acobreada feia. Àquela altura havia centelhas, e nacos de coisas em chamas voavam para o alto. Quando Len chegou a um local mais alto, viu homens sobre os telhados de algumas casas, na igreja e no conselho municipal, fazendo filas de baldes para molhar os edifícios. Também viu a margem do rio. O novo armazém queimava, assim como os outros quatro que pertenciam a Dulinsky, mas as coisas não tinham parado por aí. Havia uma correria, armas sendo jogadas, pequenos grupos de homens para lá e para cá, e novos incêndios brotavam por toda a fila de docas e armazéns.

Do outro lado do rio, Shadwell assistia, mas não movia um dedo.

Os estábulos do complexo dos comerciantes estavam ardendo quando Len passou por eles. Faíscas tinham caído na palha e nas pilhas de feno, e outras ardiam nos tetos dos abrigos. Len correu para dentro daquele que vinha ocupando e agarrou seu saco de lona e cobertor. Quando saiu pela porta, ouviu homens se aproximando e fugiu apressadamente por entre as árvores de um dos lados. As folhas verdes já estavam estalando, e os galhos chacoalhavam com um vento estranho, doentio. Fazendeiros vinham do rio em turba. Fizeram uma pausa no limite do complexo, ofegando, fitando a área com olhos duros e brilhantes. Os galpões de leilão estavam intocados. Um dos homens, imenso, com barba ruiva, bochechas inflamadas e uma voz estrondosa, apontou para os galpões e berrou alguma coisa sobre mercenários. Eles emitiram um som faminto e ofegante, feito uma matilha correndo atrás de um guaxinim, e correram para a longa fila de galpões, esmagando tudo o que podiam, empilhando tudo e botando fogo nas coisas com uma tocha que um deles carregava. Depois seguiram adiante, chutando, pisoteando e quebrando tudo no caminho. Len pensou no juiz Taylor, parado sozinho no meio da estrada, olhando para o corpo de Dulinsky. Ele teria muita coisa para o que olhar quando aquele dia acabasse.

Len prosseguiu com toda a cautela por entre as árvores, aproximando-se do rio aos poucos em um crepúsculo estranho e sulfuroso. O ar sufocava com o cheiro de queimado, de piche e madeira e óleo e couros. Cinzas caíam como uma neve cinzenta e escaldante. Ele podia ouvir o sino de incêndio soando desesperadamente no centro, mas não enxergava muito daquela direção por causa da fumaça e das árvores. Saindo na margem do rio, bem abaixo do local do novo armazém, começou a retornar, procurando Esaú.

A margem inteira do rio, até onde ele enxergava à sua frente, se tornara uma massa sólida de chamas. O calor expulsara todo mundo dali, e alguns habitantes tinham seguido a corrente do rio para além das ruínas do armazém novo, homens com olhos brancos e arregalados em rostos escurecidos, sujeitos com mãos queimadas, roupas rasgadas e uma expressão de desespero. Três ou quatro estavam debruçados sobre um que jazia no chão gemendo e se revirando, e havia outros sentados pelos cantos, como se tivessem ido até ali e então desistido. A maioria estava simplesmente parada, assistindo. Um homem ainda carregava um balde com água até a metade.

Len não viu Esaú e começou a ficar com medo. Foi até diversos dos homens e perguntou, mas eles apenas balançaram a cabeça ou pareciam nem estar ouvindo. Finalmente um deles, um funcionário chamado Watts, que com frequência ia ao escritório a negócios, disse, amargo:

— Não se preocupe com ele. Se alguém está a salvo, é ele.

— O que você quer dizer?

— Quero dizer que ninguém *viu* o moleque desde que a encrenca começou. Ele foi embora, ele e a garota.

— Garota? — perguntou Len. O tom de Watts o espantou a ponto de fazê-lo abandonar o ressentimento.

— A garota do juiz Taylor, ora. E onde você estava, escondido em um buraco? E onde está o Dulinsky? Pensei que aquele filho da puta seria um lutador e tanto, só de ouvi-lo falar.

— Eu estava na estrada norte. E o Dulinsky tá morto. Então acho que ele lutou mais do que você — disse Len.

Um homem que estava por perto se virou ao som do nome de Dulinsky. Por baixo da fuligem e da cinza, do cabelo chamuscado e da roupa parcialmente queimada, passou-se um minuto até que Len reconhecesse Ames, o proprietário do depósito que estava com Dulinsky e aquele outro homem na outra manhã, que tinha olhado para o armazém novo e chacoalhado a cabeça ante o apelo de Dulinsky por união.

— Morto. Ele tá morto, é? — disse Ames.

— Eles atiraram nele. Um fazendeiro chamado Burdette.

— Morto. Eu lamento. Ele deveria ter vivido. Deveria ter vivido tempo suficiente para um enforcamento — reclamou Ames. Ele levantou as mãos e as agitou, indicando o fogo e a fumaça. — Olha só o que ele fez com a gente!

— Ele não estava sozinho. Os rapazes Colter estavam nessa com ele desde o começo — comentou Watts.

— Se vocês tivessem ficado do lado dele, isso não teria acontecido — protestou Len. — Ele pediu ao senhor, sr. Ames. Ao senhor e ao Whinnery e aos outros. Ele pediu à comunidade toda. E o que aconteceu? Vocês todos dançaram por aí e aplaudiram na noite passada. É, você também, Watts, eu te vi! E depois todos fugiram feito coelhos ao primeiro sinal de problemas. Não houve um homem sequer na estrada norte que tenha levantado um dedo. Todos eles deixaram o Mike pra ser morto.

A voz de Len ficara alta e áspera sem que ele se desse conta. Os homens por perto tinham se aproximado mais para ouvir.

— Me parece que, para um desconhecido, você tem muito interesse no que nós fazemos — disse Ames. — Por quê? O que te faz pensar que cabe a você tentar mudar as coisas? Eu trabalhei a vida toda para construir o que eu tinha, e daí você chegou, e o Dulinsky...

Ele parou. Lágrimas escorriam de seus olhos e sua boca tremia como a de uma criança.

— É. Por quê? — repetiu Watts. — De onde você veio? Quem te mandou para nos chamar de covardes só porque não queremos violar a lei?

Len olhou ao redor. Havia homens por todos os lados agora. Os rostos deles eram máscaras grosseiras de queimaduras e fúria. A fumaça espiralava em uma nuvem de fuligem e as chamas bramiam baixinho, com um ronronado, enquanto devoravam a riqueza de Refúgio. No centro, o sino de incêndio tinha parado de tocar.

Alguém mencionou o nome de Bartorstown e Len começou a rir.

Watts estendeu a mão e lhe deu um tapa.

— Engraçado, é? Tá bom, de onde foi que você veio?

— Piper's Run, nascido e criado lá.

— Por que foi embora de lá? Por que veio causar problemas aqui?

— Ele tá mentindo — disse outro homem. — Certeza de que ele vem de Bartorstown. Eles querem as cidades de volta.

— Não importa — disse Ames, em uma voz baixa e quieta. — Ele estava por dentro de tudo. Ele é cúmplice. — O homem se virou, as mãos se movendo como se apalpassem em busca de algo. — Deve ter sobrado um pedaço de corda sem queimar em Refúgio.

No mesmo instante, uma avidez dominou os homens.

— Corda — repetiu alguém. — É! Vamos achar um pedaço.

— Procurem o outro safado. Vamos enforcar os dois — falou outra pessoa.

Alguns deles correram pela margem do rio, outros começaram a bater nos arbustos procurando Esaú. Watts e mais dois atacaram Len e o derrubaram, espancando-o com socos e joelhadas. Ames ficou ali assistindo, olhando ora para Len, ora para o incêndio.

Os homens voltaram. Não tinham encontrado Esaú, mas tinham encontrado uma corda, o cabo de amarração de um esquife atracado mais abaixo na margem. Watts e os outros arrastaram Len até colocá-lo de pé. Um dos homens fez um nó corrediço na corda, formando um laço, e o passou por cima da cabeça de Len. A corda estava úmida. Era velha, mole, esgarçada e cheirava a peixe. Len esperneou violentamente e soltou os braços. Pegaram-no de novo e arrastaram-no na direção das árvores, uma confusão de homens amontoados se movimentando em rompantes erráticos, com Len lutando no meio deles, chutando, unhando, golpeando todos com os joelhos e os cotovelos. E, mesmo assim, ele sentia vagamente que não era com homens que ele lutava, de forma alguma, mas com todo o vasto continente encharcado e sufocante, de um mar a outro, do norte ao sul, milhões de casas e pessoas e campos e vilarejos, todos dormindo confortavelmente sem querer serem perturbados. A corda pinicava, fria, em torno do pescoço de Len, ele estava com medo e sabia que não podia combater a ideia, a crença e o modo de vida dos quais aqueles homens eram apenas uma partezinha bem pequena.

Ele estava muito tonto, tanto da surra quanto do golpe que levara na cabeça ainda na estrada norte, de modo que não tinha bem certeza do que acontecera, exceto que de súbito parecia haver mais homens, mais corpos ao seu redor, mais tumulto. Foi jogado de lado bruscamente. As mãos pareceram soltá-lo. Ele se chocou com um tronco de árvore e escorregou por ele até o chão. Havia um rosto acima dele.

Esse rosto tinha olhos azuis e uma barba aloirada com duas manchas grisalhas, uma de cada lado da boca.

— Se não tivesse tantos de vocês, eu poderia matar todos — disse Len para o rosto.

— Você não quer me matar, Len. Vamos, rapaz, levante — respondeu o dono do rosto.

Lágrimas vieram de repente aos olhos de Len.

— Sr. Hostetter. Sr. Hostetter.

Ele levantou as mãos e conseguiu segurar o homem, e foi como muito tempo antes, em outro momento de escuridão e medo. Hostetter lhe deu um puxão até que Len estivesse de pé e tirou a corda em volta do pescoço.

— Corra. Corra o mais rápido que puder — mandou.

Len saiu correndo. Vários outros homens estavam com Hostetter, e eles deviam ter atacado pesadamente com os postes e ganchos de barcos que tinham, porque os homens de Refúgio haviam se espalhado bem. Mas eles não abririam mão de Len sem brigar, e a intrusão de Hostetter e de sua turma os convencera de que estavam certos quanto a Bartorstown. Estavam determinados a pegar Hostetter também, gritando e praguejando, reunindo-se outra vez e procurando qualquer coisa que pudessem usar como arma: pedras, galhos caídos, torrões de terra. Len cambaleava e tropeçava enquanto fugia, e Hostetter pôs a mão debaixo do braço dele, apressando-o.

— Tem um barco esperando. Mais lá pra baixo — falou.

Coisas começaram a voar pelo ar em volta deles. Uma pedra quicou nas costas de Hostetter e ele abaixou a cabeça até que o chapéu de abas largas parecesse estar diretamente em cima de seus ombros. Correram entre um bosque de árvores e saíram do outro lado. Len parou de repente.

— Esaú. Não posso ir sem o Esaú.

— Ele já está a bordo — respondeu Hostetter. — Vamos!

Saíram correndo outra vez, cruzando uma pastagem em declive até a beira da água, e as vacas dispararam com os rabos para cima. Na parte mais baixa do pasto havia outra aleia de árvores crescendo bem na margem; escondida parcialmente por elas, havia uma grande barca a vapor, com um par de homens de pé no convés segurando machados, prontos para cortar as amarras. Fumaça começou a lufar subitamente da barca baixa e simples, como se um fogo controlado tivesse de repente sido soprado para ganhar vida depressa. Len viu Esaú debruçado na amurada, e havia alguém ao lado dele, alguém com cabelos amarelos e uma saia comprida.

Uma prancha conectava a margem e a amurada. Eles subiram correndo para o convés, e Hostetter gritou para os homens com os machados. Pedras voaram outra vez, e Esaú agarrou Amity e se apressou com ela para o outro lado da cabine. Os machados reluziram. Houve mais gritaria e, com Watts na liderança, os homens de Refúgio desceram a margem correndo; Watts e dois outros se dirigiram à prancha. Len não viu Ames entre eles. Os cabos se partiram e serpentearam para dentro da água. Hostetter, Len e alguns outros agarraram varas compridas e empurraram com força. A prancha caiu na água com Watts e os outros que estavam sobre ela. Houve um rugido e uma algazarra lá de baixo; o convés balançou, faíscas irromperam pela barca. A embarcação começou a sair para a corrente. Watts estava de pé junto à margem, com a água lodosa dali até a cintura, chacoalhando os punhos para eles.

— Sabemos quem vocês são! — gritou, a voz chegando baixinha pela distância que se alargava. — Vocês não vão escapar!

Os homens na margem atrás dele também gritavam. O vozerio foi ficando mais fraco, mas o tom de ódio permaneceu, assim como a feiura dos gestos de suas mãos. Len olhou para trás, para Refúgio. Já estavam longe na corrente àquela altura e dava para ver para além da beira da água. Fumaça obscurecia boa parte da cidade, mas ele conseguiu enxergar em meio a ela. O que os fazendeiros de Burdette deixaram intocado, o incêndio que se espalhava vinha tomando por conta própria.

Len se sentou no convés com as costas apoiadas na cabine. Colocou os braços cruzados sobre os joelhos e deitou a cabeça neles, sentindo um desejo esmagador de chorar feito um menininho, mas estava cansado demais até para isso. Só ficou sentado, tentando deixar a cabeça tão vazia quanto o resto dele se sentia. Mas não conseguiu. Via sem parar Dulinsky parando e tombando lentamente na poeira quente da estrada norte, sentia o cheiro de um fogo enorme, ouvia a voz áspera de Burdette nos ouvidos dele, dizendo:

— Não teremos cidade nenhuma entre nós.

Depois de algum tempo, tomou ciência de que outra pessoa estava de pé ao seu lado. Olhando para cima, viu Hostetter, que segurava o chapéu na mão e enxugava a testa na manga do casaco, com cansaço.

— Então, rapaz, você conseguiu o que queria. Está a caminho de Bartorstown.

14

Era noite, estava quente e tranquilo. A lua iluminava a superfície do rio e transformava as duas margens em massas de sombras pretas. A barca deslizava pelo rio, bufando gentilmente enquanto aumentava um pouco o empuxo da corrente. Havia bastante carga no convés, amarrada de maneira segura e coberta com lona para proteção contra a chuva. Len encontrara um lugar nela. Depois de dormir por algum tempo, sentou-se com as costas apoiadas contra um fardo, observando o rio passar.

Hostetter se aproximou, andando devagar pelo espaço estreito desocupado no convés de proa, deixando para trás um rastro de fumaça de tabaco com um cachimbo antigo. Ele viu Len sentado e parou.

— Tá melhor?

— Tô enojado — retrucou Len, tão brutalmente que Hostetter soube o que ele queria dizer.

O homem assentiu.

— Agora você sabe como eu me senti na noite em que mataram Bill Soames.

— Assassinos. Covardes. Desgraçados. — Len os xingou até as palavras engasgarem na garganta. — O senhor devia tê-los visto lá, de pé do outro lado da estrada. E daí aquele Burdette atirou nele. Atirou nele do mesmo jeito que atiraria em um animal que encontrasse no milharal.

— É — falou Hostetter, devagar. — Nós teríamos tirado você de lá antes, se não tivesse ido atrás do Dulinsky. Pobre-diabo. Mas não estou surpreso.

— Vocês não poderiam ter ajudado ele?

— Nós? Bartorstown?

— Ele queria as mesmas coisas que vocês. Crescimento, progresso, informações, um futuro. Vocês não poderiam ter ajudado ele?

Havia um tom cortante na voz de Len, mas Hostetter apenas tirou o cachimbo da boca e perguntou, baixinho:

— Como?

Len refletiu. Depois de algum tempo, falou:

— É, acho que não podiam.

— Não sem um exército. Não temos um exército e, mesmo que tivéssemos, não o usaríamos. É preciso uma força extraordinária para fazer as pessoas mudarem todo o seu jeito de pensar e viver. Tivemos uma força assim ontem mesmo, pensando no tempo relativo a uma nação, e não temos mais nada.

— Era disso que o juiz tinha medo. Mudança. E ele só ficou lá e assistiu o Dulinsky morrer. — Len balançou a cabeça. — Ele morreu por nada. Foi por isso que ele morreu, por *nada*.

— Não, eu não diria isso — retrucou Hostetter. — Mas é preciso mais do que um Dulinsky. É preciso muitos deles, um após ou outro, em lugares diferentes...

— E mais Burdettes, e mais incêndios.

— Sim. E algum dia, surgirá alguém, no momento certo, e a mudança será feita.

— É muita coisa para esperar do futuro.

— É assim que é. E daí todos os Dulinsky se tornarão mártires de um grande ideal. No meio-tempo, vocês são perturbadores da ordem. E, porcaria, Len, de certa forma, você sabe que eles têm razão. Eles estão confortáveis e felizes. Quem é você, ou quem somos nós, para dizer que tudo tem que ser desfeito e transformado?

Len se virou e olhou para Hostetter sob o luar.

— É por isso que o senhor apenas assiste a tudo?

Com um levíssimo traço de impaciência na voz, Hostetter retrucou:

— Acho que você ainda não nos entende. Não somos super-homens. Fazemos tudo o que podemos só para continuarmos vivos, sem tentar reconstruir um país que não quer ser reconstruído.

— Mas como o senhor pode dizer que eles têm razão? Carniceiros ignorantes como o Burdette, hipócritas como o juiz...

— Homens honestos, Len, os dois. São, sim. Ambos se levantaram hoje cedo carregados de nobreza e bons propósitos, foram e fizeram a coisa certa, segundo a visão deles. Nunca houve algum ato cometido, desde o princípio, desde uma criança roubando doce até um ditador cometendo genocídio, em que a pessoa cometendo o ato não pensasse estar plenamente justificada. É um truque mental chamado de racionalização, e tem feito mais mal à raça humana do que qualquer outra coisa que você possa nomear.

— O Burdette, talvez. Ele é mais um como o sujeito na pregação daquela noite. Mas o juiz, não. Ele sabia que estava errado.

— Não na hora. Aí é que tá. As dúvidas sempre vêm depois e geralmente chegam tarde demais. Pegue você como exemplo, Len. Quando você fugiu de casa, duvidava de alguma coisa? Você disse para si mesmo: "Agora vou fazer algo mau e deixar meus pais muito infelizes"?

Len olhou para a água brilhando lá embaixo por um bom tempo, sem responder. Por fim, com a voz estranhamente baixa, perguntou:

— Como eles estão? Estão bem?

— Pelo que ouvi da última vez, estavam bem. Não subi para lá nesta primavera.

— E a vó?

— Morreu, fez um ano em dezembro.

— É. Ela estava bem velha.

Era estranho o quanto ele ficou triste a respeito da vó, como se uma parte de sua vida tivesse ido embora. De repente, com uma clareza dolorosa, Len a viu outra vez, sentada no degrau do alpendre sob a luz do sol, olhando para as árvores flamejantes de outubro e falando sobre o vestido vermelho que tivera tanto tempo antes, quando o mundo era um lugar diferente.

— O pai nunca conseguiu fazer com que ela se calasse — comentou.

Hostetter anuiu.

— Minha avó também era bem assim.

Silêncio de novo. Len ficou sentado observando o rio enquanto o passado jazia pesado sobre ele. Len não queria ir para Bartorstown. Queria ir para casa.

— Seu irmão está bem. Ele tem dois meninos agora — contou Hostetter.

— Isso é bom.

— Piper's Run não mudou muito.

— Não — disse Len. — Imagino que não. — E então acrescentou: — Ah, cale a boca!

Hostetter sorriu.

— Essa é a vantagem que eu tenho comparado a você. Estou indo para casa. Já faz muito tempo que não volto.

— Então o senhor não veio da Pensilvânia mesmo.

— Minha família veio, originalmente. Eu nasci em Bartorstown.

Uma raiva antiga surgiu, incomodando Len.

— O senhor sabia por que nós fugimos de lá. Devia saber o tempo todo onde estávamos e o que estávamos fazendo — acusou ele.

— Eu me senti meio que responsável — admitiu Hostetter. — Fiquei de olho nas coisas.

— Tá, mas por que nos fez esperar tanto tempo? O senhor sabia para onde queríamos ir.

— Você se lembra do Soames?

— Nunca vou me esquecer dele.

— Ele confiou em um rapaz.

— Mas eu não... — E então ele se lembrou de como Esaú colocara Hostetter em uma situação difícil. — Acho que entendo o que o senhor quer dizer.

— Temos uma lei inegociável em Bartorstown. A Lei da Não Interferência, e graças a ela fomos capazes de seguir adiante todos esses anos quando apenas o nome Bartorstown já basta para que te enforquem. O Soames violou essa lei. Eu a estou violando agora, mas recebi permissão. E acredite, esta foi a façanha do século. Falei com o Sherman por uma semana ininterrupta até ficar rouco...

— Sherman — disse Len, se aprumando. — É, Sherman. O Sherman queria saber se você tinha notícias do Byers...

— Do que diabos você está falando? — indagou Hostetter, encarando-o.

— Do rádio — explicou Len, e a velha empolgação lhe retornou como a queda de um raio de verão. — As vozes falando na noite em que eu deixei as vacas saírem do celeiro e nós as procuramos descendo o córrego, e o Esaú deixou o rádio cair. O fiozinho de arame se soltou e as vozes vieram... O Sherman queria saber. E algo sobre o rio. Foi por isso que descemos até o Ohio.

— Ah, sim, o rádio. Esse foi o começo da coisa toda, não foi? Fiquei devendo ao Esaú por tê-lo roubado. Fiquei devendo a ele pelo sangue que suei quando descobri que ele tinha sumido. — Hostetter estremeceu. — Jesus Cristo. Quando penso em como ele chegou perto de me expor... Eu nunca teria escapado com vida, sabe? A sua família teria me dito para ir embora e nunca mais mostrar minha cara por lá, mas a notícia se espalharia. Tive que entregar o Esaú para os lobos e não vou dizer que me arrependo. Mas foi uma pena você ter sido arrastado junto.

— Eu nunca o culpei. Falei para o Esaú que não seria fácil assim.

— Bem, você pode agradecer aos fazendeiros, porque, se não fosse por eles, eu jamais teria convencido o Sherman a permitir que eu te buscasse. Comentei que você certamente cairia, por um lado ou pelo outro, e eu não queria o seu sangue na minha consciência. Ele acabou cedendo, mas vou te contar, Len: da próxima vez que alguém lhe der um bom conselho, trate de ouvir.

Len esfregou o pescoço onde a corda o queimara.

— Sim, senhor. E obrigado. Não vou me esquecer do que o senhor fez.

Muito severamente, falando como o pai de Len costumava falar às vezes, Hostetter respondeu:

— Não esqueça. Não por mim, particularmente, nem pelo Sherman, mas por causa de muita gente e muitas ideias que podem vir a depender de você não esquecer.

— Está com medo de não poder confiar em mim? — perguntou Len devagar.

— Não é bem uma questão de confiança.

— O que é, então?

— Você vai para Bartorstown.

Len franziu o cenho, tentando entender o que o outro queria dizer.

— Mas é para lá que eu quero ir. É por isso que... tudo isso aconteceu.

Hostetter empurrou o chapéu plano de abas largas para trás de modo que seu rosto ficasse claramente visível sob o luar. Astuto e firme, seu olhar pousou sobre Len.

— Você vai para Bartorstown — repetiu ele. — Você tem um lugar todo sonhado em sua mente e você o chama por esse nome, mas não é para lá que você está indo. Você vai para a Bartorstown real, que provavelmente não será parecida com o lugar da sua cabeça, nem um pouco. Você pode não gostar dela. Pode vir a ter sentimentos bem intensos a respeito dela. E é por isso que eu digo, nunca esqueça que você nos deve algo.

— Olha, dá para aprender em Bartorstown? Dá para ler livros, e falar sobre as coisas, e usar máquinas, e realmente *pensar*? — perguntou Len.

Hostetter assentiu.

— Então vou gostar de lá. — Len olhou para o campo escuro e parado deslizando por eles na noite, o campo adormecido, assassino, odiento. — Eu nunca mais quero ver nada disso. Nunquinha.

— Pelo meu bem, eu espero que você se adapte. Terei problemas suficientes do jeito que as coisas estão, tendo que explicar a garota pro Sherman. Ela não estava inclusa. Mas não soube o que mais fazer.

— Eu estava me perguntando sobre ela — disse Len.

— Bem, ela tinha descido até lá por causa do Esaú, para tentar ajudá-lo a fugir. Falou que não podia voltar para a casa dos pais. Que ia ficar com o Esaú. E me pareceu que ela basicamente tinha que ficar.

— Por quê?

— Você não sabe?

— Não.

— O melhor motivo do mundo. Ela está grávida dele — revelou Hostetter.

Len ficou encarando, boquiaberto. Hostetter se levantou. E um homem saiu da cabine e disse para ele:

— O Sam está falando com o Collins pelo rádio. Talvez seja melhor você descer, Ed.

— Problemas?

— Parece que nosso amigo, aquele que jogamos na água lá atrás, estava falando sério. O Collins diz que dois rebocadores passaram juntos pouco depois de a lua surgir. Eles não estavam rebocando nada, e estavam lotados até a tampa de homens. Um vinha de Refúgio, o outro de Shadwell.

Hostetter fechou uma carranca, batendo o cachimbo para tirar as cinzas e esmagando-as cuidadosamente com as botas.

— Pedimos ao Collins que ficasse de vigia, só para garantir. Ele tem um barco-cabana e atua como posto móvel — explicou Hostetter para Len. — Bem, vamos lá. Isso tudo faz parte de ser um homem de Bartorstown. Seria bom você já ir se acostumando.

15

Len seguiu Hostetter e o outro homem, cujo nome era Kovacs, para dentro da cabine. Ela tinha dois terços do comprimento do barco e era construída mais como um teto para cobrir a área de carga do que para fornecer qualquer elegância à tripulação. Havia alguns catres estreitos embutidos nas paredes; Amity estava deitada sobre um deles, o cabelo todo esparsado ao redor da cabeça e o rosto pálido e inchado de lágrimas. Esaú estava sentado na beira da cama, segurando a mão dela. Aparentava estar sentado ali fazia muito tempo e tinha uma expressão que Len não se lembrava de ter visto no primo antes, abatido, atormentado e preocupado.

Len olhou para Amity. Ela falou com ele, sem olhá-lo nos olhos, e ele a cumprimentou, sentindo-se como se falasse com uma estranha. Pensou, com uma pontada que já estava passando, na garota de cabelos amarelos que beijara no caramanchão de rosas e se perguntou para onde ela havia ido tão depressa. Aquela ali era uma mulher, a mulher de outro, já marcada pelas preocupações e pelos problemas da vida, e ele não a reconhecia.

— Você viu meu pai, Len? Ele está bem? — indagou ela.

— Estava, da última vez que o vi. Os fazendeiros não estavam atrás dele. Nem tocaram nele.

Esaú se levantou.

— Durma um pouco agora. É disso que você precisa.

Ele deu tapinhas carinhosos na mão dela, depois puxou um cobertor fino que até então estava preso no alto, fazendo as vezes de cortina. Ela choramingou um pouco em protesto e pediu que Esaú não fosse muito longe.

— Não se preocupe — reconfortou Esaú, com um levíssimo toque de desespero. — Não tem pra onde ir.

Ele olhou de relance para Len, em seguida para Hostetter. Len disse:

— Parabéns, Esaú.

Um rubor avermelhado subiu pelas maçãs do rosto do primo. Ele aprumou os ombros e, quase que em desafio, falou:

— Eu acho que é ótimo. E você sabe como é, Len. Digo, por que não podíamos nos casar antes, por causa do juiz.

— Claro. Eu sei.

— E vou te dizer uma coisa — continuou Esaú. — Eu serei um pai melhor para o bebê do que meu pai foi para mim.

— Não sei, não. Meu pai era o melhor pai do mundo, e eu acabei não sendo lá muito bom também — disse Len.

Ele seguiu Hostetter e Kovacs por uma escada íngreme, descendo para o compartimento de carga. A barca não fazia muito arrasto na água, mas tinha quase vinte metros de comprimento e cinco de largura, e cada metro de espaço nela estava lotado de baús, fardos e sacos. Ela recendia madeira e água do rio, farinha e tecido, sebo velho e betume, e um monte de coisas que Len não conseguia identificar. De um ponto além do tabique, soando abafado e estrondoso, ouvia-se o ritmo das batidas do motor. Logo abaixo da escotilha fora deixado algo que lembrava um poço, de modo que a pessoa podia descer a escada e ver que nada tinha sido rompido ou mexido, e a escada parecia uma construção sólida dando para um convés sólido. Entretanto, uma seção quadrada do chão de tábuas fora movida para o lado, revelando um pequeno fosso. Lá dentro havia algo que Len reconheceu como um rádio, embora fosse maior do que aquele que ele e Esaú tiveram e diferente de outras maneiras também. Um sujeito estava sentado ao lado dele, falando, com uma única lamparina pendurada no alto para lhe dar luz.

— Eles chegaram aqui agora — anunciou o homem. — Um minutinho. — Ele se virou e falou para Hostetter: — O Collins acha que o melhor seria entrar em contato com o Rosen nas cataratas. O rio está bem baixo agora, e ele imagina que, com uma ajudinha, devemos conseguir escapar deles por lá.

— Vale tentar — concordou Hostetter. — O que você acha, Joe?

Kovacs disse que concordava com Collins.

— Não queremos mesmo nenhuma briga, e eles vão acabar nos alcançando, sem carregar peso.

Esaú também descera a escada. Colocara-se ao lado de Len, ouvindo.

— O Watts? — indagou o primo.

— Acho que sim. Ele deve ter ido correndo para Shadwell buscar alguns homens.

— Eles estão malucos, ensandecidos. — disse Kovacs. — Não podem se vingar dos fazendeiros, então vão descontar em nós. Além do mais, somos alvos fáceis sempre que nos descobrem.

Ele era um jovem grandalhão e corpulento, muito bronzeado de sol. Passava a impressão de que seria preciso muita coisa para assustá-lo, e ele não parecia assustado naquele momento, mas Len ficou impressionado por sua grande determinação em não ser pego pelos barcos de Refúgio.

Hostetter assentiu para o homem no rádio.

— Está certo, Sam. Vamos conversar com o Rosen.

Sam se despediu de Collins e começou a mexer nos botões do rádio.

— Meu Deus — disse Esaú, quase soluçando —, lembra como trabalhamos com aquele negócio e não conseguimos tirar nem um cochicho dele, e eu roubei aqueles livros...

Ele balançou a cabeça.

— Se vocês não tivessem tentado ouvir à noite, jamais teriam ouvido nada — comentou Hostetter.

Ele estava agachado ao lado do fosso, pendurado acima do ombro de Sam.

— Foi ideia do Len — defendeu-se Esaú. — Ele imaginou que vocês correriam riscos demais de serem vistos ou ouvidos durante o dia.

— Como agora. Estamos com a aérea lá em cima... É bem óbvia, se você tem luz suficiente para enxergá-la — falou Kovacs.

— Calem a boca — mandou Sam, debruçando-se sobre o rádio. — Como vocês esperam que eu... Oi, podem me ceder um canal livre um instantinho? É uma emergência.

A confusão metálica de uma saraivada de vozes saiu do alto-falante e foi se cristalizando em uma única voz, que disse:

— Aqui é o Petto, na Balsa Indiana. Quer que eu retransmita?

— Não. Quero o Rosen — pediu Sam. — Ele está dentro da faixa. Seja discreto, tá? Temos bandidos em nosso rastro.

— Ah. Cante se quiser ajuda — disse a voz de Petto.

— Obrigado.

Sam mexeu mais um pouco nos botões e continuou a chamar Rosen. Len se postou junto à escada enquanto observava e ouvia com atenção. Em retrospecto, pareceu-lhe que passara quase toda a vida em Piper's Run perto do Pymatuning tentando fazer vozes saírem de uma caixinha obstinada. Naquele momento, com um torpor de espanto e cansaço, ele ouvia e via e ainda não conseguia compreender que era, de fato, parte daquilo.

— Este é muito maior do que o que a gente tinha — observou Esaú, adiantando-se. Os olhos dele brilhavam como antes, de modo que seu rosto bonito e voluntarioso parecia o de um menino, e a sutil fraqueza de sua boca se perdia na avidez. — Como isso funciona? O que é uma aérea? Como...?

Kovacs começou a explicar pilhas e transístores de uma forma um tanto vaga. Não estava com a cabeça focada nisso. O olhar de Len foi atraído para o rosto de Hostetter, meio obscurecido pela aba do chapéu — o chapéu marrom amish familiar, o corte de cabelo quadrado familiar e o formato da barba familiar —, e ele pensou no pai, no irmão James e nos dois meninos dele, na vó que não se lamentaria mais pelo mundo antigo, e na bebê Esther, que já devia ter crescido e ficado alta; virou a cabeça para não mais ver Hostetter, e, sim, apenas o escuro impessoal para lá do círculo da lamparina, cheio de silhuetas de carga, difusas e sem sentido. O motor batia, lento e estável, com um suspiro breve como a respiração de alguém adormecido. Ele ouvia as lâminas de remo golpeando a água e ouvia outros sons também, o estalar de madeira da barca propriamente dita e o lodo e as borbulhas do rio deslizando sob o casco. Ocorreu-lhe um desses momentos de desorientação, um ínterim louco em que se questionou o que estava fazendo naquele lugar, terminando na percepção de que muito acontecera nas 24 horas anteriores e que ele estava exausto.

Sam conversava com Rosen.

— Vamos colocar um pouco de velocidade agora. Vai ser logo depois do amanhecer, se não toparmos com um banco de areia.

— Bem, tome cuidado — disse a voz áspera de Rosen do alto-falante. — O canal está traiçoeiro agora.

— Tem alguma coisa descendo as cataratas?

— Nada além de madeira. Está tudo travando, e elas estão empilhadas nas duas pontas do canal. Não quero mexer com as comportas, a menos que me forcem. Passei anos construindo minha reputação aqui, mas o menor sinal de suspeita...

— É — disse Sam. — Ia parecer coincidência demais, acho. Claro, a gente pode simplesmente forçar a passagem...

— Não com a minha barca — interveio Kovacs. — Temos um longo caminho a percorrer com ela ainda, e prefiro que continue com o fundo intacto. Deve haver outro jeito.

— Deixem eu pensar — disse Rosen.

Houve uma longa pausa enquanto ele pensava. Os homens esperaram em volta do rádio, respirando pesadamente.

Um tanto timidamente, uma voz falou:

— É o Petto outra vez, na Balsa Indiana.

— Certo. O que foi?

— Eu só estava pensando... O rio tá baixo agora, e o canal é estreito. Deve dar para bloquear com facilidade.

— Você tem alguma coisa em mente? — perguntou Hostetter.

— Tem uma draga trabalhando bem perto do fim do ponto. Os homens entram no vilarejo à noite, então não temos que nos preocupar com alguém se afogando. Agora, se vocês puderem passar aqui enquanto ainda está escuro, e eu puder estar junto da draga pronto para soltá-la, o rio faz uma curva bem aqui e a corrente a jogará de costado. Aposto que nada além de uma canoa conseguiria passar por ela até que fosse rebocada de lá.

— Petto, eu te amo — disse Sam. — Você ouviu isso, Rosen?

— Ouvi. Parece uma solução.

— Parece mesmo, mas, quando chegarmos lá, nos bloqueie depressa, só para prevenir — falou Kovacs.

— Vou ficar de olho — prometeu Rosen. — Até mais.

— Tudo bem — concordou Sam. — Petto?

Eles começaram a conversar, combinando sinais e sincronização, discutindo as condições do canal entre a posição atual da barca e a Balsa Indiana. Kovacs se virou e olhou para Len e Esaú.

— Venham. Tenho um trabalho para vocês dois. Entendem alguma coisa de motores a vapor?

— Um pouquinho — respondeu Len.

— Bem, tudo o que precisam saber sobre este aqui é: mantenham o fogo aceso. Estamos com pressa.

— Claro — disse Len, contente por arranjar o que fazer.

Ele estava cansado, mas lhe faria bem ficar mais cansado, se isso fosse impedir sua cabeça de remoer lembranças antigas, pensamentos infelizes e a imagem do rosto moribundo de Dulinsky, que já estava se confundindo com o rosto de Soames. Ele subiu apressadamente a escada, logo atrás de Kovacs. Na cabine, pelo visto Amity pegara no sono, pois não fez movimento algum quando passaram, com Esaú nas pontas dos pés e olhando cheio de nervosismo para o cobertor que servia de cortina no catre dela. Por um minuto, o ar noturno os tocou, limpo e fresco, e então eles tornaram a descer para o fosso onde ficava a caldeira. Ali cheirava a ferro quente e poeira de carvão, e um homem muito suado com uma pá larga transitava entre o depósito e a porta do fogo.

— Uma ajudinha para você, Charlie. Nós vamos nos mover — disse Kovacs.

Charlie assentiu.

— Tem pás sobressalentes ali.

Ele abriu a porta com um chute e começou a empilhar o carvão. Len tirou a camisa. Esaú começou a fazer o mesmo, mas parou com ela desabotoada até a metade e, olhando para a caldeira, falou:

— Pensei que seria diferente.

— O quê? — perguntou Kovacs.

— Ah, o motor. Digo, vindo de Bartorstown, vocês podiam ter qualquer tipo de motor que quisessem, e eu pensei...

Kovacs negou com a cabeça.

— Madeira e carvão são os únicos tipos de combustível que existem. Precisamos usá-los. Além do mais, a gente para em um monte de lugares ao longo do rio, e um monte de gente vem a bordo, e a primeira coisa que eles querem ver é o motor. Eles saberiam em um instante se fosse diferente. E suponhamos que alguma coisa quebre. O que fazer então? Mandar buscar peças lá em Bartorstown?

— É. Faz sentido — disse Esaú.

Ele estava obviamente decepcionado. Kovacs foi embora. Esaú terminou de tirar a camisa, pegou uma pá e se colocou ao lado de Len no depósito de carvão. Eles alimentaram o fogo enquanto Charlie cuidava da corrente de ar e vigiava a válvula de segurança. A batida do pistão soava cada vez mais rápido, girando as lâminas de remos, e a barca ganhou velocidade, seguindo a corrente. Por fim, Charlie fez um gesto indicando que esperassem um pouco e eles pararam, apoiando-se nas pás e enxugando o suor do rosto.

— Acho que Bartorstown não vai ser bem do jeito que pensávamos que seria — comentou Esaú.

— Parece que nada nunca é — disse Len.

Um tempo horrivelmente longo pareceu transcorrer até que outro homem viesse com a notícia de que a correria tinha acabado e que Len e Esaú podiam parar. Ambos subiram ao convés, trôpegos, e Len sentiu a barca dar um tranco e tremer à medida que as pás eram colocadas para fazer o movimento contrário. Não era a primeira vez naquela noite, e Len pensou que Kovacs devia ter, ou ser ele mesmo, um piloto dos diabos.

Recostando-se contra a cabine, ele tiritou no ar frio noturno. Era aquele momento calmo e escuro em que a lua já tinha deixado o céu, mas o sol não aparecera ainda. A margem era uma mancha baixa e escura bordejada pela névoa. Adiante, parecia se curvar para dentro como uma muralha sólida, como se o rio terminasse ali, e em um minuto a barca fosse dar de cara com ela. Len bocejou e escutou os sapos. A barca oscilou e uma curva surgiu no rio. Na parte oca da curva havia uma vila, os vultos quadrados das casas mais apercebidos do que vistos. Perto dali, no final do ponto, queimava um par de luzes vermelhas, penduradas aparentemente em pleno ar.

No convés de proa, mostraram uma lamparina e cobriram-na três vezes em rápida sucessão. De um ponto muito baixo na água veio uma série de piscadas em resposta. Por saber que estava ali, Len conseguiu discernir uma canoa muito difusa com um homem dentro dela. Em seguida, de uma só vez, a silhueta imensa e espectral da draga pareceu saltar sobre ele saindo da penumbra. Ela passou deslizando, um objeto esquelético feito uma casa parcialmente desmantelada montada sobre uma plataforma achatada, massiva e sustentando a carga da pesada pá de ferro. E então ela ficou para trás e Len observou as luzes vermelhas. Por um bom tempo elas não pareceram se mover, depois pareceram mudar um pouquinho de repente, e então um pouco mais, até que, com uma lentidão extraordinária e imponente, elas começaram a girar em um arco longo em direção à margem oposta, depois pararam. O ruído atravessou o rio um instante depois.

— Eles vão ter sorte se conseguirem tirá-la dali até essa hora de amanhã — comentou Esaú.

Len meneou a cabeça. Sentiu a tensão arrefecendo, ou talvez fosse apenas porque, pela primeira vez em semanas, ele próprio se sentia seguro. Os homens de Refúgio não tinham mais como segui-los, e qualquer aviso que enviassem chegaria tarde demais para impedi-los.

— Vou me deitar — anunciou ele, e entrou na cabine.

Amity continuava dormindo atrás da cortina. Len escolheu um catre o mais distante possível do dela e adormeceu quase instantaneamente. O último pensamento que teve foi de Esaú sendo pai, e, de alguma forma, isso não parecia certo. Então o rosto de Watts se intrometeu, e depois um cheiro horrível de corda úmida. Len engasgou e choramingou, e então a escuridão fluiu sobre ele, serena e profunda.

16

Atravessaram o canal na manhã seguinte, um entre vários botes, rebocadores, barcas a vapor e barcaças que desciam em uma longa fila com a corrente, percorrendo todo o caminho até o golfo, as lojas flutuantes dos comerciantes que eram como os carroções que iam até o litoral, visitando vilarejos isolados cuja única estrada era o rio. Foi um processo lento, apesar de Kovacs dizer que Rosen os estava bloqueando mais depressa do que de costume, e havia tempo de sobra só para ficar sentado, assistindo. O sol nascera em meio a uma confusão de névoa. Ela já havia sumido àquela altura, mas o tipo de calor não era mais a claridade seca e ardida do dia anterior. O ar estava espesso e pesado, e o menor movimento gerava uma onda de suor sobre a pele. Kovacs farejou o ar e disse que sentiu o cheiro de tempestade.

— Lá pelo meio da tarde — deduziu Hostetter, espremendo os olhos para o céu.

— É. Melhor começar a arranjar um lugar onde a gente possa atracar — concordou Kovacs.

Ele se afastou, mantendo-se ocupado enquanto cuidava da barca. Hostetter estava sentado onde achou uma sombra no convés, debaixo da beirada da cabine, e Len se sentou ao lado dele. Amity voltara para seu catre, acompanhada de Esaú. De tempos em tempos Len ouvia o murmúrio das vozes deles através das pequenas fendas que serviam de janela, mas não entendia as palavras ditas.

Hostetter olhou de esguelha para Kovacs, invejosamente, depois para as próprias mãos grandes, com grossas almofadas de calosidades devido ao longo tempo lidando com as rédeas.

— Vou sentir saudade deles — declarou ele.

— Como é? — indagou Len, que estivera perdido nos próprios pensamentos.

— Meus cavalos. Meu carroção. Parece esquisito, depois de tantos anos, só ficar sentado. Fico pensando se vou gostar disso.

— Pensei que você estivesse feliz em voltar para casa.

— Estou. E bem na hora, também, enquanto a maioria dos meus velhos amigos ainda está por lá. Mas esse negócio de levar uma vida dupla tem suas desvantagens. Fiquei longe de Bartorstown por quase trinta anos, só voltei uma vez durante todo esse tempo. Lugares como Piper's Run se parecem mais com um lar para mim a essa altura. Quando falei no outono passado que estava desistindo de viver na estrada, eles me pediram para ficar por lá... E sabe de uma coisa? Eu podia ter ficado. — Ele matutou, observando os homens trabalhando na comporta sem vê-los de fato. — Devo me acostumar de novo. Afinal, o lugar onde você nasceu e cresceu... Mas vai ser esquisito me barbear outra vez. E eu usei essas roupas por tanto tempo...

A água sugou e murmurou para fora da comporta, e a barca afundou lentamente até ser preciso olhar para cima para ver o topo da margem. O sol batia forte e nenhuma brisa se agitava naquele bolsão fundo. Len semicerrou os olhos e trouxe os pés para debaixo do corpo, porque estavam queimando expostos ao sol.

— O que o senhor faz?

Hostetter virou a cabeça e olhou para ele.

— Sou comerciante.

— Não, digo, de verdade. O que o senhor faz em Bartorstown?

— Sou comerciante.

Len franziu o cenho.

— Acho que não entendi. Pensei que todos os homens de Bartorstown fossem alguma coisa... cientistas, ou fazedores de máquinas... alguma coisa.

— Sou comerciante — repetiu Hostetter. — O Kovacs, ele é barqueiro de rio. O Rosen é um bom administrador e mantém o canal em boas condições e funcionando bem porque isso é vital para nós. O Petto, lá da Balsa Indiana... Eu conheci o pai dele, era um homem muito bom com eletrônicos, mas o menino é um comerciante como eu, só que ele fica mais em um só lugar. Existe apenas certa quantidade de cientistas e técnicos com potencial em Bartorstown, como em qualquer comunidade. E eles precisam do restante de nós para continuar trabalhando.

— Quer dizer que — disse Len, devagar, revisando algumas ideias bem arraigadas —, todos esses anos, você realmente estava...

— Trabalhando no comércio? — completou Hostetter. — Pois é. Tem mais de quatrocentas pessoas em Bartorstown, sem contar nós que estamos do lado de fora. Todas elas precisam comer e se vestir. E aí temos outras coisas também, ferro e ligas e substâncias químicas e medicamentos e assim por diante. Tudo tem que ser trazido de fora.

— Entendo — falou Len. Houve uma longa pausa. Com tristeza, ele acrescentou: — Quatrocentas pessoas. Isso não é nem metade do que havia em Refúgio.

— É cerca de noventa por cento mais do que supostamente deveria haver. Originalmente, havia trinta e cinco ou quarenta homens, todos especialistas, trabalhando nesse projeto secreto para o governo. Daí, quando a reação veio depois da guerra e as coisas começaram a ficar feias, eles levaram para lá vários outros homens e suas famílias: cientistas, professores, gente que não era mais muito popular aqui do lado de fora. Nós demos sorte. Havia muitas outras instalações secretas no país, mas Bartorstown é a única que não foi descoberta nem traída, ou que não precisou ser abandonada.

As mãos de Len se retesaram nos joelhos e os olhos dele brilhavam.

— O que eles estavam fazendo lá, esses quarenta homens, os especialistas?

Uma vislumbre meio peculiar surgiu no rosto de Hostetter. No entanto, ele apenas respondeu:

— Eles estavam tentando encontrar uma resposta para alguma coisa, não sei dizer o que era, Len. Tudo o que posso dizer é que eles não a encontraram.

— Ainda estão tentando? Ou você não pode me dizer isso também? — perguntou Len.

— Espere até você chegar lá. Aí vai poder fazer todas as perguntas que quiser, para os homens que têm autorização para respondê-las. Eu não tenho.

— Quando eu chegar lá. Devo admitir que soa estranho. Quando eu chegar a Bartorstown... Falei isso um milhão de vezes na minha cabeça, mas agora é real. Quando eu chegar a Bartorstown.

— Tenha cuidado para não ficar falando esse nome por aí.

— Não se preocupe. Mas... como é lá?

— Fisicamente é um buraco — disse Hostetter. — Piper's Run, Refúgio, Louisville ali, todas elas são de longe melhores nesse quesito.

Len olhou para o vilarejo agradável se estendendo ao longo do canal e para a ampla planície verde mais além, sarapintada com casinhas de fazenda e gado pastando. Lembrando-se de um sonho, perguntou:

— Sem luzes? Sem torres?

— Luzes? Bem, sim e não. Torres... não.

— Ah — fez Len, e ficou em silêncio.

A barca continuou deslizando. Betume borbulhou gentilmente nos desvãos do convés; respirar demandava esforço. Depois de algum tempo, Hostetter tirou o chapéu largo e enxugou a testa.

— Ah, não, está calor demais. Não dá mais — reclamou.

Len olhou para o céu. Estava sem nuvens e intensamente azul, mas ele disse:

— Vai cair. E vai ser das boas. — Ele voltou a atenção para a vila. — Aquilo ali era uma cidade, não era?

— Uma grandona.

— Agora eu lembro, ela tinha o nome do rei da França. Sr. Hostetter...

— Hum?

— O que aconteceu com esses países? Tipo a França?

— Ficaram mais ou menos como nós, aqueles que estavam do lado vencedor. Só Deus sabe o que aconteceu com os que perderam. O mundo todo correu de volta para basicamente aquilo que era quando Louisville era desse tamanho, logo que este canal foi escavado. Mas com uma diferença: naquela época, eles estavam ansiosos para crescer e mudar.

— Vai ficar assim pra sempre?

— Nada continua igual pra sempre — disse Hostetter.

— Mas não durante a minha vida, nem a de meus filhos — murmurou Len, ecoando as palavras do juiz Taylor. E por sua mente ressoava o barulho distante e triste da queda de prédios altos construídos sobre nuvens.

— Nesse meio-tempo, é um mundo bom. Desfrute dele — aconselhou Hostetter.

— Bom, sendo que está cheio de homens como o Burdette, o Watts e o pessoal que matou o Soames? — indagou Len, amargo.

— Len, o mundo sempre esteve cheio de homens assim e sempre estará. Não peça o impossível. — Ele olhou para o rosto de Len, depois sorriu. — Eu também não deveria pedir o impossível.

— Como assim?

— É uma questão de idade. Não se preocupe. O tempo vai cuidar disso.

Eles passaram pelas comportas mais baixas e saíram de novo no rio, abaixo das grandes cataratas. No meio da tarde, o céu ao norte adquirira um tom preto arroxeado, e silêncio recaíra sobre toda a terra.

— Linhas de instabilidade — disse Kovacs, mandando Len e Esaú para o fundo da embarcação a fim de alimentar o fogo outra vez.

A barca foi fervendo corrente abaixo, as pás açoitando os respingos. Ficou mais parado ainda, e mais quente, até que parecia que o mundo teria que explodir, e então os primeiros estalos e ribombos daquela explosão se fizeram ouvir acima do ruído das pás e do clangor da porta do fogo. Sam colocou a cabeça no alto da escada e gritou para Charlie parar e abafar a caldeira. Encharcados e cambaleantes, Len e Esaú emergiram para um crepúsculo portentoso, com o céu encobrindo a terra de perto feito um xale preto. Àquela altura estavam atracados no meio da correnteza, no abrigo de uma ilha, e a margem norte se elevava em uma ribanceira protetora.

— Aí vem ela — disse Hostetter.

Eles se abaixaram, buscando o abrigo da cabine. O vento foi o primeiro a bater, deitando as árvores e virando o lado mais claro de suas folhas para cima. A chuva veio em seguida, cavalgando o vento em um branco sufocante que apagou tudo da vista e se misturou a folhas, gravetos e galhos voando. Depois disso foram os raios, os trovões e os estalos das árvores, e, após um longo tempo, restou apenas a chuva, despencando direta e pesada como se fosse despejada de um balde. Eles saíram para o convés e se certificaram de que tudo estava bem preso, tiritando pelo frio desabrido, e se revezaram para dormir. A chuva esmaeceu e quase parou, depois recrudesceu em uma nova tempestade. Durante seu turno de vigia, Len viu relâmpagos disparando por todo o horizonte enquanto as rajadas de vento dançavam na linha mais dianteira da massa de ar frio que descia do norte. Por volta da meia-noite, em meio à chuva reduzida e ao trovão distante, Len ouviu um novo barulho e soube que era o rio subindo.

Eles retomaram a viagem sob um amanhecer cristalino e claro, com uma brisa boa soprando e um céu que lembrava porcelana carcomida, salpicada de nuvens brancas. Restavam somente os galhos partidos das árvores, a água turva de lodo e os destroços para indicar a selvageria da noite anterior. Quase um quilômetro mais abaixo de onde Kovacs amarrara a barca, eles passaram por uma fileira de balsas e um rebocador jogados por toda a margem sul, e, a dois ou três quilômetros depois disso, pelo barco de um comerciante afundado nos bancos de areia, onde se enganchara em uma saliência.

Aquele foi o início de uma longa jornada e de um período longo e estranho para Len, com certas características de um sonho. Seguiram o Ohio até sua embocadura e viraram para o norte, entrando no Mississippi. Àquela altura, enfrentavam a correnteza, abrindo caminho de forma lenta e cuidadosa na subida de um canal que se movia constantemente entre uma margem e a outra, de modo que a barca parecia sempre prestes a se chocar contra a terra ao lado de algum marcador desbotado. Acabaram com o carvão e pegaram madeira em uma estação para os lados de Illinois, em seguida tornaram a bater até a foz do Missouri. Depois disso, por dias, chafurdaram na subida das rampas do rio, conhecido como Grande Lamaçal. Na maior parte do tempo, estava quente. Houve tempestades, chuvas e, em meados de agosto, algumas poucas noites frias o bastante para sugerir o outono. Às vezes o vento soprava tão forte contra eles que precisavam amarrar a barca e esperar, observando o tráfego que descia o rio passar voando por eles. Às vezes, depois de uma chuva, a água subia e corria tão ligeira que eles não conseguiam avançar, depois o nível caía com a mesma velocidade e lhes mostrava, tarde demais, como o canal traiçoeiro havia mudado, e eles tinham que trabalhar a barca dolorosamente e com muito esforço, xingando o banco de areia onde haviam encalhado. A água lodosa obstruía a caldeira e eles precisavam parar e limpá-la; outras vezes, tiveram que parar para pegar mais madeira.

— Este é um caminho dos diabos para os homens de Bartorstown percorrerem — resmungou Esaú.

— Esaú, vou te dizer uma coisa — respondeu Hostetter. — Se tivéssemos aviões, ficaríamos contentes em usá-los para voar. Mas não temos, e isso é melhor do que caminhar, como você vai descobrir.

— Falta muito? — perguntou Len.

Hostetter fez um movimento com a cabeça, indicando o oeste.

— Direto até as Rochosas.

— Quanto tempo ainda?

— Mais um mês. Talvez mais, se encontrarmos problemas. Caso contrário, talvez menos.

— E o senhor não vai nos contar como é? — perguntou Esaú. — Como é de verdade, qual é a aparência, como é morar lá.

Hostetter, porém, apenas disse bruscamente:

— Vocês vão descobrir quando chegarem lá.

Ele se recusava a falar com eles sobre Bartorstown. Fez aquela única declaração sobre Piper's Run ser um local mais agradável e depois não quis falar mais nada. Os outros homens também não falavam. Não importava como formulassem a pergunta, a sutileza com que a conversa fosse desviada para colocá-los em uma armadilha, eles não falavam sobre Bartorstown. E Len se deu conta de que era porque temiam fazê-lo.

— Vocês têm medo de que nós a entreguemos — disse ele para Hostetter. E então, não no espírito de censura, mas apenas como declaração de um fato: — Acho que vocês ainda não confiam em nós.

— Não é uma questão de confiança. É só que nenhum homem de Bartorstown jamais fala sobre lá, e vocês já deviam saber que não é para perguntar.

— Desculpe. É que nós pensamos nela por tanto tempo. Acho que temos muito a aprender — aquiesceu Len.

— Têm mesmo — respondeu Hostetter, pensativo. — E não vai ser fácil. Tantas coisas vão se chocar contra todas as crenças com as quais vocês foram criados, e não me importa o quanto vocês façam pouco delas, algumas permanecem com a pessoa.

— Isso não vai me incomodar — falou Esaú.

— Eu duvido que vá mesmo — concordou Hostetter. — Mas com o Len é diferente.

— Como assim, diferente? — indagou Len, ouriçando-se um pouco.

— O Esaú age ao correr da pena, improvisa. Já você se preocupa — respondeu Hostetter.

Mais tarde, quando Esaú não estava por perto, ele colocou a mão no ombro de Len e sorriu, dando-lhe um olhar profundo e próximo ao mesmo tempo. Len sorriu de volta e disse:

— Tem horas que o senhor me faz pensar muito no meu pai.

— Eu não me incomodo. Nem um pouco — disse Hostetter.

17

As características da terra mudaram. A área florestal verdejante e ondeada se achatou e rareou, e o céu se tornou uma coisa enorme, estendida incrivelmente sobre uma planície verde-acinzentada que parecia não ter mais fim, derramando-se acima da borda do mundo, chamando o olhar da pessoa para o vazio até que seus olhos doessem com a visão e ela procurasse, faminta, uma árvore ou quiçá um arbusto mais alto para quebrar o horizonte em branco. Havia vilas prósperas ao longo do rio e Hostetter contara que aquela era uma região agrícola boa, apesar da aparência, mas Len odiava a monotonia sem graça dali, depois dos vales luxuriantes a que estava habituado. À noite, contudo, havia uma grandeza própria no lugar, uma sensação de vasteza varrida pelos ventos e acesa com mais estrelas do que Len já vira até então.

— Leva um tempo para se acostumar. Mas tem sua beleza própria — comentou Hostetter. — A maioria dos lugares tem, se você não fechar os olhos e a mente contra eles. É por isso que lamento ter feito aquela piadinha sobre Bartorstown.

— Mas o senhor estava falando sério. Sabe o que eu acho? Acho que o senhor lamenta estar de volta — respondeu Len.

— A mudança é sempre algo pesaroso. A gente se acostuma a fazer as coisas de certa maneira, e é sempre um problema romper com esse hábito.

Ocorreu uma ideia a Len, uma que curiosamente nunca lhe ocorrera.

— O senhor tem família em Bartorstown?

Hostetter negou com a cabeça.

— Eu nunca fui de criar raízes. Nunca quis estabelecer laços com a cidade.

Inconscientemente, ambos olharam adiante no convés para o ponto onde Esaú estava sentado junto de Amity.

— E eles são tão fáceis de estabelecer — acrescentou Hostetter.

Havia algo possessivo na postura de Amity, no modo como sua cabeça se inclinava na direção de Esaú e sua mão pousava sobre a dele. Ela estava ficando rechonchuda e sua boca era petulante. Já levava a maternidade futura, embora ainda distante, muito a sério. Len estremeceu, lembrando-se do caramanchão de rosas.

— É — disse Hostetter, rindo. — Eu concordo. Mas você tem que admitir que eles meio que se merecem.

— Eu simplesmente não consigo ver o Esaú como pai.

— Você pode se surpreender. Além do mais, ela vai mantê-lo na linha. Não seja arrogante demais, rapazinho. Sua hora vai chegar.

— Não se eu ficar sabendo antes — retrucou Len.

Hostetter riu de novo.

A barca abriu caminho a solavancos na direção da foz do Platte. Len trabalhava, comia, dormia e, entre uma coisa e outra, pensava. Algo fora tirado dele, até que, depois de um tempo, deu-se conta do que era e por que sua retirada o deixara infeliz. Era a imagem de Bartorstown que ele carregava consigo, a visão que o seguia por toda sua caminhada desde casa. Aquilo havia sumido, e no lugar restava apenas uma coleçãozinha de fatos e um espaço em branco esperando ser preenchido. Bartorstown — uma instalação militar anterior à guerra altamente secreta para algum tipo de pesquisa, nomeada em homenagem a Henry Waltham Bartor, o Secretário de Defesa que mandou construí-la — estava passando por uma tradução dolorosa de sonho para realidade. A realidade ainda estava por vir, e, nesse ínterim, enquanto não havia nada, Len sentia vagamente como se alguém tivesse morrido. O que, é claro, havia acontecido mesmo — sua vó falecera —, e as duas coisas estavam tão interconectadas na mente dele que o rapaz não conseguia pensar em Bartorstown sem pensar na vó também, sem se lembrar das coisas desafiadoras que ela dissera, que deixavam o pai de Len tão zangado. Questionou consigo mesmo se ela sabia que ele estava indo para lá. Torcia para que soubesse. Achava que ela ficaria contente.

Amarraram a barca certa noite junto a uma margem baixa no meio do nada, sem coisa alguma à vista além da grama da pradaria e do céu infinito, e sem qualquer som além do vento que nunca se cansava de soprar e do correr incessante do rio. De manhã, começaram a descarregar a barca e, por volta do meio-dia, Len fez uma pausa por um instante para recuperar o fôlego e enxugar o suor dos olhos. Foi então que viu um pilar de poeira se movendo lá longe na pradaria, vindo na direção do rio.

Hostetter assentiu.

— São os nossos homens, trazendo os carroções. Vamos subir na diagonal a partir daqui para o vale do Platte e buscar o restante do nosso pessoal em um ponto do South Fork.

— E aí? — perguntou Len, com a velha empolgação se agitando e fazendo seu coração bater mais rápido.

— Aí chegamos ao trecho final.

Poucas horas depois os carroções chegaram, oito deles, enormes e pesadões feitos para o transporte de carga e puxados por mulas. Os homens que os conduziam tinham pele bronzeada e coriácea, com o topo da testa branco quando tiravam os chapéus e uma rede de linhas pálidas em torno dos olhos, onde o sol não chegara ao fundo das rugas espremidas. O grupo saudou Kovacs e os barqueiros como velhos amigos e apertou a mão de Hostetter calorosamente com um jeito de "Bem-vindo de volta para casa". Um deles, um camarada idoso com um olhar penetrante e um par de ombros que parecia capaz de carregar um carroção sozinho se as mulas perdessem a energia, olhou com atenção para Len e Esaú e disse para Hostetter:

— Então estes são os seus garotos.

— É... — respondeu Hostetter, corando de leve.

O velho caminhou em torno deles lentamente, a cabeça virada de lado.

— Meu filho estava nas terras do Ohio uns dois ou três anos atrás. Ele disse que só se ouvia falar nos garotos do Hostetter. Onde eles estavam, o que estavam fazendo, que o avisassem quando eles tivessem seguido em frente.

— Não foi tão ruim assim — retrucou Hostetter. Seu rosto estava vermelho feito um tijolo. — Mas enfim, dois garotos... e eu os conheço desde que nasceram.

O velho terminou seu circuito e parou na frente de Len e Esaú. Estendeu a mão que lembrava uma tábua de carvalho e apertou as deles, um de cada vez, muito sério.

— Os garotos do Hostetter — cumprimentou ele. — Fico contente que tenham chegado até aqui antes que o meu velho amigo Ed tivesse um colapso nervoso.

Ele se afastou, rindo. Hostetter fungou, achando graça, e começou a jogar caixas e barris por ali. Len sorriu e Kovacs caiu na risada.

— E ele nem está brincando — falou Kovacs, indicando o velho com a cabeça. — O Ed manteve todos os rádios naquela parte do país na ativa.

— Ah, caramba, são só uns meninos — resmungou Hostetter. — O que você teria feito?

Eles acamparam ao lado do rio naquela noite, e no dia seguinte carregaram os carroções, tomando muito cuidado com o armazenamento de cada peça, deixando um lugar para Amity viajar e dormir. Kovacs estava se dirigindo para o Missouri Superior, e pouco depois do meio-dia juntou vapor na barca e partiu. As mulas foram reunidas por dois ou três homens, montados em cavalos pequenos e rijos de um tipo que Len nunca vira. Ele os ajudou a equipar as mulas, depois tomou seu lugar em um dos carroções. Os chicotes compridos estalaram e os condutores gritaram. As mulas apoiaram o pescoço no cabresto e os carroções saíram rolando com vagar sobre a grama da pradaria, emitindo estalos pesados e reclamações dos eixos. Ao anoitecer, do outro lado da planície, Len ainda enxergava a barca no rio. De manhã ela continuava lá, porém mais distante, até que em algum momento ao longo do dia ele a perdeu de vista. E assim a pradaria se tornou imensamente grande e solitária.

O Platte corre largo e raso entre colinas de areia. O sol bate forte, o vento sopra e a terra se estende por uma eternidade. Len se lembrou do Ohio com uma saudade infinita. Depois de um tempo, contudo, quando se acostumou, ele se tornou consciente de todo um novo mundo ali, um estilo de vida que não parecia nada mau, uma vez que abrisse mão do hábito de pensamento que pedia florestas verdes e grama verde, chuva e arado. Os choupos empoeirados que cresciam junto à água se tornavam tão formosos quanto carvalhos, e as casas rancheiras que se agarravam à vizinhança do rio eram mais bem-vindas do que os vilarejos da área em si, por serem tão menos frequentes. Elas eram grosseiras e marcadas pelo Sol, mas eram suficientemente confortáveis, e Len gostava das pessoas, das mulheres fortes e morenas e dos homens que pareciam ter perdido algo de si quando se separavam de seus cavalos. Mais além das colinas de areia ficava a pradaria, e na pradaria ficavam os grandes rebanhos selvagens de gado e as manadas de cavalos errantes que geravam a renda daqueles caçadores e comerciantes. Hostetter contou que os rebanhos selvagens eram descendentes das raças que existiam antes da guerra e que foram soltas na forte turbulência que se seguiu ao abandono das cidades e à consequente degradação do sistema de oferta e demanda.

— Eles percorrem a área até a fronteira mexicana, e não tem nenhuma cerca por lá agora. Os fazendeiros de terra árida desistiram há muito tempo. Faz gerações que um arado sequer arranha as planícies, e a grama está voltando mesmo no pior dos desertos causados pelo homem, como o bom Deus pretendia. — Ele respirou fundo, olhando para o horizonte ao redor. — Tem algo nisso, não tem, Len? Digo, em alguns sentidos o leste é fechado, com colinas, florestas e o lado oposto de um vale de rio.

— Não venha me fazer dizer que eu não gosto do leste — acusou Len. — Mas estou começando a gostar daqui também. É só que é tão grande e vazio que fico com a sensação de que vou cair.

Também era seco. O vento o golpeava e beliscava, sugando a umidade dele feito uma grande sanguessuga. Ele bebia e bebia, e sempre havia areia no fundo do copo, e ele estava sempre com sede. As mulas percorriam os quilômetros puxando as rodas do carroção, mas de maneira tão gradual e em um terreno tão igual que Len tinha a sensação de que não haviam se movido. Por entre ravinas profundas nos montes de areia, o gado selvagem descia para beber, e à noite os coiotes latiam e uivavam e então caíam em um silêncio respeitoso na presença do som mais grave e mais arrepiante de algum lobo peregrino. Às vezes o grupo rodava por dias sem ver uma única casa rancheira ou qualquer sinal de vida humana, depois passava por um acampamento onde os caçadores tinham feito uma grande matança e estavam ocupados salgando ou secando a carne e curando as peles. Assim o tempo passava, e, tal qual o tempo no rio, ele era eterno.

Atingiram o ponto de encontro no South Fork em uma clareira desbotada e queimada pelo sol, mas ainda mais verde do que a desolação arenosa ofuscante que se espalhava ao redor dela até onde a vista alcançava, interrompida apenas pela corrente rasa do rio. Quando voltaram a avançar, havia trinta e um carroções na caravana e cerca de setenta homens. Alguns tinham se dirigido diretamente a partir do outro lado das Grandes Planícies, outros do norte e do oeste, carregados com tudo, desde lã e ferro-gusa até pólvora. Hostetter contou que outros trens de carga como aquele subiam do Arkansas e do vasto interior a sul e a oeste, e que outros seguiam a velha trilha pela South Pass, rumando da área a oeste das montanhas. Todos os suprimentos deviam ser buscados antes do inverno, porque as Planícies eram um lugar cruel quando o vento setentrional soprava, e a única passagem para Bartorstown ficava bloqueada de neve.

De tempos em tempos, em pontos específicos, eles encontravam grupos de homens acampados, esperando-os, e paravam para fazer comércio; em um desses locais, onde outro riacho escorria para o South Fork e havia um vilarejo com quatro casas, apanharam mais dois carroções lotados de pele e carne-seca. Quando teve certeza de que estava sozinho com Hostetter, Len perguntou:

— Esse pessoal não fica desconfiado? Digo, sobre aonde estamos indo.

Hostetter negou com a cabeça.

— Mas acho que devem fazer suas apostas — sugeriu Len.

— Não há motivo para ficarem desconfiados. Eles sabem.

— Eles *sabem* que estamos indo para Bartorstown? — ecoou Len, incrédulo.

— Sabem, mas não sabem que sabem. Você vai ver o que quero dizer quando chegar lá — disse Hostetter.

Len não perguntou mais nada, mas pensou a respeito, e aquilo não parecia fazer sentido nenhum.

Os carroções seguiram pesadamente pelo calor e pela claridade. E em um final de tarde, quando as Rochosas pendiam como uma cortina a oeste, azuis e enevoadas, ouviram um grito súbito lá da frente. O grito atravessou por toda a fila, de condutor a condutor, e os carroções pararam com um sacolejo. Hostetter apanhou uma arma.

— O que foi? — perguntou Len.

— Você já deve ter ouvido falar dos neoismaelitas, não é? — indagou Hostetter.

— Ouvi, sim.

— Agora você vai ver eles então.

Len seguiu o gesto de Hostetter, semicerrando os olhos contra a luz que avermelhava pouco a pouco. Lá, no topo de um penhasco baixo e árido, viu uma aglomeração, talvez meia centena de pessoas, todas olhando para baixo.

18

Ele saltou para o chão com Hostetter. O condutor continuou no lugar, para poder mover o carroção em uma linha de defesa caso viesse a ordem. Esaú se juntou aos dois, assim como alguns outros homens e aquele camarada mais velho com os olhos brilhantes e os ombros poderosos, cujo nome era Wepplo. A maioria deles tinha armas.

— O que a gente faz? — perguntou Len.

— Espera — respondeu o velho.

Eles esperaram. Dois homens e uma mulher desceram lentamente do penhasco, e o líder da caravana saiu, na mesma velocidade, para se encontrar com eles, com meia dúzia de homens armados logo atrás, servindo de cobertura. Len fixou o olhar neles.

As pessoas reunidas no penhasco eram como uma fileira esquisita de espantalhos feitos de ossos velhos e tiras de couro escurecido. Havia algo de horrível em ver que existiam crianças entre elas, espiando com o mesmo espanto e o mesmo entusiasmo infantis com que olhariam para homens e carroções desconhecidos. Eles vestiam peles de cabra, muito semelhantes às imagens antigas de João Batista na Bíblia, ou longos envoltórios de tecido branco sujo como se estivessem enrolados em lençóis. Os cabelos deles desciam pelas costas, compridos e emaranhados, e a barba dos homens pendia até a cintura. Eram macilentos e até as crianças tinham uma aparência selvagem e meio esfomeada. Os olhos eram afundados; talvez fosse apenas um truque do sol poente, mas parecia para Len que eles ardiam e queimavam com um brilho real, como os olhos que ele vira certa vez em um cão que tinha a doença da loucura.

— Eles querem briga com a gente? — perguntou ele.

— Não dá pra dizer ainda. Às vezes querem, outras vezes não. Depende — respondeu Wepplo.

— Como assim, depende? — questionou Esaú.

— Se eles foram "chamados" ou não. Na maior parte do tempo, eles só vagam por aí, oram e fazem muito jejum sagrado de verdade. Mas aí, do nada, um deles começa a gritar e a espumar pela boca e cai esperneando, e isso é um sinal de que essa pessoa recebeu o chamado especial do Senhor. Daí o resto deles uiva e grita e se bate com galhos cheios de espinhos ou talvez chicotes... Porque, sabe, chicote é o único item pessoal cuja posse a religião deles permite. Então, quando estão agitados o suficiente, descem todos e assassinam algum fazendeiro que tenha afrontado o Senhor adulando a própria carne com um teto de turfa e uma barriga cheia. E eles capricham no assassinato.

Len estremeceu. O rosto dos ismaelitas o assustava. Ele se lembrou do rosto dos fazendeiros que entraram marchando em Refúgio e de como a dedicação pétrea deles o assustara na ocasião. Mas eles eram diferentes. Seu fanatismo se manifestava apenas quando cutucado. Aquelas pessoas, por sua vez, viviam segundo o fanatismo, viviam por ele e o serviam sem motivo, sem pensar, sem questionar.

Ele esperava que não quisessem briga.

Não quiseram. Os dois homens de aparência selvagem e a mulher — uma criatura magrela com ossos salientes na canela aparecendo por baixo de sua mortalha quando caminhava e um emaranhado de cabelos pretos esvoaçando sobre os ombros — estavam longe demais para que se ouvisse a conversa, mas, depois de alguns minutos, o líder da caravana se virou e falou com os homens às suas costas, e dois deles voltaram para a caravana. Eles procuraram um carroção em particular e Wepplo grunhiu.

— Desta vez, não. Só querem um pouco de pólvora.

— Pólvora? Para armas? — perguntou Len, incrédulo.

— Parece que a religião deles não demanda que definhem de fome até morrer de fato. Esta aqui é só uma turma, a gangue toda deles tem algumas armas. Ouvi dizer que eles nunca atiram em bezerros; apenas nos touros velhos, cuja carne é tão dura que serve de mortificação.

— Mas pólvora? Eles não usam isso contra os fazendeiros também? — perguntou Len.

O velho balançou a cabeça.

— Eles são assassinos de faca e garras, quando querem matar. Acho que para ficarem mais próximos de sua obra. Além disso, eles só pegam pólvora suficiente para sobreviver.

Wepplo indicou com o queixo os dois homens que naquele momento retornavam para a conversa carregando um barril pequeno. Um som tênue, meio choramingo e meio rabugem, penetrou seus ouvidos, vindo do segundo carroção atrás do deles.

— Ai, Senhor, é a Amity me chamando — disse Esaú. — Ela deve estar morrendo de medo.

Ele se virou e foi embora no mesmo momento. Len observou os neoismaelitas.

— De onde eles vieram? — indagou, tentando se lembrar do que ouvira falar da seita deles. Foi uma das primeiras seitas extremistas, mas Len não sabia muito além disso.

— Alguns deles já estavam aqui desde o começo — explicou Hostetter. — Sob outros nomes, claro, e nem de longe tão malucos, porque a pressão da sociedade meio que os continha, mas uma semente fértil brotou. Outros grupos surgiram por conta própria quando o movimento neoismaelita tomou forma e pegou impulso de fato. Muitos outros foram expulsos do leste para cá, por serem encrenqueiros natos dos quais as pessoas queriam se livrar.

O barrilete de pólvora trocou de dono.

— O que eles dão pelo barril? — perguntou Len.

— Nada — respondeu Wepplo. — Comprar e vender não faz parte da santidade, e eles não têm nada de qualquer maneira. Quando você para pra pensar, não sei por que damos as coisas pra eles. Acho que provavelmente é por causa das crianças. Sabe, de vez em quando você encontra uma delas feito um filhote de coiote, perdida entre as moitas de sálvia. Se elas forem pequenas o bastante, e bem-educadas, podem sair tão inteligentes e gentis quanto qualquer outra criança.

A mulher jogou os braços para o alto, Len não sabia dizer se no intuito de amaldiçoar ou pedir bênção. O vento tirou os cabelos escorridos do rosto dela e Len viu, em choque, que ela era jovem e até seria bonita caso as bochechas estivessem cheias e os olhos, menos brilhantes de fome e menos fixos. Em seguida, ela e os dois sujeitos escalaram de volta para o topo do penhasco e, em cinco minutos, todos tinham sumido, escondidos pelas colinas retalhadas. Entretanto, naquela noite os homens de Bartorstown redobraram os vigias.

Dois dias depois, eles encheram cada tonel, garrafa e balde com água e abandonaram o rio, partindo rumo sudoeste para uma terra abandonada e muito erma, calcinada de sol, flagelada pelo vento, seca feito um crânio velho. A partir dali começaram a subir na direção de distantes bastiões de rocha avermelhada com massas desordenadas de picos que se erguiam atrás deles, azuis e ao longe. As mulas e os homens trabalhavam em conjunto, esforçando-se lentamente, e Len aprendeu a odiar o sol. Ele olhava para cima, para os picos cruéis e vazios, e ficava perdido em pensamentos. E então, quando a água havia quase acabado, uma escarpa vermelha fez a curva para o oeste e deixou à mostra uma abertura da largura de dois carroções.

— Este é o primeiro portão — anunciou Hostetter.

Eles entraram em fila. A entrada era lisa como uma estrada artificial, mas íngreme, e todos exceto Amity estavam caminhando para aliviar as mulas. Depois de um tempinho, sem nenhuma ordem que Len tivesse escutado, nem qualquer motivo aparente, eles pararam.

Ele perguntou por quê.

— Rotina — respondeu Hostetter. — Não estamos exatamente lotados de gente, como você pode ter adivinhado pelo terreno, mas nem mesmo um coelho consegue passar por aqui sem ser visto, e é costume parar e ser observado. Se alguém não para, sabemos de cara que é um desconhecido.

Len entortou o pescoço, mas não conseguiu ver nada além de rochas vermelhas. Esaú caminhava com eles e Wepplo, que deu risada.

— Rapaz, eles estão olhando para vocês agora mesmo em Bartorstown. Estão, sim. Observando vocês com bastante atenção e, se não gostarem da sua cara, tudo o que precisam fazer é apertar um botãozinho e *bum*!

Ele fez um gesto amplo com a mão, e Len e Esaú se abaixaram. Wepplo riu de novo.

— Como assim, *bum*? — questionou Esaú, zangado, olhando feio ao redor. — Quer dizer que alguém em Bartorstown poderia matar a gente aqui? Isso é loucura.

— É verdade. Mas eu não ficaria empolgado. Eles sabem que estamos chegando — disse Hostetter.

Len sentiu a pele entre os ombros esfriar e formigar.

— Como eles conseguem ver a gente?

— Escâneres — respondeu Hostetter, apontando vagamente para a rocha. — Escondidos nas fendas, onde não dá para ver. Um escâner é tipo um olho, só que distante do corpo. Eles ficam sabendo lá em Bartorstown quem passa por aqui, e ainda falta um dia de jornada para chegar lá.

— E tudo o que eles precisam fazer é apertar um negócio? — perguntou Esaú, umedecendo os lábios.

Wepplo agitou a mão mais uma vez, repetindo:

— *Bum!*

— Eles devem ter tido algo muito secreto mesmo aqui para se dar a tanto trabalho — comentou Esaú.

O velho abriu a boca, mas Hostetter o interrompeu, dizendo:

— Dá uma mãozinha com o carroção aqui?

Wepplo mordeu a língua e se apoiou na porta traseira de um carroção que já parecia rodar com tranquilidade. Len olhou abruptamente para Hostetter, mas a cabeça do senhor estava abaixada e toda a sua atenção parecia focada em empurrar. Len sorriu. Ficou quieto.

Depois da curva havia uma estrada. Era uma estrada boa e larga, construída fazia muito tempo, antes da Destruição, segundo Hostetter. Ele a chamou de zigue-zague. Ela sinuava pela encosta de uma montanha, e Len via na rocha as marcas onde imensos dentes de ferro haviam mordido para retirar pedaços dela. Eles subiram lentamente, as parelhas grunhindo e ofegando, e os homens ajudando os cavalos. Hostetter apontou para um entalhe irregular bem lá no alto contra o céu e disse:

— Amanhã.

O coração de Len começou a bater ligeiro, e o nervosismo pinicou seu estômago. Mas ele balançou a cabeça.

— O que foi? — perguntou Hostetter.

— Eu nunca pensei que haveria uma estrada para lá. Digo, só uma estrada.

— Como você achou que a gente ia e vinha?

— Sei lá, mas pensei que haveria pelo menos muros, ou guardas, ou algo assim. É claro que eles podem parar as pessoas na curva lá atrás...

— *Poderiam*. Eles nunca pararam.

— Você quer dizer que as pessoas simplesmente passam por lá andando? E sobem esta estrada? E entram por aquela passagem ali para Bartorstown?

— É isso mesmo, e não é nada disso. Você nunca ouviu falar que o melhor jeito de esconder uma coisa é deixá-la bem à vista?

— Eu não entendo. Nem um pouquinho.

— Mas vai entender.

— Se o senhor diz... — Os olhos de Len estavam brilhando de novo daquele jeito particular. — Amanhã — acrescentou, baixinho, como se fosse uma palavra linda.

— Foi um caminho longo, não foi? Você queria muito mesmo vir, para se agarrar à ideia desse jeito — comentou Hostetter. Ficou em silêncio por um instante, olhando para a passagem lá no alto. Em seguida, complementou: — Dê tempo ao tempo, Len. Não vai ser tudo o que você sonhou, mas dê tempo ao tempo. Não tome nenhuma decisão precipitada.

Len se virou e o perscrutou com seriedade.

— O senhor continua soando o tempo todo como se estivesse tentando me alertar a respeito de alguma coisa.

— Só estou tentando lhe dizer para... não ser impaciente; para se dar uma chance de se ajustar. — De repente, quase com raiva, ele falou: — Esta é uma vida dura, é o que venho tentando lhe dizer. É dura para todo mundo, mesmo em Bartorstown, e não fica mais fácil, e não espere encontrar um paraíso, só para depois não se decepcionar, porque ele não existe.

Ele encarou Len com firmeza, muito brevemente, depois desviou o olhar, respirando com esforço e fazendo movimentos mecânicos com as mãos que alguém faz quando está chateado e tentando não demonstrar.

— O senhor odeia esse lugar — deduziu Len, falando devagar.

Mal podia acreditar. Porém, soube que era verdade quando Hostetter respondeu, cortante:

— Isso é ridículo, é claro que não odeio.

— Por que voltou? Podia ter ficado em Piper's Run.

— Você também podia.

— Mas aí é diferente.

— Não é, não. Você teve um motivo. Eu também. — Ele caminhou por um instante com a cabeça baixa. Em seguida, concluiu: — Só nunca faça planos de voltar.

Hostetter seguiu em frente rapidamente, deixando o jovem para trás, e Len não o viu sozinho de novo pelo restante daquele dia e daquela noite. Entretanto, sentia-se tão perplexo como se, nos velhos tempos, o pai tivesse lhe dito de repente que Deus não existia.

Len não disse nada para Esaú. Mas continuou olhando de relance para a passagem lá em cima e se questionando. Mais para o final da tarde, eles tinham subido o suficiente da montanha para ele enxergar do outro lado, por cima da borda da escarpa, onde o deserto jazia, solitário e abrasador. Um sentimento de dúvida terrível o acometeu. A rocha vermelha e amarela, os picos agudos que pendiam em contraste com o céu, o deserto cinzento e a poeira e a secura, a luz implacável que nunca era suavizada por uma nuvem ou amenizada pela chuva, os vastos silêncios ressoantes onde não vivia nada além do vento, tudo parecia debochar dele com sua falta de alegria e ausência de esperança. Ele queria estar de volta — não em casa, porque teria que encarar o pai por lá, e não em Refúgio também. Apenas em algum lugar onde houvesse vida, água e grama verde. Algum lugar onde a rocha feia não se erguesse por todo lado para onde você olhasse, como...

Como o quê?

Como a verdade, quando todos os sonhos são arrancados dela?

Não era um pensamento feliz. Ele tentou ignorá-lo, mas toda vez que via Hostetter, aquilo lhe ocorria de novo. Hostetter parecia melancólico e retraído e, depois de terem acampado e jantado, ele sumiu. Len começou a procurá-lo e então teve o bom senso de parar.

Estavam acampados na boca da passagem, onde havia um amplo espaço dos dois lados da estrada. O vento soprava e fazia um frio amargo. Pouco antes de escurecer, Len reparou em algumas letras entalhadas na encosta de um penhasco acima da estrada. Elas estavam cedendo, desgastadas pelas intempéries, mas eram grandes e dava para discerni-las. FALL CREEK, 21 KM.

Hostetter havia sumido, então Len caçou Wepplo e perguntou o que elas significavam.

— Você não sabe ler, rapaz? Elas significam exatamente o que estão dizendo. Fall Creek, 21 quilômetros. É a distância daqui até lá.

— Vinte e um quilômetros, daqui até Fall Creek. Tudo bem. Mas o que é Fall Creek? — perguntou Len.

— Comunidade — respondeu Wepplo.

— Onde?

— No Cânion de Fall Creek. — Ele apontou. — A 21 quilômetros.

Ele sorria. Len começou a detestar o senso de humor do velho.

— O que tem Fall Creek? O que ela tem a ver com a gente? — perguntou ele.

— Ué, tem tudo a ver com a gente, ora. Você não sabia, rapaz? É para lá que estamos indo — retrucou Wepplo.

Então ele riu. Len se afastou depressa. Estava com raiva de Wepplo, de Hostetter, de Fall Creek. Estava com raiva do mundo. Ele se enrolou em seu cobertor e deitou, tremendo e xingando. Estava morto de cansado. Mas ainda se passou um longo tempo até que adormecesse, e então sonhou. Sonhou que tentava encontrar Bartorstown. Sabia que estava quase lá, mas havia neblina e escuridão, e a estrada ficava mudando de direção. Ele perguntava a um velho como chegar lá, mas o velho nunca tinha ouvido falar de Bartorstown e só repetia que faltavam 21 quilômetros para Fall Creek.

Atravessaram a passagem no dia seguinte. Àquela altura tanto Len quanto Hostetter estavam taciturnos e não falavam muito. Eles cruzaram o pico côncavo antes do meio-dia e prosseguiram muito mais depressa depois disso, descendo. As mulas pisavam mais espertinhas, como se soubessem que estavam quase em casa. Os homens ficaram alegres e ansiosos. Esaú se aproximava com frequência, tanto quanto podia se afastar de Amity, para perguntar:

— Estamos chegando?

E Hostetter assentia e dizia:

— Quase.

Eles saíram da passagem com o sol da tarde nos olhos. A estrada descia abruptamente em outro zigue-zague ao longo da lateral de um despenhadeiro, e lá no fundo, ao longe, ficava um cânion com a sombra azulada do paredão oposto já se projetando sobre ele. Hostetter apontou. Sua voz não estava empolgada, feliz, nem triste. Era apenas uma voz dizendo:

— Ali está.

LIVRO TRÊS

19

Os carroções desceram pela estrada larga e íngreme com as sapatas de freio gritando e as mulas sustentando o peso nas ancas. Len olhou por cima da borda da ribanceira para dentro do cânion. Olhou por um longo tempo, sem falar nada. Esaú se aproximou e caminhou ao lado dele, e ambos ficaram olhando. Foi Esaú quem se virou com o rosto branco e zangado e gritou para o sr. Hostetter:

— O que acha que é isso, alguma piada? Acha que isso é muito engraçado, nos trazer esse caminho todo...?

— Ah, cala a boca — mandou Hostetter.

Ele soava cansado de repente, e impaciente, e falou com Esaú do jeito que alguém falaria com uma criança irritante. Esaú se calou. Hostetter olhou de esguelha para Len, mas o jovem não se virou nem levantou a cabeça. Ainda encarava o fundo do cânion.

Havia uma comunidade lá. Vista daquela altura e daquele ângulo, era em sua maior parte uma coleção de tetos aglomerados ao longo das margens do leito de um riacho onde cresciam alguns choupos. Tetos comuns, de casas comuns, como Len estivera acostumado a ver durante toda a sua vida, e ele achava que muitas das casas eram feitas de lenha ou rocha. Na extremidade norte do cânion instalara-se uma represinha com um tanto de água azul atrás dela. Ao lado da represa, esparramando-se encosta acima, havia alguns prédios altos e esquisitos. Perto deles, trilhos percorriam a encosta para cima e para baixo, levando de um buraco no penhasco para um depósito de pedras quebradas. Havia carrinhos pequeninos nesses trilhos. No sopé da encosta, viam-se vários outros prédios, mas esses eram baixos e achatados, com um telhado curvo. Eles tinham uma cor meio de ferrugem. Do outro lado da represa, uma estradinha curta levava a outro furo no penhasco, mas não havia trilhos nem carrinhos nem nada conectado a ele, e pedras tinham rolado até o outro lado da estradinha.

Len conseguia ver gente se movendo por ali. Fumaça saía de algumas das chaminés. Uma parelha de mulas pequenas levava uma fileira de carrinhos encosta abaixo, e as carroças foram largadas. Depois de um ou dois minutos, o som flutuou até ele, leve e baixo como um eco.

Ele se virou e olhou para Hostetter, que disse:

— Fall Creek. É uma comunidade mineradora. Prata. A qualidade do mineral não é excelente, mas é boa o suficiente e há bastante dele. Nós ainda o extraímos. Fall Creek não é um segredo, nunca foi. — Hostetter abriu o braço com um gesto breve. — Nós moramos aqui.

— Mas não é Bartorstown — falou Len, devagar.

— Não. Mas é meio que um nome errado, de qualquer maneira. Não é bem uma cidade, no fim das contas.

— O pai me disse que esse lugar não existia. Ele me disse que era apenas um estado de espírito — comentou Len, mais devagar ainda.

— Seu pai estava enganado. Esse lugar existe e é real. Real o bastante para manter centenas de pessoas trabalhando por ele durante toda a vida.

— Mas onde? — indagou Esaú, em fúria. — Onde?

— Vocês esperaram até agora. Podem esperar mais algumas horinhas.

Eles prosseguiram, descendo a estrada íngreme. A sombra da montanha se ampliou, encheu o cânion e começou a fluir pelo paredão leste para se encontrar com eles. Mais abaixo, no seio de uma antiga cachoeira, um grupo de pinheiros recebeu a luz e se transformou em um verde forte, claro demais contra o vermelho e os ocres da rocha.

— Fall Creek é só outra comunidade — comentou Len.

— Não dá para sair do mundo por completo. Não dá para fazer isso agora, e não dava para fazer isso naquela época — explicou Hostetter. — As casas são construídas com lenha e rocha porque tivemos que usar o que havia aqui. Originalmente, Fall Creek tinha eletricidade, porque era a moda naquele tempo. Agora não é mais, então não temos. O principal é parecer com todo mundo, daí eles não reparam em você.

— Mas um lugar secreto de verdade. Um lugar de que ninguém sabia — disse Len. Ele franziu a testa, tentando entender. — Um lugar que agora vocês não ousariam deixar que outros descobrissem... E, no entanto, vocês vivem abertamente em uma comunidade, com uma estrada que leva até ela, e de onde desconhecidos vêm e vão.

— Quando você começa a barrar pessoas, elas percebem que você tem algo a esconder. Fall Creek foi construída primeiro. Foi construída bem abertamente. As poucas pessoas que moravam nesta região esquecida por Deus se acostumaram com ela, se acostumaram com os caminhões e um tipo particular de avião indo e voltando de lá. Era apenas uma comunidade mineradora. Bartorstown foi construída depois, sob a cobertura de Fall Creek, e ninguém jamais desconfiou.

Len matutou sobre aquilo e então perguntou:

— Eles não imaginaram, nem quando todas as pessoas novas começaram a chegar?

— O mundo era cheio de refugiados e milhares deles se dirigiram a lugares exatamente assim, o mais distante possível nas colinas.

A sombra se esticou para o alto, eles penetraram nela, e o crepúsculo caiu. Lampiões estavam sendo acesos na comunidade. Eram apenas lampiões, iguais aos que eram acesos em Piper's Run, ou em Refúgio, ou em milhares de outras comunidades. A estrada se aplainou. As mulas estavam cansadas, mas moveram as orelhas compridas para a frente e aceleraram o gingado, os condutores gritando e fazendo os chicotes estalarem como disparos de espingarda. Havia uma grande multidão os esperando debaixo dos choupos, lampiões queimando, mulheres chamando seus homens nos carroções, crianças correndo para cima e para baixo, berrando. Aquelas pessoas não pareciam nada diferentes de qualquer outro povo que Len tivesse visto naquela parte do país. Vestiam o mesmo tipo de roupa e comportavam-se do mesmo modo. Como se soubesse o que Len estava pensando, Hostetter disse outra vez:

— Você tem que viver no mundo. Não dá para fugir dele.

— Nem tem tanta coisa aqui quanto a gente tinha em Piper's Run — retrucou Len, com uma amargura discreta. — Não tem fazendas, nem comida, nada além de rochas para todo lado. Por que as pessoas ficam aqui?

— Elas têm motivo.

— Deve ser um motivo enorme — devolveu Len, com um tom que dizia que ele não acreditava em mais nada.

Hostetter não respondeu.

Os carroções pararam. Os condutores desceram e todos que estavam na caravana desembarcaram, Esaú levantando uma Amity pálida e amarrotada, que saiu olhando ao redor, desconfiada. Meninos e rapazes se aproximaram correndo, pegaram as mulas e as levaram para longe com os veículos. Havia uma quantidade terrível de rostos desconhecidos; depois de um tempo, Len percebeu que quase todos encaravam ele e Esaú. Os dois se postaram juntos por instinto, perto de Hostetter, que levantava a cabeça olhando ao redor, chamando Wepplo aos gritos, e o velho apareceu sorrindo, com o braço em torno de uma garota. Ela era meio pequena, com cabelos escuros e olhos escuros e ligeiros como os de Wepplo, e um rosto que talvez fosse demasiadamente esperto e determinado. Ela usava uma camisa com o colarinho aberto e as mangas dobradas, e uma saia que roçava o topo de um par de botas macias de cano alto. Olhou primeiro para Amity, depois para Esaú, depois para Len. Olhou para Len mais demoradamente, e seus olhos não eram nada tímidos ao encontrar os dele.

— Minha neta — disse Wepplo, como se ela fosse feita de ouro puro. — Joan. Aquela é a sra. Esaú Colter, aquele é o sr. Esaú Colter, e o sr. Len Colter.

— Joan, poderia levar a sra. Colter com você um pouquinho? — perguntou Hostetter.

— Claro — concordou Joan, um tanto emburrada.

Amity se agarrou a Esaú e começou a protestar, mas Hostetter a calou:

— Ninguém vai te morder. Vá lá, e o Esaú também vai assim que puder.

Amity se afastou, relutante, apoiada no ombro da garota de pele escura. Ela estava do tamanho de uma casa, e nem era por causa do bebê, porque ainda faltava muito para ele nascer. A garota de pele escura lançou um olhar risonho de esguelha para Len, depois desapareceu na multidão. Hostetter assentiu para Wepplo, ergueu as calças e disse para Len e Esaú:

— Certo, venham.

Eles o seguiram, e o tempo todo as pessoas os encaravam e falavam, não de modo inamistoso, mas como se Len e Esaú fossem tremendamente interessantes para elas.

— Eles não parecem muito habituados a estranhos — comentou Len.

— Não a estranhos vindo morar com eles. Mas, enfim, eles ouvem falar de vocês dois há muito tempo. Estão curiosos.

— Os garotos do Hostetter — disse Len, sorrindo pela primeira vez em dois dias.

Hostetter sorriu também. Ele os levou por uma viela escura entre casas espalhadas até uma casa de estrutura razoavelmente grande, com um alpendre na frente, em um aclive — mais alta do que as outras e de frente para a mina. As ripas eram velhas e desbotadas, e o alpendre tinha sido escorado por baixo com toras de lenha.

— Ela foi construída para o superintendente da mina. O Sherman mora aqui agora — disse Hostetter.

— O Sherman é quem manda? — perguntou Esaú.

— Em uma porção de coisas, sim. Também tem o Gutierrez e o Erdmann. Eles dão a palavra final sobre outras coisas.

— Mas o Sherman nos deixou vir — relembrou Len.

— Ele teve que falar com os outros. Todos tiveram que estar de acordo com essa decisão.

A casa era iluminada por um lampião. Eles subiram os degraus para o alpendre, e a porta se abriu antes que Hostetter tivesse a chance de bater. Uma mulher alta, magra e de cabelos grisalhos, com um rosto agradável, postou-se na entrada, sorrindo e abrindo os braços para Hostetter.

— Olá, Mary — cumprimentou ele.

— Ed! Bem-vindo de volta ao lar! — exclamou ela, e em seguida o beijou no rosto.

— Faz um bom tempo — falou Hostetter.

— Onze... não, doze anos. É bom ter você aqui de novo — respondeu Mary.

Ela se virou para Len e Esaú.

— Esta é Mary Sherman — apresentou Hostetter, como se sentisse que precisava dar explicações. — Uma amiga de longa data. Ela brincava com minha irmã quando todos nós éramos jovens... Minha irmã já morreu. Mary, estes são os garotos.

Ele os apresentou. Mary Sherman sorriu para os dois, meio triste, como se tivesse muito a dizer. No entanto, ela apenas falou:

— Ah, sim, estavam esperando vocês. Podem entrar.

Eles adentraram a sala de estar. O piso estava exposto e limpo, as tábuas de pinho desgastadas até o grão. A mobília era velha, em sua maioria, e simples, de um tipo que Len já vira, feita antes da Destruição. Havia uma mesa grande com um lampião sobre ela, e três homens sentados ao redor. Dois deles tinham mais ou menos a idade de Hostetter, e um era mais novo, talvez por volta dos 40 anos. Um dos mais velhos, um sujeito grande, robusto e atarracado com queixo barbeado e olhos claros, se levantou e apertou a mão de Hostetter. Em seguida, Hostetter apertou as mãos dos outros, e eles trocaram algumas palavras. Len olhou ao redor, desconfortável, e viu que Mary Sherman já saíra do cômodo.

— Vem cá — chamou o homenzarrão atarracado, e Len percebeu que era com ele que estava falando.

Ele entrou no círculo de luz do lampião, perto da mesa. Esaú foi junto. O grandalhão os analisou. Seus olhos tinham a cor do céu invernal pouco antes de nevar, muito astutos e penetrantes. O mais jovem se sentava ao lado dele, inclinado sobre a mesa. Tinha cabelos avermelhados e usava óculos, e seu rosto parecia cansado, não como se ele precisasse descansar, mas como se estivesse cansado toda hora. Atrás dele, nas sombras entre a mesa e o grande fogão de ferro, estava o terceiro homem, pequeno, de tez escura e mordaz, com uma barba pontiaguda branca como um lençol. Len olhou fixamente para eles, sem saber se deveria estar zangado, maravilhado ou o quê, e começou a suar de puro nervosismo.

Um tanto abrupto, o grandalhão disse:

— Eu sou o Sherman. Este aqui é o sr. Erdmann.

O mais novo os cumprimentou com a cabeça.

— E este é o sr. Gutierrez.

O homenzinho mordaz grunhiu.

— Sei que vocês dois são Colter. Mas quem é quem?

Eles falaram seus nomes. Hostetter havia se recolhido para dentro das sombras, e Len o ouviu enchendo o cachimbo.

— Então é você quem está com a... futura mamãe — disse Sherman para Esaú.

O primo começou a se explicar, e Sherman o interrompeu.

— Já sei de tudo e já dei a devida bronca no Hostetter por exceder sua autoridade, então podemos deixar isso para lá, exceto por um detalhe. Quero que você a traga aqui amanhã, exatamente às dez da manhã. O pastor estará aqui. Ninguém precisa saber a respeito. Entendido?

— Sim, senhor — concordou Esaú.

Sherman não era ameaçador ou desagradável. Simplesmente estava acostumado a dar ordens, e a resposta foi instintiva.

Ele olhou de Esaú para Len e perguntou:

— Por que vocês queriam vir para cá?

Len abaixou a cabeça e não disse nada.

— Vá em frente. Conte pra ele — incentivou Hostetter.

— Como? — retrucou Len. — Tá bom. A gente pensava que seria um lugar onde as pessoas eram diferentes, onde elas podiam pensar sobre as coisas e falar sobre essas coisas sem se encrencar por causa disso. Onde haveria máquinas e... ah, todas outras coisas que existiam antigamente.

Sherman sorriu. Isso fez com que ele deixasse de ser um sujeito atarracado de olhos frios acostumado a dar ordens;

em vez disso, transformou-se em um ser humano que vivera um longo tempo e aprendera a não resistir. Como Hostetter. Como o pai de Len. De repente, Len o reconheceu e sentiu que não estava totalmente em meio a desconhecidos.

— Você pensou que teríamos uma cidade, exatamente como as cidades antigas, incluindo tudo aquilo que existiu um dia — sugeriu Sherman.

— Acho que sim — disse Len, mas não estava mais zangado, apenas cheio de remorso.

— Não. Só temos a primeira parte do que você queria.

— E estamos em busca da segunda — complementou Erdmann.

— Ah, sim — disse Gutierrez. Sua voz era fina e mordaz, como o restante dele. — Temos uma causa. Vocês vão compreender isso... Vocês, rapazes jovens, também têm uma. Quer que eu conte pra eles, Harry?

— Mais tarde — respondeu Sherman.

Ele se debruçou para a frente e falou com Len e Esaú, seus olhos estavam novamente duros e frios.

— Vocês podem agradecer ao Hostetter...

— Não de todo. Você teve seus motivos — interrompeu Hostetter.

— A pessoa sempre pode encontrar um motivo para se justificar — retrucou Sherman, cínico. — Mas tudo bem, admito que tive. Entretanto, a maior parte foi pelo Hostetter. Não fosse isso, vocês dois estariam mortos agora, nas mãos da multidão naquele lugar... Como era o nome?

— Refúgio. É, nós sabemos — disse Len.

— Não estou esfregando na cara de vocês, apenas declarando os fatos. Nós lhes prestamos um favor, e não tentarei impressioná-los com o tamanho desse favor, porque vocês só conseguirão compreender depois de morar aqui por um tempo. Então não preciso dizer a vocês. Nesse meio-tempo, vou pedir que paguem por este favor obedecendo ao que lhes for pedido e não fazendo perguntas demais.

Ele fez uma pausa. Erdmann pigarreou no silêncio, nervoso, e Gutierrez resmungou:

— É isso aí, Harry. Curto e grosso, fala mesmo.

Sherman se virou.

— Você andou bebendo, Julio?

— Não. Mas vou.

Sherman grunhiu.

— De qualquer maneira, o que ele quer dizer é o seguinte: vocês não devem sair de Fall Creek. Não façam nada que sequer aparente que vocês estão saindo. Temos muita coisa em risco aqui, mais do que vocês podem imaginar, e não podemos colocar isso a perder. — Ele terminou as explicações simplesmente com três palavras: — Senão, serão fuzilados.

20

Fez-se outro silêncio. Então Esaú disse, um pouco alto demais:

— Nós ralamos muito para chegar aqui, é pouco provável que a gente decida fugir.

— As pessoas mudam de ideia. Era justo avisar vocês.

Esaú colocou as mãos na mesa.

— Posso fazer só uma pergunta?

— Faça.

— *Onde* diabos fica Bartorstown?

Sherman se recostou na cadeira e olhou severamente para Esaú, franzindo a testa.

— Sabe de uma coisa, Colter? Eu não responderia a isso, nem agora, nem depois, se houvesse como esconder isso de vocês. Vocês, garotos, armaram uma bela encrenca para nós. Quando desconhecidos vêm para cá, mantemos nossa boca fechada e tomamos cuidado, e não tem muito com o que se preocupar porque são pouquíssimos desconhecidos e eles não ficam muito tempo. Mas vocês dois vão morar aqui. Mais cedo ou mais tarde, inevitavelmente, vão descobrir tudo a nosso respeito. E, ainda assim, vocês não se encaixam direito aqui. Sua vida toda, seu treinamento, seu histórico, seu condicionamento, são totalmente contrários a tudo em que acreditamos. — Ele olhou de relance para Len, asperamente se divertindo. — É inútil ficar com as orelhas coradas, jovenzinho. Eu sei que vocês são sinceros. Sei que passaram pelo inferno para chegar até aqui, o que é mais do que muitos de nós fariam. Mas... amanhã é outro dia. Como vocês vão se sentir amanhã, ou depois de amanhã?

— Eu acho que vocês estão bem seguros, desde que tenham balas de sobra — comentou Len.

— Ah. Isso. É. Bem, suponho que sim. De qualquer forma, decidimos apostar em vocês e, por isso, não temos escolha. Portanto, vocês serão informados sobre Bartorstown. Mas não hoje. — Ele se levantou e inesperadamente estendeu a mão para Len. — Tenham paciência comigo.

Len apertou a mão dele e sorriu.

— A gente se vê, Harry — despediu-se Hostetter.

Ele assentiu para Len e Esaú, e os três saíram de novo, no escuro total e no ar que continha um sopro gelado e muitos cheiros desconhecidos. Voltaram atravessando a comunidade. Lampiões estavam acesos em todas as casas, as pessoas falavam alto e riam, e iam de um lugar para o outro em grupinhos.

— Tem sempre alguma celebração. Alguns dos homens estavam fora há muito tempo — comentou Hostetter.

Eles acabaram em uma casa sólida e ajeitada de madeira que pertencia à família de Wepplo, o velho, seu filho e sua nora, e a garota Joan. Jantaram enquanto muitas pessoas vagavam, entrando e saindo, dando olá para Hostetter e bebericando de uma jarra grande que rodava pela sala. Joan, a garota, observou Len a noite toda, mas não falou muito. Gutierrez apareceu bem tarde. Estava caindo de bêbado e ficou parado, olhando para Len com tanta solenidade e por tanto tempo que Len lhe perguntou o que ele queria.

— Eu só queria ver um sujeito que quis vir para cá mesmo sem precisar — respondeu Gutierrez.

Ele suspirou e foi embora. Pouco tempo depois, Hostetter bateu no ombro de Len.

— Vamos, Lennie. A menos que você queira dormir no chão da casa do Wepplo.

Ele parecia se encontrar em um estado de espírito jovial, como se voltar para casa não tivesse, no final das contas, sido tão ruim quanto julgara que seria. Len caminhou ao lado dele pela noite fria. Fall Creek estava mais quieta àquela hora e os lampiões se apagavam. Ele contou sobre Gutierrez para Hostetter, que respondeu:

— Pobre Julio. Ele está com um péssimo estado de espírito.

— O que ele tem?

— Ele está trabalhando em um negócio há três anos. Na verdade, passou a maior parte da vida trabalhando nisso, mas quero dizer esse ponto específico. Três anos. E ele acabou de descobrir que não presta. Tem que jogar tudo fora e começar de novo. Só que o Julio está começando a pensar que não vai viver o bastante.

— O bastante para quê?

Hostetter, porém, apenas disse:

— Vamos ter que dormir no alojamento dos solteiros. Mas isso não é ruim. Tem muita companhia.

O alojamento dos solteiros acabou se revelando ser um edifício de dois andares, parte da construção original de Fall Creek, com algumas adições posteriores saindo dela como alas meio atrapalhadas. O quarto a que Hostetter o levou ficava nos fundos de uma dessas alas, com uma porta própria e alguns pinheiros baixos e grossos por perto para perfumar o ar e sussurrar quando a brisa soprava. A dupla tinha levado os próprios cobertores da casa de Wepplo. Hostetter lançou o dele em um dos dois catres, sentou-se e começou a tirar as botas.

— Gostou dela? — perguntou.

— Gostei de quem? — indagou Len, estendendo os cobertores.

— Da Joan Wepplo.

— Como é que eu vou saber? Eu mal a vi.

Hostetter riu.

— Você mal tirou os olhos dela, a noite inteira.

— Eu tenho coisas melhores em que pensar do que em uma garota qualquer — retrucou Len, zangado.

Ele rolou no catre. Hostetter assoprou a vela e, alguns minutos depois, estava roncando. Len ficou deitado, acordado, cada superfície sua exposta e sensível e tremendo, sentindo e ouvindo. O catre tinha um formato novo. Tudo era estranho: os cheiros de terra e de poeira, e pinhas e resina de pinheiro, e paredes, e piso, e comida, os sons abafados de movimento e de vozes na noite, tudo. E, em contrapartida, não era estranho. Era somente outra parte do mundo, outro lugar, e não importava como Bartorstown se revelasse ser, ela não seria nada parecida com o que ele esperava. Ele se sentia horrível. Tão horrível, e tão zangado com tudo por ser como era, que chutou a parede, e daí se sentiu tão infantil que começou a rir. E no meio de seu riso, o rosto de Joan Wepplo pairou à frente dele, observando-o com olhos brilhantes e especulativos.

Quando acordou, era de manhã e Hostetter já tinha saído para algum lugar, porque acabava de voltar.

— Tem uma camisa limpa?

— Acho que sim.

— Bem, vista logo. O Esaú quer que você esteja lá com ele.

Len resmungou algo baixinho sobre já estar meio tarde para esse tipo de formalidade, mas se lavou, se barbeou e vestiu a camisa limpa, depois foi com Hostetter para a casa de Sherman. A vila parecia quieta, sem muita gente na rua. Ele teve a sensação de que o observavam de dentro das casas, mas não falou nada.

O casamento foi curto e simples. Amity usava um vestido que alguém devia ter lhe emprestado. Ela parecia presunçosa. Esaú não parecia nada. Simplesmente estava ali. O pastor era um homem jovem e bem baixinho, com um hábito irritante de levantar nas pontas dos pés e abaixar de novo como se tentasse o tempo todo se esticar. Sherman, sua esposa e Hostetter ficaram aos fundos, assistindo. Quando terminou, Mary Sherman passou os braços em torno de Amity, e Len apertou a mão de Esaú um tanto rigidamente, sentindo-se bobo. Ele estava pronto para ir embora naquele ponto, mas Sherman disse:

— Se vocês não se incomodarem, eu gostaria que ficassem por um tempinho. Vocês todos.

Eles estavam em uma salinha. Sherman a atravessou e abriu a porta para a sala de estar, e Len viu que havia sete ou oito homens lá dentro.

— Não precisam se preocupar — falou Sherman, e gesticulou para que entrassem. — Essas três cadeiras bem ali na mesa... Isso mesmo. Sentem-se. Quero que conversem com algumas pessoas.

Eles se sentaram juntinhos, em fila. Sherman se acomodou perto deles, com Hostetter logo atrás, e os outros homens se aproximaram até ficarem todos amontoados em volta da mesa. Havia papéis e canetas, algumas outras coisas e um grande cesto de vime com a tampa abaixada no meio. Sherman disse os nomes dos homens, mas Len não conseguia se lembrar de todos, exceto Erdmann e Gutierrez, que ele já conhecia. Quase todos eram de meia-idade e tinham aparência perspicaz, como se estivessem acostumados a representar certa autoridade. Foram todos muito educados com Amity.

— Isso não é uma inquisição nem nada, estamos apenas interessados — explicou Sherman. — Como vocês ouviram falar de Bartorstown pela primeira vez, o que os deixou tão determinados a vir para cá, o que aconteceu com vocês por causa disso, como tudo isso começou. Pode começar contando pra gente, Ed? Acho que você estava lá no início.

— Então, acho que começou na noite em que o Esaú roubou o rádio — respondeu Hostetter.

Sherman olhou para Esaú, que pareceu desconfortável.

— Acho que o que fiz foi errado, mas eu era só uma criança na época. E eles mataram um homem porque disseram que ele era de Bartorstown... Foi uma noite horrível. E eu fiquei curioso.

— Continue — pediu Sherman, e todos eles se inclinaram adiante, interessados.

Esaú prosseguiu, e pouco depois Len se juntou a ele, e eles contaram sobre o pregador e sobre como Soames foi apedrejado até a morte, sobre como o rádio se tornou uma fixação para eles. E com um empurrãozinho de Hostetter de vez em quando, e com Sherman ou um dos outros fazendo uma pergunta, eles se viram contando a história toda, até o momento em que Hostetter e os barqueiros os retiraram da fumaça e da raiva de Refúgio. Amity também tinha algo a contar sobre aquilo, em detalhes bastante gráficos. Quando todos terminaram, parecia para Len que eles tinham aguentado coisas terríveis que não valiam o que encontraram ao chegar ali, mas isso ele não disse. Sherman se levantou e abriu outra porta do lado oposto da sala. Lá havia um cômodo com muitos equipamentos e um homem sentado no meio de tudo com um negócio de aparência engraçada na cabeça. Ele retirou o negócio.

— Como foi? — perguntou Sherman

— Bem — respondeu o sujeito.

Sherman fechou a porta de novo e se virou.

— Agora posso lhes contar que vocês estavam falando com toda Fall Creek e com Bartorstown. — Ele levantou a tampa do cesto de vime e mostrou o que havia lá dentro. — São microfones. Cada palavra que vocês disseram foi captada e transmitida. — Ele fechou a tampa e ficou de pé, olhando para eles. — Eu queria que todo mundo ouvisse a história de vocês, em suas próprias palavras, e este pareceu o melhor jeito. Fiquei com medo de que vocês congelassem se eu colocasse vocês em uma plataforma com quatrocentas pessoas encarando. Então fiz isso.

— Minha nossa — disse Amity, colocando a mão sobre a boca.

Sherman olhou de relance para os outros homens.

— Uma história e tanto, não é?

— Eles são jovens — comentou Gutierrez. Ele parecia doente, à beira da morte, e sua voz estava fraca, mas ainda mordaz. — Têm fé e confiança.

— Que continuem assim — falou Erdmann, estridente. — Pelo amor de Deus, que *alguém* continue assim.

— Vocês dois precisam de um descanso — disse Sherman, com gentileza e paciência. — Podem fazer um imenso favor a todos nós? Vão e descansem.

— Ah, não — negou Gutierrez. — Por nada. Eu não perderia isto por nada neste mundo. Quero ver os rostinhos deles brilhando quando tiverem o primeiro vislumbre da cidade das fadas.

— É este o motivo que o senhor disse que tinha para nos deixar vir para cá? — perguntou Len, olhando para os microfones.

— Em parte — respondeu Sherman. — Nosso povo é humano. A maioria não tem contato direto com o trabalho principal para que continue se sentindo importante e interessada. Eles levam uma vida restrita aqui. Ficam descontentes. A história de vocês é um lembrete poderoso de como é a vida lá fora, e por que temos que continuar com o que estamos fazendo. Também é uma história poderosa.

— Como assim?

— Ela demonstra que oitenta anos do controle mais rígido não conseguiram apagar a arte do pensamento independente.

— Seja sincero, Harry. Houve certa medida de sentimentalismo em nossa decisão — repreendeu Gutierrez.

— Talvez — cedeu Sherman. — Permitir que vocês fossem enforcados por acreditar em nós parecia uma traição de tudo o que gostamos de pensar que defendemos. De qualquer maneira, todos em Fall Creek pareciam pensar assim. — Ele olhou para eles, pensativo. — Pode ter sido uma decisão tola. Vocês certamente não têm muita probabilidade, nenhum de vocês, de contribuir com nosso trabalho e constituem um problema desproporcional à sua importância pessoal. São os primeiros desconhecidos que acolhemos em mais tempo do que consigo me lembrar. Não podemos deixar vocês irem embora. Não queremos ser forçados a fazer o que eu os alertei que faríamos. Portanto, teremos que nos esforçar, muito mais do que com qualquer um dos nossos, para fazer com que sejam totalmente integrados à estrutura das nossas vidas, aos nossos pensamentos e à nossa meta particular. A não ser que queiramos mantê-los sob vigilância para sempre, temos que transformá-los em cidadãos confiáveis de Bartorstown. E isso significa praticamente uma reeducação completa.

Sherman lançou um olhar penetrante e forçado para Hostetter.

— Ele jurou que vocês valiam o esforço. Espero que esteja certo.

Inclinando-se para perto deles, apertou a mão de Amity.

— Obrigado, sra. Colter, a senhora foi de grande ajuda. Acho que não considerará esse passeio interessante, então por que não vem tomar um lanche com minha esposa? Ela pode ajudá-la em uma porção de coisas.

Ele conduziu Amity para a porta e a entregou para Mary Sherman, que sempre parecia estar onde lhe necessitavam. Em seguida, voltou e assentiu para Len e Esaú.

— Vamos lá — convidou ele.

— Para Bartorstown? — perguntou Len.

— Para Bartorstown.

21

Uma vez descoberta, a explicação era simples. Tão simples que Len se deu conta de que não era de se espantar que ele não a tivesse adivinhado. Sherman foi na frente, subindo pelo cânion, passando pela encosta da mina e seguindo para o outro lado da represinha. Gutierrez estava com eles, assim como Erdmann, Hostetter e dois dos outros homens. O restante do grupo tinha seguido com a vida em outro lugar. O sol estava quente lá embaixo, no fundo do vale, e a poeira seca. O ar cheirava a poeira, choupos, pinhas e mulas. Len olhou de relance para Esaú. O rosto dele estava meio pálido e decidido, e seus olhos se moviam, inquietos, como se não desejassem ver o que estava diante deles. Len sabia como o primo se sentia. Aquele era o final, a verdade sólida e inescapável, o último dos sonhos. Ele mesmo deveria estar empolgado. Deveria sentir alguma coisa. Mas não sentia. Já tinha passado por todos os sentimentos que carregava em si; restava apenas um homem andando.

Eles subiram pela encosta fora de uso por onde as rochas tinham rolado. Caminharam entre as rochas no sol quente, subindo até o buraco na face do penhasco. Um portão de madeira a guarnecia, desbotado, mas funcionava bem, e uma placa acima dele dizia: PERIGO TÚNEL DA MINA NÃO É SEGURO — QUEDA DE ROCHAS — MANTENHA DISTÂNCIA. O portão estava trancado. Sherman o abriu, o grupo atravessou, e ele tornou a trancar depois disso.

— Mantém as crianças longe. Elas são as únicas que se dão ao trabalho — explicou ele.

Dentro do túnel, até onde dava para enxergar com a áspera reflexão da luz do sol, havia um agrupamento de rochas soltas no piso do túnel e uma aparência quebradiça nas paredes. As vigas de apoio estavam podres e arrebentadas, e alguns dos suportes do teto se encontravam pendurados. Não era um local com muita probabilidade de que alguém fosse entrar à força. Sherman disse que todas as minas tinham ambientes abandonados e que ninguém achava nada demais nisso.

— Esta aqui, é claro, é perfeitamente segura. Mas o modelo é convincente.

— Convincente até demais — reclamou Gutierrez, tropeçando. — Ainda vou quebrar a perna por aqui.

A luz foi sombreando até virar escuridão, e o túnel fez uma curva à esquerda. De repente, sem nenhum alerta, outra luz clareou mais adiante. Era azulada e muito brilhante, diferente de todas que Len vira até então, e pela primeira vez o entusiasmo começava a se agitar dentro de si. Ouviu Esaú prender a respiração e dizer:

— Eletricidade!

O túnel ali era liso e desimpedido. Eles caminharam rapidamente por ele e, depois do clarão da luz, Len viu uma porta.

Pararam na frente dela. A luz vinha do teto àquela altura. Len tentou olhar diretamente para ela, que o cegou como se fosse o sol.

— Não é incrível? Igualzinho ao que a vó dizia — murmurou Esaú.

— Aqui há escâneres. Esperem um ou dois segundinhos — disse Sherman. — Pronto. Podem ir agora.

A porta se abriu. Era espessa e feita de metal afixado massivamente na rocha viva. Eles passaram pela entrada, que se fechou atrás deles sem fazer barulho, e assim estavam em Bartorstown.

Esta parte dela era apenas uma continuação do túnel, mas ali a rocha tinha sido preparada até ficar muito lisa e asseada, e luzes tinham sido instaladas por toda sua extensão em um canal escavado no teto. O ar tinha um gosto esquisito, metálico e insosso. Len o sentia passar por seu rosto, e ouvia um sibilar muito, muito baixinho que parecia pertencer à corrente de vento. Seus nervos estavam retesados, e ele suava. Teve uma visão breve e horrível do exterior da montanha que se encontrava por cima dele e pensou que podia sentir cada quilo dela pesando sobre seu corpo.

— É tudo assim? — perguntou. — Subterrâneo, digo.

Sherman assentiu.

— Eles fizeram vários locais subterrâneos naquela época. Debaixo de uma montanha era praticamente o único lugar seguro que dava para alcançar.

Esaú espiava o corredor. Parecia se estender por um longo trajeto.

— É muito grande?

Foi Gutierrez quem respondeu desta vez.

— O quão grande é grande? Se você olhar de certa forma para Bartorstown, é a maior coisa que existe. É todo o ontem e todo o amanhã. Olhe para ela de outra forma e é um buraco no chão, apenas grande o bastante para enterrar um homem.

Cerca de seis metros mais adiante no corredor, um homem saiu de uma passagem para se encontrar com eles. Era jovem, mais ou menos da idade de Esaú. Com um respeito tranquilo, falou com Sherman e os outros, depois encarou os Colter abertamente.

— Olá. Eu vi vocês chegando pela passagem inferior. Meu nome é Jones — apresentou-se, estendendo a mão.

Eles trocaram um aperto de mão e se moveram mais para perto da porta. A câmara mais além, escavada na rocha, era razoavelmente grande e atulhada com um monte de coisas, painéis, fios, botões e negócios como os que havia dentro de um rádio. Esaú olhou ao redor, depois para Jones, e perguntou:

— É você quem aperta o botão?

Todos ficaram confusos por um instante, e então Hostetter riu.

— O Wepplo estava caçoando deles com isso. Não, Jones teria que passar essa responsabilidade para a frente.

— Na verdade, nós nunca apertamos esse botão até hoje. Mas o mantemos funcionando, só por garantia — comentou Sherman. — Venham para cá.

Ele gesticulou para que o seguissem e eles o fizeram, com a tensão cautelosa de homens ou animais que se encontram em um lugar desconhecido e sentem que talvez queiram sair de lá às pressas. Tomaram cuidado para não tocar em nada. Jones foi na frente deles e começou a casualmente fazer coisas com alguns dos botões e interruptores. Ele não se pavoneava, não exatamente. Sherman apontou para uma janela quadrada de vidro, a qual Len encarou por um ou dois segundos, confuso, antes de se dar conta de que não tinha como ser uma janela, e, se fosse, não poderia dar para o recorte estreito de rocha que estava do outro lado da crista.

— Os escâneres captam a imagem e a retransmitem para esta tela — explicou Sherman.

Antes que ele pudesse prosseguir, Esaú gritou com um tom infantil de maravilha e deleite.

— Tevê!

— É o mesmo princípio. Onde você ouviu falar disso? — perguntou Sherman.

— Nossa avó. Ela nos contava muitas coisas.

— Ah, sim. Vocês mencionaram ela, acho... falando sobre Bartorstown. — Tranquilamente, mas com uma firmeza inconfundível, ele chamou a atenção deles de volta para a tela. — Tem sempre alguém de plantão aqui, para vigiar. Ninguém pode atravessar aquela passagem sem ser visto, entrando... ou saindo.

— E à noite? — perguntou Len.

Ele supôs que Sherman tivesse o direito de ficar relembrando, mas aquilo o deixava ressentido. Sherman lhe lançou um olhar cortante e frio.

— Sua avó lhe contou sobre os olhos elétricos?

— Não.

— Eles são capazes de enxergar no escuro. Mostra pra eles, Jones.

O jovem mostrou um painel com lampadinhas de vidro em duas fileiras opostas.

— Isto aqui é como se fosse a passagem inferior, tá vendo? E essas lampadinhas, elas são os olhos elétricos. Quando alguém caminha entre elas, interrompe um facho, e essas lâmpadas se acendem. Ficamos sabendo exatamente onde a pessoa está.

Se Esaú captou o que estava subentendido, não demonstrou. Ele fitava Jones com olhos luminosos e invejosos e, de súbito, perguntou:

— Eu poderia aprender a fazer isso também?

— Não vejo por que não poderia, desde que esteja disposto a estudar — respondeu Sherman.

Esaú soltou o ar pesadamente e sorriu.

Eles saíram e seguiram pelo corredor de novo, sob as luzes brilhantes. Havia algumas outras portas com números nelas; depósitos, segundo Sherman. E então o corredor se bifurcou. Len ficou confuso sobre a direção, mas eles pegaram o caminho à direita. Ele se abriu em uma série vertiginosa de salas, escavadas diretamente na rocha com colunas em intervalos regulares para sustentar o peso do teto baixo. As salas eram separadas umas das outras, porém eram interconectadas, como os segmentos de uma roda, e pareciam ter câmaras menores saindo de suas bordas externas. Elas estavam cheias de objetos. Depois dos primeiros minutos, Len parou de tentar entender o que via, pois sabia que levaria anos para compreender. Apenas olhou, sentiu e tentou absorver o entendimento pleno de que havia entrado em um mundo completamente diferente.

Sherman estava falando. Às vezes Gutierrez também falava, às vezes Erdmann, às vezes um dos outros homens. Hostetter não falou muito.

Bartorstown tinha sido construída para ser, contaram eles, tão autossustentável quanto um lugar assim podia ser. Capaz de consertar a si mesma e fabricar novas peças para si mesma, e ainda restavam alguns dos materiais originais que lhe foram fornecidos para esse propósito. Sherman apontou as várias salas, o laboratório eletrônico, a oficina de manutenção elétrica, a oficina de rádio, salas cheias de máquinas estranhas e de formas cintilantes estranhas de vidro e metal, assim como painéis infinitos de diais e luzes piscantes. Às vezes havia um ou vários homens nesses painéis; às vezes não. Às vezes havia odores químicos e sons nada familiares, e às vezes não havia nada além de uma quietude vazia, com o sibilo do ar em movimento fazendo com que eles parecessem ainda mais solitários e quietos. Sherman falou sobre dutos de ar, bombas e sopradores. "Automático" foi uma palavra que ele usou várias e várias vezes, e era uma palavra maravilhosa. Portas se abriam automaticamente quando você chegava perto delas, e luzes se acendiam e se apagavam.

— Automático — disse Hostetter, fungando. — Não é de se espantar que os menonitas tenham chegado a ser essa potência toda por aqui. Outros povos ficaram tão mimados que mal conseguiam amarrar os próprios cadarços à mão.

— Ed, você é uma péssima propaganda para Bartorstown — repreendeu Sherman.

— Não sei, não. Parece que fui o bastante para certas pessoas — retrucou Hostetter.

Len olhou para ele. Já conhecia bem os humores de Hostetter àquela altura e sabia que o senhor estava preocupado e desconfortável. Um arrepio de nervosismo percorreu a espinha de Len e ele se virou de novo para olhar as coisas estranhas por toda sua volta. Eram maravilhosas e fascinantes e não significavam nada até que alguém nomeasse qual era seu propósito. Ninguém o fizera.

Ele disse isso, e Sherman meneou a cabeça.

— Elas têm um propósito. Eu queria que vocês vissem Bartorstown inteira, não apenas uma parte dela, para que percebessem o quanto o governo deste país julgava que esse propósito era importante, mesmo antes da Destruição. Tão importante que cuidaram para que Bartorstown sobrevivesse, a despeito do que acontecesse. Agora, vou mostrar a vocês outra parte do planejamento deles, a usina de energia.

Hostetter começou a falar, mas Sherman o interrompeu, baixinho:

— Faremos do meu jeito, Ed.

Ele os conduziu mais um pouco pelo corredor central, que Len começara a ver como o cubo de uma roda, e, com uma olhada de esguelha para Len e Esaú, determinou:

— Usaremos a escada em vez do elevador.

Durante toda a descida pela escada de aço, Len tentou se lembrar do que poderia ser um elevador, mas não conseguiu. Em seguida, Sherman parou com eles em um andar e olhou ao redor.

Estavam em um local cavernoso que ecoava com uma pulsação grave e potente, encoberta e sobreposta com outros sons que eram estranhos ao ouvido de Len, mas que se misturavam todos juntos em uma só voz inconfundível, dizendo uma palavra que ele já ouvira antes, mas apenas pelas vozes naturais do vento, do trovão e da enchente. A palavra era poder. A caixa-forte rochosa fora deixada mais grosseira ali, e o espaço todo estava inundado com um clarão branco. Nesse clarão, postava-se uma fileira de estruturas maravilhosas, atarracadas, bulbosas, colossais, encolhendo os homens que trabalhavam ao redor delas. A pele de Len captou a pulsação e estremeceu, e seu nariz se contraiu diante do cheiro de algo que recendia no ar.

— Estes são os transformadores — disse Sherman. — Aqui vocês podem ver os cabos... Eles correm em conduítes rebaixados para levar energia por toda Bartorstown. Estes são os geradores e as turbinas...

Eles penetraram o clarão branco sob os flancos das máquinas imensas.

— ... a usina de vapor...

Isso era algo que eles conseguiam entender. A usina era imensamente maior do que qualquer coisa com que já tivessem sonhado, mas era a vapor, e vapor eles conheciam como um velho amigo em meio àqueles gigantes desconhecidos. Agarraram-se a ele, fazendo comparações, e um dos dois homens cujos nomes Len não sabia ao certo explicou pacientemente as diferenças no projeto.

— Mas não há fornalha. Não tem fogo nem combustível. De onde está vindo o calor? — questionou Esaú.

— Daqui — respondeu o homem, apontando. A usina de vapor se juntava a um bloco de concreto comprido, alto e massivo. — Este é o permutador de calor.

Esaú franziu o cenho, olhando para o concreto.

— Não estou vendo...

— Está tudo blindado, claro. É quente.

— Quente — repetiu Esaú. — Bem, claro, teria que ser, para fazer a água ferver. Mas ainda não estou vendo... — Ele olhou ao redor, para os recessos da caverna. — Ainda não estou vendo o que vocês usam como combustível.

Houve um momento de silêncio, o mais silencioso que já houvera naquele lugar. A batida cadenciava nos ouvidos de Len e, de algum jeito, ele soube que se encontrava no limiar de um fosso inconcebível de escuridão; soube graças às expressões treinadas e vigilantes dos homens e à forma como a pergunta de Esaú pendeu no ar, alta e ecoante, e não se extinguiu.

— Ora, nós usamos urânio — respondeu Sherman, muito gentil e casualmente.

Os olhos de Hostetter estavam atentos e angustiados sob a luz.

E o momento passou, e o fosso se escancarou, preto e vasto como a perdição, e Len gritou, mas o grito foi engolido, afogado até se tornar apenas o fantasma de um sussurro. Ele falou:

— Urânio. Mas isso era... isso era...

A mão de Sherman se levantou e apontou para onde a estrutura de concreto se erguia e se ampliava para um paredão grosso.

— Era — concordou ele. — Energia atômica. Aquela parede de concreto é a parede externa da blindagem. Atrás dela fica o reator.

Silêncio de novo, exceto pela pulsação daquela grande voz que não parava nunca. A parede de concreto assomava como as muralhas do inferno, o coração de Len desacelerou, seu sangue ficou tão gelado quanto neve derretida.

Atrás dela fica o reator.

Atrás dela fica o mal, e a noite, e o terror, e a morte.

Uma voz gritava nas orelhas de Len, a voz do pregador, de pé na beira de seu carroção com as faíscas esvoaçando por ele no vento noturno. *"Eles soltaram o fogo sagrado que apenas Eu, o Senhor Jeová, deveria ousar tocar." E Deus completou: "Que eles sejam purificados de seu pecado".*

— Não sobrou mais nada disso no mundo — falou Esaú, em negação esganiçada.

"Que eles sejam purificados", disse o Senhor, e eles foram purificados. Queimados com os fogos que eles mesmos criaram, sim, e as torres orgulhosas desapareceram nas chamas da ira de Deus, e os locais de maldade foram desfeitos...

— Vocês estão mentindo — acusou Esaú. — Não tem mais nada disso, não depois da Destruição.

E eles foram purificados. Mas não por completo...

— Eles não estão mentindo — afirmou Len. Ele recuou lentamente daquela parede de concreto que o encarava. — Eles salvaram o negócio, e está ali.

Esaú choramingou. Depois se virou e saiu correndo.

Hostetter o agarrou. Forçou o rapaz a dar meia-volta, Sherman segurou seu outro braço, e ambos o contiveram.

— Fique parado, Esaú! — ordenou Hostetter, feroz.

— Mas vai me queimar! — gritou Esaú, olhando fixamente, a expressão ensandecida. — Vai me queimar por dentro, e meu sangue vai ficar branco, meus ossos vão apodrecer, e eu vou morrer!

— Não seja tonto. Você pode ver que não prejudicou nenhum de nós — disse Hostetter.

— Ele tem o direito de ter medo, Ed — falou Sherman, mais gentil. — Você devia conhecer os ensinamentos deles melhor do que eu. Dê uma chance pros garotos. Escute, Esaú. Você está pensando na bomba. Isso não é uma bomba. Não é prejudicial. Nós convivemos com ele há quase cem anos. Ele não pode explodir e não pode te queimar. O concreto torna tudo seguro. Olha!

Ele soltou Esaú, se aproximou da barreira e colocou as mãos nela.

— Viu? Não tem o que temer.

E o diabo fala pela língua dos homens tolos e trabalha pela mão dos precipitados. Ó Pai, me perdoe, eu não sabia!

Esaú lambeu os lábios. Sua respiração saía áspera e entrecortada entre eles.

— Vá o senhor e faça igual — pediu para Hostetter, como se Hostetter talvez fosse de uma carne diferente da de Sherman, já que fazia parte de um mundo que Esaú conhecia, e não apenas de Bartorstown.

Hostetter deu de ombros. Ele foi e colocou as mãos na barreira.

E o senhor, pensou Len. *Era isso o que o senhor não queria me contar, o que o senhor não quis me confidenciar.*

— Bem — disse Esaú, engasgando, hesitante, suando e tremendo como um cavalo medroso, mas já sem fugir, mantendo-se onde estava, começando a pensar. — Bem...

Len cerrou os punhos gelados e olhou para Sherman, de pé contra a blindagem.

— Não é de se espantar que vocês tenham tanto medo — falou ele, com uma voz que não soava em nada como a sua própria. — Não é de se espantar que atirem nas pessoas se elas tentarem ir embora. Se alguém saísse e contasse o que vocês têm aqui, eles se levantariam e caçariam vocês e os despedaçariam, e não haveria montanha no mundo grande o bastante para vocês se esconderem.

Sherman assentiu.

— É. Exatamente isso.

Len desviou o olhar para Hostetter.

— Por que o senhor não podia nos contar sobre isso antes de virmos para cá?

— Len, Len — disse Hostetter, chacoalhando a cabeça. — Eu não queria que vocês viessem. E eu te alertei, de todo jeito que pude.

Sherman observava, na intenção de ver o que Len faria. Todos observavam, Gutierrez com uma compaixão cansada, Erdmann com olhos envergonhados, e Esaú no meio deles, como uma criança grande assustada. Len compreendia vagamente que tudo fora planejado daquela forma e que eles estavam interessados em que palavras ele diria e em como ele se sentiria. E com uma súbita repulsa obscura de tudo que eram esperanças, sonhos e anseios da infância, busca e fé, Len gritou para eles:

— Não bastou queimar o mundo uma vez? Por que vocês tinham que manter esse negócio vivo?

— Porque ele não nos pertence, não podemos destruí-lo — respondeu Sherman baixinho. — E porque destruí-lo é um caminho infantil, o caminho dos homens que queimaram Refúgio, o caminho da Trigésima Emenda. Isso é apenas uma evasão. Não se pode destruir o conhecimento. Você pode pisoteá-lo, queimá-lo e proibi-lo de existir, mas, em algum lugar, ele vai sobreviver.

— Vai — concordou Len, amargamente. — Enquanto existirem homens tolos o bastante para mantê-lo vivo. Eu queria as cidades de volta, sim. Queria as coisas que nós tínhamos e pensei que era burrice ter medo de algo que aconteceu tantos anos atrás. Mas nunca soube que elas não tinham acabado totalmente...

— Então agora você acha que eles tinham razão quando mataram o Soames, tinham razão quando mataram o seu amigo Dulinsky e destruíram uma comunidade?

— Eu... — As palavras ficaram presas na garganta de Len, mas então ele gritou: — Isso não é justo! Não existia poder atômico em Refúgio.

— Tudo bem — condescendeu Sherman, razoável. — Vamos dizer de outra forma. Suponhamos que Bartorstown fosse destruída, junto com todos os homens dentro dela. Como você pode ter certeza de que, em algum lugar do mundo, escondida debaixo de alguma outra montanha, não exista outra Bartorstown? E como você pode ter certeza de que algum professor esquecido de química nuclear não guardou seus livros técnicos? Vocês tinham um em Piper's Run, você mesmo disse. Multiplique isso por todos os livros que devem ter restado no mundo. Qual a chance de termos destruído todos?

— Len, ele tem razão — comentou Esaú, devagar.

— Um livro — repetiu Len, sentindo o medo cego, sentindo a Besta se se esgueirar atrás da muralha. — Um livro, é, nós tínhamos um, mas não sabíamos o que ele significava. Ninguém sabia.

— Alguém, em algum lugar, acabaria descobrindo com o tempo. E lembrem-se de outra coisa. Os primeiros homens que descobriram o segredo da energia atômica não tinham livro algum para os guiar. Eles nem sabiam se aquilo podia ser feito. Tudo de que dispunham eram seus cérebros. Também não se pode destruir todos os cérebros no mundo.

— Está bem! — gritou Len, encurralado e sem ter como fugir. — Que outro caminho existe?

— O caminho da razão. E agora posso contar para vocês como Bartorstown foi construída.

22

Existiam três níveis em Bartorstown. Eles subiram para o intermediário, abaixo dos laboratórios e acima da caverna onde o mal antigo se escondia por trás da parede de concreto. Len caminhava na frente de Hostetter e com os outros por toda sua volta, Esaú ainda tremendo e enxugando a boca sem parar com as costas da mão, os homens de Bartorstown silenciosos e sérios. A mente de Len era um vazio escuro e selvagem feito um céu noturno sem estrelas.

Ele estava olhando para uma imagem. Ficava em uma peça de vidro longa e curvada, mais alta do que uma pessoa, iluminada por dentro de algum jeito para que a imagem parecesse real, com profundidade e distância, e cor, e cada coisinha minúscula nítida e cristalina para se ver. Era uma imagem terrível. Era uma desolação arruinada e fragmentada, com um pequeno edifício perdido ainda de pé, inclinando-se como se estivesse cansado e quisesse cair.

— Vocês falam sobre a bomba e o que ela fez, mas vocês nunca a viram — disse Sherman. — Os homens que construíram Bartorstown viram, ou os pais deles viram. Era uma realidade, algo da época deles. Eles colocaram essa imagem aqui para os relembrar, para que não fossem tentados a se esquecerem de seu trabalho. Isso foi o que a primeira bomba fez. Isso era Hiroshima. Agora podem ir, deem a volta no final da parede.

Eles o fizeram, e Gutierrez já estava na frente deles, caminhando de cabeça baixa.

— Eu já as vi até demais — comentou.

Em seguida, desapareceu por uma porta no final de uma passagem ampla que tinha mais imagens de ambos os lados. Erdmann começou a ir atrás dele, hesitou e então ficou para trás. Ele também não olhou para as imagens.

Sherman olhou.

— Essas foram algumas das pessoas que sobreviveram ao primeiro bombardeio, de certa forma — disse ele.

— Santo Deus! — murmurou Esaú.

Ele começou a tremer com mais violência, de cabeça baixa e olhando de esguelha, pela visão periférica, para não ver demais.

Len não falou nada. Apenas lançou um olhar direto e abrasador na direção de Sherman, que disse:

— Eles tinham sentimentos muito fortes sobre a bomba naquele tempo. Viviam sob a sombra dela. Nessas vítimas, viam a si mesmos, suas famílias. Eles queriam muito que não houvesse mais vítimas, mais Hiroshimas, e sabiam que só tinha um jeito de garantir isso.

— Eles não podiam simplesmente destruir a bomba? — perguntou Len. Era algo idiota de dizer, e ele ficou zangado consigo mesmo de imediato por dizê-lo, porque sabia que não devia; Len conversara sobre aquela época com o juiz Taylor e lera alguns dos livros sobre ela. Portanto, postergou a resposta de Sherman acrescentando rapidamente: — Eu sei, o inimigo não destruiria a dele. A coisa a se fazer era nunca chegar àquele ponto, nunca fazer uma bomba.

— A coisa a se fazer era nunca aprender como criar o fogo, para que ninguém jamais se queimasse. Além do mais, era um pouco tarde demais para isso. Eles tinham um fato com que lidar, não um argumento filosófico — disse Sherman.

— Então qual é a resposta? — indagou Len.

— Uma defesa. Não a defesa imperfeita das redes de radares e armamentos, mas algo muito mais básico e abrangente, um conceito totalmente novo. Um tipo de campo de força capaz de controlar a interação de partículas nucleares bem no nível delas, para que nenhum processo de fissão ou fusão ocorresse nos locais em que aquele campo de força protetor estivesse em operação. Controle completo, Len. Uma maestria absoluta sobre o átomo. Chega de bombas.

Tudo ficou quieto, e eles observavam Len de novo para ver como ele aceitaria aquela informação. Ele fechou os olhos contra as imagens para tentar pensar, e as palavras ressoavam em sua mente, altas e sem expressão, momentaneamente sem significado também. *Controle completo. Chega de bombas. A coisa a se fazer era nunca tê-las construído, nunca criar o fogo, nunca construir cidades...*

Não.

Não, diga as palavras de novo, devagar e com cuidado. Controle completo, chega de bombas. A bomba é um fato. A energia atômica é um fato. É um fato vivo aqui perto, debaixo dos meus pés, o poder pavoroso que gerou essas imagens. Não se pode negá-la, não se pode destruí-la, porque ela é má, e o mal é como uma serpente que morre, mas se renova perpetuamente...

Não. Não. Não. Essas são as palavras do pregador, do Burdette. Controle completo do átomo. Chega de bombas. Chega de vítimas, chega de medo. Isso. Construímos fogões para conter o fogo lá dentro, e mantemos água por perto para apagá-lo. Isso.

Mas...

— Mas eles não descobriram a defesa. Porque o mundo queimou mesmo assim — disse ele.

— Eles tentaram. Eles apontaram o caminho. Nós ainda estamos seguindo esse caminho. Agora continue.

Eles passaram pela mesma porta pela qual Gutierrez sumira, entrando em um espaço que, assim como os outros, fora escavado na rocha sólida, depois alisado e recheado de pilares, espalhando-se para todos os lados sob uma inundação de luz e claridade. Havia um longo paredão de frente para eles. Não era uma parede de fato, mas, sim, um painel imenso, do tamanho de uma parede e instalado isoladamente, com algumas máquinas pequenas atreladas. Tinha quase um metro e oitenta de altura, não bem alcançando o teto, e um labirinto de mostradores e luzes. As luzes estavam todas apagadas, as agulhas nos mostradores não se moviam. Gutierrez estava de pé diante dele, o rosto retorcido em uma careta profunda, pensativa e triste.

— Esta é Clementine — disse ele, sem virar a cabeça quando eles entraram. — Um nome besta para algo de que o futuro do mundo pode depender.

Len deixou as mãos caírem ao lado do corpo, e foi como se nesse movimento ele abrisse mão de muitas coisas, pesadas demais ou dolorosas demais para serem carregadas. *Dentro de minha mente não há nada, e que ela permaneça assim. Que o vazio se preencha lentamente com coisas novas, e coisas antigas em novos padrões, e talvez aí eu saberei... o quê? Não sei. Eu não sei de nada, e tudo é escuridão e confusão e apenas a Palavra...*

Não, não aquela Palavra, a outra. Clementine.

Ele suspirou e disse em voz alta:

— Eu não estou entendendo.

Sherman caminhou até o painel grande e escuro.

— Isto é um computador. É o maior já construído, o mais complexo. Está vendo aqui...?

Ele apontou para além do painel, na direção dos espaços com pilares que se estendiam mais para lá, e Len viu que havia inúmeras fileiras de arranjos de tubos e cabos instaladas organizadamente uma após a outra, interrompidas a intervalos por grandes cilindros reluzentes de vidro.

— Tudo faz parte dele.

A paixão de Esaú por máquinas começava a se agitar outra vez debaixo da névoa do temor.

— Tudo uma só máquina?

— Tudo uma só. Naqueles bancos de memórias, está armazenado todo o conhecimento sobre a natureza do átomo que existia antes da Destruição e todo o conhecimento que nossas equipes de pesquisa conquistaram desde então, tudo expressado em equações matemáticas. Não poderíamos trabalhar sem isso. Seria preciso metade da vida desses homens apenas para decifrar os problemas matemáticos que Clementine pode resolver em minutos. Ela é a razão pela qual Bartorstown foi construída, o propósito das oficinas no andar de cima e do reator no andar de baixo. Sem ela, não teríamos muita chance de descobrir a resposta dentro de um prazo previsível. Com ela... não há como dizer. Qualquer dia, qualquer semana, pode trazer a solução para o problema.

Gutierrez emitiu um som que poderia ter sido o início de uma risada. Foi rapidamente silenciado. Mais uma vez, Len meneou a cabeça e disse:

— Eu não estou entendendo.

E acho que não quero entender. Não hoje, não agora. Porque o que vocês estão me dizendo não é a descrição de uma máquina, mas, sim, de outra coisa, e eu não quero saber mais a respeito dela.

Mas, sem se demorar, Esaú questionou:

— Ela faz somas e se lembra delas? Isso não parece uma máquina, isso parece um... um...

Ele se interrompeu bruscamente.

— Eles chamavam essas máquinas de cérebros eletrônicos — disse Sherman, sem nenhum interesse específico.

Ah, Deus, isso não tem fim? Primeiro o fogo do inferno, agora isto.

— Um termo errôneo — acrescentou Sherman. — Ela não pensa, não mais do que um motor a vapor. É só uma máquina.

E então se virou para eles, com o rosto severo e os olhos frios. Quando falou, sua voz era cortante como um chicote a fim de trazer a atenção deles para si, espantados e alertas.

— Não vou forçá-los — anunciou. — Não espero que entendam tudo em um minuto e não espero que se ajustem de um dia para o outro. Vou lhes dar um período razoável. Mas quero que se lembrem disto: vocês lutaram com unhas e dentes para entrar em Bartorstown, e agora estão aqui, e eu não ligo para como vocês pensaram que seria, é assim que as coisas são, então façam as pazes com elas. Temos um trabalho a realizar aqui. Não fomos atrás dele, particularmente, as coisas só aconteceram assim, mas ele está nas nossas mãos e vamos realizá-lo, a despeito do que suas consciências insignificantes de meninos da fazenda possam sentir a respeito.

Ele ficou imóvel, perscrutando-os com aqueles olhos frios e duros. *Ele está falando sério*, pensou Len, *do mesmo jeito que o Burdette estava quando disse que não teremos cidade nenhuma entre nós.*

— Vocês afirmam que queriam vir para cá para poderem aprender. Tudo bem. Nós lhes daremos todas as oportunidades. Mas de agora em diante é por conta de vocês — disse Sherman.

— Sim, senhor — disse Esaú, afobado. — Sim, *senhor.*

Ainda não há nada na minha cabeça. Parece que um vento soprou dentro dela, pensou Len. *Mas ele está olhando para mim, esperando que eu diga algo... O quê? Sim, não... Ah, Deus, ele tem razão, eles fizeram tudo o que podiam para nos manter a distância e nós forçamos entrada; agora estamos presos no poço que nós mesmos cavamos...*

Mas o mundo inteiro está preso em um poço. Não é disso que queríamos sair, o poço que matou o Dulinsky e quase nos matou? As pessoas estão com medo e eu as odiei por causa disso, e agora... Eu não sei qual é a resposta, ai, meu Deus, eu não sei, permita que eu encontre uma resposta, porque o Sherman está esperando e eu não tenho como fugir.

— Um dia... — disse ele, franzindo as sobrancelhas com uma expressão de esforço, de modo que pareceu outra vez o rapaz pensativo que se sentara com a vó naquele dia de outubro. — Um dia a energia atômica vai voltar, não importa o que se faça para impedir isso.

— O que já foi descoberto sempre acaba voltando.

— E as cidades também voltarão.

— Com o tempo, não há como evitar.

— E tudo vai acontecer outra vez, as cidades e a bomba, a menos que descubram essa forma de impedir.

— A menos que a humanidade tenha mudado muito até amanhã.

— Então — concluiu Len, ainda franzindo o cenho, ainda sombrio —, então eu acho que vocês estão tentando fazer o que deve ser feito. Acho que pode estar correto.

A palavra ficou presa na língua, mas ele conseguiu expeli-la, e nenhum raio veio fulminá-lo, e Sherman não o desafiou mais.

Esaú tinha andado na direção do painel, magnetizado pela atração da máquina. Ele estendeu a mão, hesitante, e tocou na máquina.

— Poderíamos vê-la em funcionamento? — pediu.

Foi Erdmann quem respondeu:

— Depois. Ela acabou de terminar um projeto de três anos e está desligada para uma revisão completa.

— Três anos — repetiu Gutierrez. — Isso mesmo. Eu queria que você pudesse me desligar também, Frank. Desmontar meu cérebro em pecinhas e montar tudo de novo, fresquinho e brilhante. — Ele começou a levantar e baixar o punho, golpeando o painel a cada vez, de leve, como uma pluma caindo. — Frank, ela pode ter se enganado.

Erdmann olhou para ele bruscamente.

— Você sabe que isso não é possível.

— Uma carga errante — continuou Gutierrez. — Um grão de poeira, um relé gasto demais para funcionar direito, e como é que você poderia saber?

— Julio. Você já devia saber. Se a menor coisinha der errado com ela, ela para automaticamente e pede atenção — disse Erdmann.

Sherman interveio e a conversa parou, e todos começaram a sair para a passagem outra vez. Gutierrez se aproximou por trás de Len e, apesar da dúvida e do medo que se amontoavam tão espessamente em torno dele, Len o ouviu resmungar consigo mesmo:

— Ela *pode* ter se enganado.

23

Hostetter era um lampião no escuro, uma rocha sólida no meio de uma inundação. Era o elo, a transição de Piper's Run para Bartorstown, era o velho amigo e o braço forte que já se estendera duas vezes para salvá-lo, uma vez na pregação, outra em Refúgio. Len se agarrou a ele, mentalmente, com certo desespero.

— O senhor acha que é certo? — perguntou, sabendo a resposta inevitável, mas querendo a garantia mesmo assim.

Estavam andando pela estrada que descia de Bartorstown no final da tarde. Sherman e os outros tinham ficado para trás, talvez deliberadamente, para que Hostetter ficasse sozinho com Len e Esaú. Ele olhou de relance para Len e respondeu:

— Acho que é, sim.

— Mas trabalhar com aquilo, manter aquilo vivo... — protestou Len, baixinho.

Ele estava a céu aberto agora. A montanha não estava mais sobre sua cabeça e as paredes de rocha de Bartorstown não o trancafiavam mais, e ele conseguia respirar e olhar para o sol. Porém, o horror ainda residia dentro de si, e ele pensou no destruidor abrigado em um buraco da rocha e soube que não queria voltar para lá nunca mais. Ao mesmo tempo, sabia que teria que voltar, querendo ou não.

— Eu te avisei que haveria coisas das quais você não ia gostar, coisas que se chocariam contra os ensinamentos que você recebeu, não importa o quanto você dissesse que não acreditava neles — relembrou Hostetter.

— Mas o senhor não tem medo daquele negócio — afirmou Esaú.

O primo estivera pensando, matutando, arrastando as botas nas pedras da estrada. Acima deles, na encosta leste, ficava a algazarra normal e reconfortante da mina e, adiante, Fall Creek dormitava quieta ao sol do fim de tarde, e era tudo muito parecido com Piper's Run se lá houvesse um demônio acorrentado nas colinas atrás da vila.

— O senhor chega pertinho dele e coloca as mãos nele.

— Eu cresci com a ideia dele — explicou-se Hostetter. — Ninguém nunca me ensinou que isso era do mal ou proibido, ou que Deus tinha colocado uma maldição nele, e essa é a diferença. É por isso que não trazemos desconhecidos para cá, muito raramente. O condicionamento é todo errado.

— Eu não estou preocupado com maldições — retrucou Esaú. — O que me preocupa é se ele vai me fazer mal.

— Não, a não ser que você ache um jeito de passar pela blindagem.

— Não pode me queimar?

— Não.

— E não pode explodir?

— Não. A usina de vapor pode explodir, mas o reator, não.

— Então tá bom — concordou Esaú, e caminhou um tempo em silêncio, pensando. Seus olhos se iluminaram e ele riu. — Eu me pergunto o que aqueles velhos tontos em Piper's Run, o velho Harkness, o Clute e o resto deles, achariam disso. Eles iam nos açoitar só por ter um rádio, e agora nós temos *aquilo ali*. Meu Deus. Aposto que eles nos matariam, Len.

— Não. *Eles* não matariam. Mesmo assim, vocês acabariam como o Soames, debaixo de uma pilha de pedras — disse Hostetter, sombrio.

— Bom, eu não vou dar essa chance pra eles. Deus do céu! Energia atômica, de verdade, a maior energia do mundo. — Os dedos dele se curvaram com um entusiasmo ganancioso, depois relaxaram, e ele perguntou de novo: — Tem *certeza* de que é seguro?

— É seguro, sim — confirmou Hostetter, ficando impaciente. — Está ali há quase um século e até hoje não fez mal pra ninguém.

— Acho que não temos direito de reclamar — comentou Len lentamente, inclinando a cabeça contra o vento fresco e deixando que ele soprasse um pouco da escuridão para longe dele.

— Não mesmo.

— E acho que o governo sabia o que estava fazendo quando construiu Bartorstown.

Eles também estavam com medo, sussurrou o vento frio. *Tinham um poder grande demais em mãos e não sabiam lidar com ele, ficaram com medo, e deviam ficar mesmo.*

— Sabia — disse Hostetter, sem ouvir o vento.

— Jesus — praguejou Esaú. — Pense só se eles tivessem descoberto aquele negócio para parar a bomba.

— Já pensei. Todos nós já pensamos. Suponho que todo homem em Bartorstown tem um complexo de culpa gigantesco de tanto pensar nisso. Mas simplesmente não deu tempo.

Tempo? Ou haveria algum outro motivo?

— Quanto tempo vai levar? Parece que eles já deveriam ter descoberto isso aí em quase cem anos — disse Len.

— Meu Deus, você por acaso sabe quanto tempo levou para descobrirmos a energia atômica, para começo de conversa? — retrucou Hostetter. — Um grego chamado Demócrito teve a ideia básica do átomo séculos antes de Cristo, então faça as contas.

— Mas eles não vão levar tanto tempo agora! — exclamou Esaú. — Sherman disse que com aquela máquina...

— Não vai levar tanto tempo, é verdade.

— Mas quanto tempo? Mais cem anos?

— Como é que eu vou saber? Outros cem anos, ou mais um ano. Como eu vou saber? — retornou Hostetter, zangado.

— Mas com a máquina...

— É apenas uma máquina, não é Deus. Ela não pode arrancar uma resposta do ar só porque queremos.

— Então, falando naquela máquina... — continuou Esaú, e mais uma vez seus olhos brilhavam. — Eu queria vê-la em funcionamento. Ela... — Hesitou, e então falou a palavra inacreditável: — Ela pensa de verdade?

— Não. Não no sentido que você está achando. Peça pro Erdmann para te explicar uma hora dessas — respondeu Hostetter. De repente, ele falou para Len: — Você está achando que apenas Deus pode se meter a construir cérebros.

Len corou, sentindo-se como Sherman o chamara: um menino da fazenda dominado pela consciência diante daqueles homens que sabiam tanto. Mesmo assim, não podia negar a Hostetter que estivera pensando algo naquela linha.

— Acho que vou me acostumar.

Esaú bufou.

— Ele sempre foi cheio de dúvidas, leva uma eternidade para se resolver.

— Ah, vá pro inferno, Esaú! Se não fosse por mim, você ainda estaria limpando estrume no celeiro do seu pai! — gritou Len, furioso.

— Tá bom — retrucou Esaú, olhando feio para ele —, e lembre-se disso. Lembre-se de quem é a culpa por você estar aqui e não saia por aí choramingando.

— Não tô choramingando.

— Está, sim. E se estiver preocupado com pecar, devia ter ouvido seu pai para começo de conversa e ficado em casa, em Piper's Run.

— Nessa ele te pegou — falou Hostetter.

Len soltou um resmungo, chutando pedriscos na poeira, raivoso.

— Está bem. Aquilo me assustou. Mas assustou Esaú também, e não fui eu quem meteu o rabo entre as pernas e saiu correndo...

— Eu também sairia correndo de um urso até descobrir que ele não me mataria — revidou Esaú. — Não estou fugindo agora. Escuta, Len, isso é importante. Onde mais no mundo você poderia encontrar algo tão importante? — O peito dele se estufou e o rosto se iluminou como se o manto daquela importância já tivesse recaído sobre ele. — Eu quero saber mais sobre aquela máquina.

— Importante. De fato, é, sim — disse Len.

É verdade. Não há dúvida alguma a respeito disso. Ai, bom Deus, o Senhor faz alguns como meu irmão James, que nunca questionam, e faz outros como Esaú, que nunca acreditam, mas por que tem de fazer os que ficam no meio do caminho, como eu?

Mas Esaú tem razão. É tarde demais agora para me preocupar com o pecado. O pai sempre dizia que o caminho do transgressor era duro, e acho que isto é parte da dureza.

Que seja.

Eles deixaram Esaú na casa de Sherman para buscar a esposa, enquanto Len e Hostetter seguiram juntos na direção da casa de Wepplo. A tarde caía, rápida e límpida, e as ruas estavam desertas, com cheiro de fumaça e comida. Quando chegaram à casa de Wepplo, Hostetter pôs o pé no primeiro degrau, depois se virou e falou com Len usando um tom baixo e estranho que ele nunca o ouvira usando:

— Tem uma coisa que você deve se lembrar, assim como se lembra daquela multidão que matou o Soames, e do Burdette e dos fazendeiros deles, e dos neoismaelitas. Trata-se disto: nós também somos fanáticos, Len. Temos que ser, ou acabaríamos nos afastando e vivendo nossas próprias vidas, deixando essa coisa toda se lascar. Temos uma crença. Não mexa com ela. Porque, se mexer, nem eu vou ser capaz de te salvar.

Hostetter subiu os degraus e deixou Len ali parado, encarando as costas dele. Havia vozes lá dentro, e luzes, mas ali fora tudo estava parado e quase escuro. Então alguém surgiu dando a volta na casa, caminhando suavemente. Era a garota, Joan, e ela meneou a cabeça na direção da casa e perguntou:

— Ele estava tentando te assustar?

— Acho que não. Acho que só estava dizendo a verdade — respondeu Len.

— Eu ouvi o que ele disse. — A garota tinha nas mãos um pano branco, como se talvez o estivesse chacoalhando pouco antes. O rosto dela também parecia branco no crepúsculo pesado; borrado e indistinto. Sua voz, entretanto, era cortante como uma faca. — Fanáticos, é? Talvez ele seja, e talvez os outros sejam, mas eu não sou. Estou cansada desse negócio todo. O que fez com que você quisesse vir para cá, Len Colter? É maluco ou algo assim?

Ele olhou para Joan, para seus contornos obscuros, sem saber o que dizer.

— Eu ouvi você falando hoje cedo — insistiu ela.

— Nós não sabíamos... — comentou Len, desconfortável.

— Eles te disseram para falar tudo aquilo, não foi?

— Como assim?

— Sobre as pessoas horríveis que existem lá fora e o quanto o mundo é odiento.

— Eu não sei muito bem o que você quer dizer, mas cada palavra do que dissemos era verdade. Se acha que não, pode sair por aí e testar — disse Len.

Ele começou a se mover para passar por ela e subir os degraus. A garota colocou a mão no braço dele para o impedir.

— Desculpe. Acho que é tudo verdade mesmo. Mas é por isso que o Sherman fez vocês falarem pelo rádio para todos nós ouvirmos. Doutrinação. — Ela acrescentou, astuta: — Aposto que é por isso que eles deixaram vocês dois entrarem aqui, só para fazer todos nós vermos como temos sorte.

— E não têm? — retrucou Len, muito baixinho.

— Ah, sim, muita sorte — desdenhou Joan. — Temos tantas coisas mais do que as pessoas lá fora. Não em nossas vidas cotidianas, é claro. Nós nem mesmo temos a mesma quantia de coisas como comida e liberdade. Mas temos Clementine, e isso compensa. Você gostou de sua visita ao Buraco?

— Buraco?

— É o nome que alguns de nós demos para Bartorstown.

O comportamento e o tom dela estavam deixando Len inquieto.

— Acho melhor eu entrar — anunciou ele, e retomou a subida dos degraus.

— Espero que tenha gostado. Espero que goste do cânion e de Fall Creek. Porque eles nunca vão deixar você ir embora.

Ele pensou no que Sherman dissera. Len não o culpava. Não tinha nenhuma intenção de ir embora. Mas não gostava disso.

— Eles vão aprender a confiar em mim. Algum dia.

— Nunca.

Ele não queria discutir com ela.

— Enfim, imagino que eu vá ficar por um bom tempo, de qualquer forma. Passei metade da minha vida tentando chegar aqui.

— Por quê?

— Você é uma garota de Bartorstown. Não deveria ter que perguntar.

— Porque você queria aprender. É verdade, você disse isso hoje cedo. Você queria aprender, e ninguém deixava. — Ela fez um gesto amplo e zombeteiro, indicando todo o cânion escuro. — Vai lá. Aprende. Seja feliz.

Ele a pegou pelo ombro e a puxou para perto, perto o bastante para ver seu rosto com o brilho fraco das janelas.

— Qual é o seu problema?

— Eu só acho que você é doido, só isso. Ter o mundo inteirinho à disposição e jogar tudo fora por isto aqui.

— Mas que inferno — praguejou Len. Ele a soltou e se sentou nos degraus, balançando a cabeça. — Mas que inferno. Será que ninguém gosta de Bartorstown? Tenho a impressão de que ouvi mais reclamações desde que cheguei aqui do que tinha ouvido até agora na minha vida inteira.

— Quando você tiver morado aqui uma vida inteira, vai entender — retornou ela, amarga. — Ah, alguns dos homens conseguem sair, claro. Mas a maioria de nós, não. A maioria nunca vê nada além dos paredões deste cânion. E até os homens têm que voltar. É como disse o seu amigo: você tem que ser um fanático para sentir que tudo isso vale a pena.

— Eu morei lá fora. Penso no que é agora e no que pode ser se...

— Se Clementine algum dia der a resposta certa. Claro. Já faz quase um século, e eles não estão mais próximos de uma resposta do que estavam antes, mas todos temos que ser pacientes, devotados e dedicados... Dedicados a quê? Àquele maldito cérebro mecânico encafurnado embaixo da montanha que tem que ser tratado como se fosse Deus?

Ela se debruçou sobre ele de repente, sob a luz suave do lampião.

— *Eu* não sou nenhuma fanática, Len Colter. Se quiser alguém com quem conversar, lembre-se disso.

E então ela foi embora, contornando a casa correndo. Len ouviu uma porta se abrir em algum ponto nos fundos. Ele se levantou bem devagar e subiu os degraus, depois entrou na casa a passos lentos e comeu seu jantar na mesa de Wepplo. E não ouviu praticamente nada do que lhe disseram.

24

Na manhã seguinte, Len e Esaú foram chamados outra vez para a casa de Sherman, e Hostetter não foi com eles dessa vez. Sherman os encarou por cima da mesa na sala de estar, passando duas chaves de uma mão para a outra.

— Eu disse que não os forçaria e não vou forçar. Mas nesse meio-tempo, vocês precisam trabalhar. Agora, se eu deixar que vocês trabalhem em algo que possam fazer em Fall Creek, como ferraria ou cuidar das mulas, vocês aprenderiam sobre Bartorstown tanto quanto se não tivessem saído de casa.

— É — concordou Esaú, depois, ansioso, perguntou: — Posso aprender sobre a máquina enorme? Clementine?

— Assim, de primeira, eu diria que ela sempre estará além da sua compreensão, a menos que você queira esperar até que seja um ancião. Mas você pode falar com o Frank Erdmann, ele é o chefe da área. E não se preocupe, vocês vão lidar com máquinas até se cansarem. Mas seja lá o que escolherem, isso vai significar muito estudo antes de estarem prontos, e até lá...

Ele hesitou por apenas uma fração de segundo — talvez nem tivesse hesitado, na verdade, talvez tivesse sido apenas por puro acaso sem significado algum que seus olhos tivessem pousado sem querer no rosto de Len —, mas Len sabia o que ele ia dizer antes mesmo que dissesse e se preparou muito para não deixar transparecer nada.

— Até lá, vocês foram designados para trabalhar na usina de vapor. Os dois têm um pouco de experiência com vapor e não levará muito tempo para dominarem as diferenças. Jim Sidney, o homem com quem conversaram ontem, vai dar toda a ajuda de que precisarem. — Ele se levantou, deu a volta na mesa e lhes entregou as chaves. — Para o portão de proteção. Cuidem delas. Jim vai informar seus horários e tudo mais. No tempo livre de vocês podem ir para onde quiserem em Bartorstown e fazer qualquer pergunta que quiserem, desde que não interfiram com o trabalho em andamento. Podem fazer seus planos com o Irv Rothstein, na biblioteca. E não precisam parecer tão durões, vocês dois. Consigo ler o que estão pensando.

Len olhou para ele, espantado, e Sherman sorriu.

— Estão pensando que a usina de vapor é bem do lado do reator e que preferiam estar em qualquer outro lugar que não lá. E é exatamente por isso que estão indo trabalhar na usina de vapor. Eu quero deixá-los tão acostumados ao reator que se esquecerão de ter medo dele.

Será verdade?, indagou-se Len. *Ou será o jeito de ele nos testar, de ver se somos capazes de superar nosso medo, capazes de aprender a conviver com ele?*

— Vão indo agora. O Jim está esperando vocês — disse Sherman.

Então lá se foram, andando no início da manhã, subindo a estrada poeirenta e atravessando a colina entre as rochas no caminho para Bartorstown. E no portão de segurança, ambos pararam e se inquietaram, cada um esperando que o outro o abrisse.

— Pensei que você não estivesse com medo — provocou Len.

— E não tô. É só que... Ah, inferno, aqueles outros caras trabalham em volta dele. Tá tudo bem. Vamos lá.

Com certa selvageria, ele enfiou a chave na fechadura, abriu e entrou. Len fechou o portão com cuidado, pensando:

Agora estou trancado aqui dentro com ele, com o fogo que caiu do céu no mundo da vó.

Ele desceu pelo túnel atrás de Esaú, passando por aquela porta interna, depois da sala do monitor onde o jovem Jones os cumprimentou com um gesto da cabeça. *E ele não tem medo? Não, ele é como Ed Hostetter, nunca lhe ensinaram a ter medo. E ele está vivo e sadio. Deus não o fulminou. Deus não fulminou nenhum deles. Ele permitiu que Bartorstown sobrevivesse. Isto, bem aqui, não é prova de que está tudo certo, de que esta resposta que eles tentam encontrar está correta?*

Mas os caminhos do Senhor estão além de nossa compreensão, e o homem ímpio recebe a terra em suas mãos...

— Com que você está sonhando aí? Vem logo — disparou Esaú.

Havia uma linha de suor sobre seu buço, e a boca parecia nervosa. Eles desceram as escadas de novo, os degraus de aço soando ocos sob os pés, passando pelo nível onde ficava o grande computador, descendo e descendo até o último degrau e saindo dele para a grande e ampla caverna com a pulsação de energia vibrando por ela, passando pelos geradores e pelas turbinas, até que lá estava a grande muralha de concreto, com a face inexpressiva e fixa. *E os pecados de nossos pais perduram em nós, ou se não os seus pecados, então suas tolices, e eles nunca, jamais deveriam ter...*

Mas fizeram.

Jim Sidney falou com eles. Ele falou duas vezes até que o ouvissem, mas era a primeira vez deles ali e ele era paciente. Len o seguiu na direção da massa imensa da usina de vapor, sentindo-se reduzido, pequeno e insignificante em meio a todo aquele poder tremendo. Ele cerrou os dentes e silenciosamente gritou por dentro. *Eu só me sinto assim porque estou com medo e vou superar isso, como Sherman disse. Os outros não têm medo. Eles são homens, iguaizinhos aos outros, bons homens, homens que acreditam estar fazendo o que é certo, fazendo o que o governo lhes confiou. Eu vou aprender. A vó ia querer que eu aprendesse. Ela disse para nunca ter medo de saber, e eu não vou ter.*

Não vou. Vou fazer parte disso, vou ajudar a libertar o mundo do medo. Vou acreditar, porque estou aqui agora e não há mais nada que eu possa fazer.

Não. Assim, não. Vou acreditar porque é o correto. Vou aprender a ver que isso está correto. E o Ed Hostetter vai me ajudar, porque posso confiar nele, e ele diz que está correto.

Len foi trabalhar ao lado de Esaú na usina de vapor, e durante todo o restante do dia não olhou para a parede do reator. Mas a sentia. Sentia em sua carne e em seus ossos e no formigamento de seu sangue, e ainda sentia quando já estava de volta a Fall Creek e na própria cama. E sonhou com ela quando pegou no sono.

Mas não havia escapatória. Ele retornou à parede no dia seguinte, e no dia depois desse, e regularmente, nos dias que se seguiram, exceto no domingo, quando ia para a igreja e caminhava com Joan Wepplo. Ir para a igreja o reassegurava. Era reconfortante ouvir de um púlpito que Deus abençoava os esforços deles, e tudo o que eles tinham que fazer era continuar pacientes e determinados, sem perder o ânimo. Aquilo o ajudava a sentir que eles agiam, sim, de modo correto. E parecia que o tratamento de Sherman estava funcionando. A cada dia, o choque de ficar do ladinho da temível parede ia diminuindo, talvez porque um nervo que é atormentado e esfregado continuamente se torna calejado demais para reagir. Ele chegou ao ponto em que conseguia olhar para ela com calma e pensar com calma também sobre o que se encontrava por trás dela. Podia aprender um pouco sobre os instrumentos instalados na face da parede, medindo o fluxo de energia lá dentro, e ele podia aprender um pouco mais do conhecimento leigo sobre o que era aquela energia, como ela funcionava e como, naquela forma, ela era controlada com tanta facilidade. Ele se saía bem assim por vários dias às vezes, rindo e conversando com Esaú sobre como o pessoal em Piper's Run se sentiria se os visse naquela posição: o sr. Nordholt, o professor que pensava saber tanto e distribuía seu conhecimento com tanta parcimônia, de modo a não corromper a juventude, e os outros anciões da comunidade, que usariam um galho de bétula para arrancar o couro de quem fizesse perguntas, e, sim, o pai e o tio David também, cuja única resposta era a alça do arreio. Não, aquilo sobre o pai não era verdade, e Len sabia muito bem o que o pai diria e não gostava de pensar nisso. Portanto, ele voltava os pensamentos para o juiz Taylor, que fez um homem ser assassinado e uma comunidade queimada porque tinha medo de que talvez, em algum momento, ela pudesse se tornar uma cidade; pensava, vingativo, que gostaria de contar ao juiz Taylor o que havia debaixo da rocha de Bartorstown só para ver a cara dele então. *E não estou com medo*, pensava ele. *Eu tive medo, mas agora não tenho mais. É apenas uma força da natureza, como qualquer outra. Não há nada de mal nela, nada além do que havia de mal em uma faca ou na pólvora. O mal só existe no modo como essa força é utilizada, e nós cuidaremos para que não seja cometido nenhum mal com ela, jamais. Nós. Nós, os homens de Bartorstown. E, ah, Deus, as noites de frio e tremedeira nos leitos nebulosos de riacho, os dias de calor, mosquitos e fome, os invernos em lugares estranhos, todos os dias e noites e anos em que sonhamos em ser homens de Bartorstown!*

Mas o sonho era diferente naquela época. Era todo brilhante e maravilhoso, como sua vó contava, e não havia nenhuma escuridão nele.

Ele se virava bem daquele jeito e pensava: *Agora eu realmente superei*. Daí acordava gritando no meio da noite, com Hostetter sacudindo seu ombro.

— Com o que você estava sonhando? — perguntava Hostetter.

— Sei lá. Um pesadelo, só isso. — Ele se levantava e tomava um gole de água, deixando o suor secar no corpo. Em seguida perguntava, casualmente: — Eu falei alguma coisa?

— Não, não que eu tenha ouvido. Você só estava gritando.

No entanto, ele flagrava Hostetter o observando com um olhar pensativo e se perguntava se ele não sabia muito bem qual era o pesadelo.

O medo de Esaú era mais raso do que o de Len. Era praticamente todo físico, e, assim que se convenceu de que nenhuma força invisível queimaria seus ossos até virar pó, o primo ficou muito descontraído e agindo como proprietário do reator, quase como se ele mesmo o tivesse construído. De vez em quando, Len perguntava:

— Não te preocupa...? Quer dizer, você não pensa às vezes que se esse negócio, esse reator, não fosse mantido em funcionamento aqui, não teria nenhuma necessidade de encontrar uma resposta...?

— Você escutou o que o Sherman disse. Pode ter outros. Talvez com os inimigos. E aí, como nós ficaríamos?

— Mas e se ele *fosse* o último no mundo todo?

— Bem, não está fazendo mal nenhum. E o Sherman disse que não importaria de qualquer forma mesmo que fosse, porque alguém descobriria os átomos outra vez.

Talvez não. Talvez nunca descobrissem. Talvez ele só estivesse dizendo aquilo para se justificar. Hostetter tinha uma palavra para isso: racionalizar. De qualquer maneira, isso não aconteceria por um longo tempo. Cem anos, duzentos, talvez mais. *Eu nunca viveria para ver isso.*

Esaú riu.

— Aquela minha esposa, ela é ótima mesmo.

Len não passava muito tempo perto de Amity. Havia certa frieza entre eles, um embaraço mútuo que não abria espaço para conversas agradáveis. Por isso, ele perguntou:

— Como assim?

— Bem, quando ela ouviu falar dessa energia atômica que existe aqui, teve um faniquito terrível. Jurava que ia perder o bebê, de tão feio que foi. E agora sabe o que mais? Ela enfiou na cabeça que é tudo uma mentira, só para fazê-la pensar que todo mundo aqui é muito importante, e ela diz que pode provar.

— Como?

— Porque todo mundo sabe o que a energia do átomo faz e, se houvesse isso por aqui, não restaria nenhum cânion, apenas uma cratera enorme como o juiz costumava contar.

— Ah — fez Len.

— Bem, isso a deixa feliz. Então eu não discuto. Pra quê? Ela não sabe de nada sobre nada desse assunto, mesmo. — Esaú esfregou as mãos uma na outra, sorrindo. — Eu torço para que meu bebê seja um menino. Talvez eu não possa aprender o necessário para trabalhar naquela máquina enorme, mas ele poderia. Inferno, ele pode até ser a pessoa que vai descobrir a resposta!

Esaú estava fascinado pela máquina enorme que chamavam de Clementine. Ele ficava perto dela o máximo que podia nas horas de folga, fazendo perguntas a Erdmann e aos técnicos que trabalhavam lá até que Erdmann começou a divulgar um entusiasmo tremendo pelo rádio toda vez que encontrava com Esaú na rua. Com frequência, Len ia com ele. Ele se postava olhando para o mostrador escuro do objeto até que uma sensação de nervosismo o inundasse aos poucos, como se estivesse ao lado da cama de alguém adormecido que não estava dormindo de verdade, mas, sim, observando-o por baixo das pálpebras fechadas e enganosas. E pensava: *Aquilo não é um cérebro de verdade, não pensa de verdade, é apenas chamado de cérebro, e as coisas que ele sabe e os cálculos que ele faz são apenas imitações de pensamento.* Mas ao longo das horas noturnas uma criatura o assombrava, uma criatura com um grande coração pulsante de fogo infernal e um cérebro do tamanho do celeiro de seu pai.

No geral, contudo, ele estava se empenhando bastante e se ajustando bem. Mas havia outras horas, horas despertas, em que outra criatura o assombrava e o deixava com pouquíssima paz. E essa era uma criatura humana, não um pesadelo. Essa era uma garota chamada Joan.

25

Três grupos diferentes de desconhecidos visitaram Fall Creek antes da neve, ficaram ali brevemente para fazer negócios e depois foram embora. Dois deles eram grupinhos de homens resistentes e de pele escura que acompanhavam os rebanhos selvagens, caçadores e domadores de cavalos, que ofereceram potros semidomados em troca de farinha, açúcar e uísque de milho. O terceiro e último grupo era de neoismaelitas. Havia cerca de 25 deles, exigindo pólvora e esferas de chumbo como oferenda para os ungidos pelo Senhor. Eles não passaram a noite em Fall Creek, nem passaram pelos limites da comunidade, como se tivessem medo de se contaminar, mas começaram a cantar e orar, agitando os braços e gritando aleluia, quando Sherman lhes enviou o que queriam. Metade das pessoas em Fall Creek tinha saído para observá-los, e Len também estava lá, com Joan Wepplo.

— Um deles vai começar a pregar já, já. É isso o que todos estão esperando — comentou ela.

— Eu já vi pregação o suficiente — resmungou Len.

Mas ficou ali. O vento era gelado, soprando cânion abaixo vindo dos campos nevados nos picos mais elevados. Todos vestiam casacos de couro de vaca ou de cavalo para se proteger, mas os neoismaelitas não tinham nada além de seus sudários e peles de bode batendo contra pernas nuas. Não pareciam se incomodar.

— Eles sofrem terrivelmente no inverno, do mesmo jeito. Morrem de inanição e de frio. Nossos homens encontram os cadáveres deles na primavera, às vezes um grupo inteiro, inclusive as crianças — disse Joan. Ela olhou para eles com olhos cheios de desprezo. — Era de se imaginar que eles fossem dar uma chance pelo menos às crianças. Deixar que crescessem o suficiente para decidir por elas mesmas se queriam morrer congeladas.

As crianças, só pele e osso e azuis de frio, batiam os pés no chão, gritavam e jogavam as cabeleiras emaranhadas. Elas jamais poderiam decidir qualquer coisa por si mesmas, mesmo que chegassem a crescer. O hábito já teria um domínio muito grande sobre elas.

— Acho que eles não podem se dar a esse luxo, não mais do que o seu povo ou o meu — respondeu Len.

Um homem se separou do grupo e começou a pregar. Seu cabelo e sua barba eram de um cinza sujo, mas Len achou que ele não era tão velho quanto aparentava. Neoismaelitas não pareciam chegar a ficar muito velhos. Ele vestia uma pele de cabra oleosa e nojenta, com o pelo desgastado em trechos grandes. Os ossos do peito dele eram salientes feito uma gaiola de passarinho. Sacudiu os punhos para o povo de Fall Creek e gritou:

— Arrependam-se, arrependam-se, pois o Reino dos Céus está próximo! Vocês que vivem pela carne e pelos pecados da carne, seu fim está próximo. O Senhor falou com chama e trovão, a terra se abriu e engoliu os ímpios, e alguns disseram: "Isto é tudo, Ele nos puniu e agora estamos perdoados, agora podemos esquecer". Mas eu lhes digo que Deus, em Sua piedade, apenas lhes deu mais um tempinho, e que esse tempinho já está quase esgotado, e vocês não se arrependeram! E o que dirão quando os céus se abrirem e Deus vier para julgar o mundo? Como irão implorar, clamar e gritar por misericórdia, e o que seus luxos e vaidades lhes comprarão então? Nada além de fogo infernal! Fogo, enxofre e dor eterna, a menos que se arrependam e façam penitência por seus pecados!

O vento atenuava as palavras dele e as soprava para longe, *arrependam-se*, *arrependam-se*, como um eco sumindo cânion abaixo, como se a penitência já fosse uma esperança perdida. *E se ele soubesse?*, perguntou-se Len. *E se eu fosse ali e gritasse para ele sobre o que existe lá no alto do cânion, a menos de um quilômetro daqui? Daí de que serviria isso tudo para o homem, sua pele de cabra e os assassinatos que ele cometeu em nome da fé?*

Vá embora. Vá embora, velhote doido, e pare com essa gritaria.

Por fim, o pregador pareceu sentir que havia dado pagamento suficiente pelas oferendas. Juntou-se de novo ao grupo e todos subiram pela estrada sinuosa até a passagem. O vento ficara mais forte, emitindo um assovio cruel pelas rochas, e eles se curvaram um pouco sob as rajadas e com a inclinação da subida, os longos cabelos soprados diante deles e suas roupas esfarrapadas açoitando em volta das pernas. Len estremeceu involuntariamente.

— Eu também tinha pena deles até me dar conta de que matariam a todos nós se pudessem — disse Joan. Ela olhou para baixo, para si mesma, seu casaco de couro de novilho com o branco e o marrom do lado de fora, sua saia de lã e suas pernas cobertas pelas botas. — Vaidade. Luxos. — E riu, muito breve e dura. — Aquele velho tonto e sujo. Ele não conhece o significado dessas palavras. — Ela levantou o olhar para Len. Brilhava com algum pensamento secreto. — Eu podia te mostrar, Len. O que essas palavras significam.

Os olhos dela o perturbaram. Sempre perturbavam. Eram tão sagazes e afiados, e parecia que ela estava sempre pensando tão rápido por trás deles, com pensamentos que ele não conseguia acompanhar. Len sabia que Joan o desafiava de alguma forma naquele momento, então disse:

— Tudo bem, então. Mostre.

— Você terá que vir para a minha casa.

— Eu já vou para lá para jantar mesmo. Lembra?

— Estou falando agora.

Ele deu de ombros.

— Tá bom.

Os dois voltaram pelas vielas de Fall Creek. Quando chegaram à casa, ele a seguiu para dentro. Estava tudo quieto, tirando umas moscas zumbindo em uma vidraça ensolarada, e o interior parecia quente comparado ao vento. Joan tirou o casaco.

— Acho que meus pais ainda estão fora. Devem demorar para voltar. Você se incomoda? — perguntou ela.

— Não. Eu não me incomodo.

Ele tirou o casaco e se sentou.

Joan foi até a janela, agitando a mão vagamente para espantar as moscas. Ela havia andado com rapidez o caminho todo, mas não parecia mais estar com pressa.

— Você ainda gosta de trabalhar no Buraco?

— Claro — disse Len, cauteloso. — É bom.

Silêncio.

— Eles já descobriram a resposta?

— Não, mas assim que o Erdmann... Ei, por que fazer uma pergunta dessas? Você sabe que não descobriram.

— Alguém já te disse quando vão descobrir?

— Você também sabe a resposta para isso, melhor do que eu.

Silêncio de novo, e uma das moscas caiu morta no chão.

— Quase cem anos — sussurrou ela, olhando para fora. — Parece um tempo horrivelmente longo. Eu só não sei se conseguimos aguentar mais cem. — Ela se virou. — Não sei se eu consigo aguentar nem mais um.

Len se levantou, sem olhar diretamente para ela.

— Talvez seja melhor eu ir.

— Por quê?

— Bem, os seus pais não estão e...

— Eles vão voltar a tempo para o jantar.

— Mas ainda falta muito para o jantar.

— Bem, não quer ver o que veio aqui para ver? — Ela mostrou as beiradas dos dentes, brancos e risonhos. — Fica aí.

Joan entrou correndo no cômodo ao lado e fechou a porta. Len tornou a se sentar. Ficou revirando as mãos uma na outra, as têmporas esquentando. Ele conhecia aquela sensação. Já a tivera antes, no caramanchão de rosas, no jardim escuro do juiz, com Amity. Ouviu Joan remexendo as coisas no quarto. Um barulho como a tampa de um baú batendo contra a parede. Passou-se um longo tempo. Len se perguntou o que diabos a garota estava fazendo e prestou atenção, nervoso, tentando ouvir passos no alpendre, sabendo o tempo todo que os pais dela não voltariam tão cedo, porque, se fossem chegar logo, ela não estaria fazendo aquilo, independentemente do que aquilo fosse.

A porta se abriu e Joan saiu.

Usava um vestido vermelho. Estava um pouco desbotado e tinha manchas e vincos por ter passado tanto tempo dobrado e guardado, mas essas coisas não tinham importância. Era vermelho. Feito de alguma coisa macia, brilhosa e escorregadia que farfalhava quando Joan se movia e o tecido descia até o chão, escondendo os pés dela, mas era praticamente só isso o que ele escondia. Era justo em volta da cintura e dos quadris, contornando suas coxas quando ela caminhava adiante, e acima da cintura não havia muito dele. Joan estendeu os braços para os lados e se virou lentamente. Suas costas e seus ombros estavam desnudos, brancos e cintilando sob a luz do sol que se derramava pela janela, e o tecido vermelho contornava seus seios nitidamente, exibindo-os em duas curvas de luas crescentes, enquanto os cabelos pretos de Joan caíam, escuros e brilhantes, sobre sua pele branca.

— Pertenceu à minha bisavó. Gostou?

— Jesus Cristo — falou Len. Ele encarou fixamente, e seu rosto estava quase tão vermelho quanto o vestido. — É a coisa mais indecente que já vi.

— Eu sei. Mas não é lindo? — Ela deslizou as mãos lentamente pela frente da peça e pela saia, saboreando o ruído, a maciez. — Isto é vaidade de verdade, luxo de verdade. Escuta só como ele sussurra. O que você acha que aquele velho tonto e sujo diria se visse isto?

Joan estava bem perto dele. Len via a fina textura branca de seus ombros e o modo como seus seios subiam e desciam à medida que ela respirava, com o tecido vermelho-vivo pressionando-os bem. A garota sorria. Ele percebeu subitamente que era bonita, não tão linda quanto Amity havia sido, mas bonita, de olhos escuros, ainda que não fosse muito alta. Len a fitou nos olhos e de repente se deu conta de que ela estava ali, não apenas uma garota, não apenas uma Joan Wepplo, mas *ela mesma,* e algo aconteceu por dentro dele, como quando as luzes elétricas surgiram no túnel escuro que levava a Bartorstown. E esse sentimento Len nunca tivera por Amity.

Ele estendeu a mão e a pegou, e Joan ergueu a boca para Len e riu, uma risadinha grave e rouca, empolgada e contente. Uma onda de calor varreu Len. O tecido vermelho era sedoso, macio e farfalhante sob seus dedos, esticado diretamente por cima da quentura do corpo dela. Ele desceu a cabeça até tocar a boca de Joan com a sua e a beijou e a beijou de novo, enquanto as mãos, totalmente por conta própria, subiram até os ombros nus dela e se enterraram na pele branca. E isso também não era nada parecido com o que tinha acontecido com Amity.

Joan se afastou dele. Não estava rindo agora, e seus olhos estavam tão duros e brilhantes quanto duas estrelas pretas ardendo na direção dele.

— Um dia — prenunciou ela, feroz —, você vai querer um jeito de sair deste lugar, e aí você vem me procurar, Len Colter. Aí você vem me procurar, não antes disso.

Joan correu para o outro cômodo de novo, bateu a porta com força e passou a tranca, e era inútil tentar entrar atrás dela. E quando ela voltou a sair, muito tempo depois, usando as roupas de sempre, seus pais estavam subindo pelo caminho da entrada. Foi como se nada tivesse sido acontecido ali.

Mas foi Joan, em outro lugar, em outro momento, quem lhe contou sobre a Solução Zero.

26

Veio o inverno. Fall Creek se tornou um bolsão isolado de luz e vida em um amplo vazio de frio, rochas, vento e nevascas. A passagem foi bloqueada. Nada entraria ou sairia do cânion antes da primavera. A neve se empilhava alta em torno das casas e se deslocava para as vielas, enquanto as montanhas estavam todas brancas, magníficas nos dias cristalinos com o sol sobre elas e fantasmagóricas ao crepúsculo como se saídas de um sonho, mas grandes e imóveis demais para terem qualquer amistosidade em relação aos humanos. E o ar que elas expiravam por suas encostas geladas era duro como o calafrio da morte.

Em Bartorstown, não havia inverno nem verão, noite ou dia. As luzes ardiam e o ar chiava pelas salas rochosas, nunca se alterando, nunca mudando. A Energia presa atrás da parede de concreto cedia sua força em silêncio, incansável, o coração imortal batendo e pulsando na rocha. Acima, em sua câmara, dormia o cérebro — Clementine, o tolo nome para a esperança do mundo — enquanto homens tranquilizavam e curavam os cabos puídos e os transístores desgastados de seu ser. E acima dela, na sala dos monitores, os olhos vigiavam e os ouvidos escutavam, a postos contra o mundo. Len trabalhava na própria função, suava e pelejava com os livros que fora aconselhado a ler, pensava no quanto estava aprendendo e no quão poucas pessoas no mundo lá fora, ignorante, temeroso, dominado pela culpa e arrasado pelo pecado, teriam sido capazes de fazer o que ele e Esaú fizeram, e no que eles fariam para tornar o amanhã diferente do ontem terrível. Len se perguntou por que os sonhos malévolos ainda o pegavam desprevenido nas selvas do sono e invejava as noites despreocupadas de Esaú, mas não comentava nada. Ele quase não pensava mais na Bartorstown que passara metade de sua vida para encontrar, aceitando a realidade, e com isso um pouco mais de sua juventude sumiu. Len pensava em Joan, tentava ficar longe dela, e não conseguia. Tinha medo dela, mas tinha mais medo ainda de admitir que tinha medo dela, porque aí, de alguma maneira obscura, ela o teria vencido, teria provado que ele queria deixar Fall Creek e fugir de Bartorstown. Joan era um desafio que Len não ousava ignorar. Era também uma garota, e ele estava doido por ela.

Outras pessoas também tinham trabalho a fazer. Hostetter passava longas horas com Sherman, fazendo o que parecia ser o que ele voltara para casa para fazer: dar conselhos, com base em seus anos de experiência, sobre como tornar o sistema comercial com o exterior mais tranquilo e melhor. A aparência de Hostetter estava diferente naqueles dias, com a barba aparada curta e o cabelo cortado, tendo deixado de lado os trajes neomenonitas. Len havia feito o mesmo havia muito tempo, então não sabia dizer por que parecia errado, mas parecia. Talvez fosse somente porque ele crescera com uma imagem de Hostetter firmemente afixada em sua cabeça e achava difícil alterá-la. Eles não se viam mais com muita frequência. Ainda compartilhavam o mesmo quarto, mas cada um tinha o próprio trabalho, Hostetter tinha os próprios amigos, e o tempo livre de Len era basicamente tomado por Joan. Depois de algum tempo, ele teve a sensação de que os Wepplo imaginavam que os dois provavelmente se casariam qualquer dia desses. Aquilo o fazia se sentir culpado toda vez que ele ia até lá, lembrando do que Joan lhe dissera, mas não culpado o bastante para se manter longe.

É só conversa de menina, dizia para si mesmo. *Igual a como a Amity me provocava quando, na verdade, era o Esaú quem ela queria. Elas não sabem o que querem. Joan tem uma ideia sobre o mundo lá fora, assim como eu tinha uma daqui, mas ela não vai gostar de lá.*

E Len dizia para a garota, várias e várias vezes, que ela não iria gostar, descrevendo isso e aquilo sobre o grande país quieto e adormecido, o povo que vivia por lá e a vida que levavam. Repetia várias vezes, tentando fazê-la entender, até ficar com tanta saudade de casa que tinha que parar, e ela lhe dava as costas para esconder a satisfação nos olhos.

Além disso, havia uma conversa maluca sobre uma saída do cânion. Não existia uma saída. Os despenhadeiros eram íngremes demais para escalar, o desfiladeiro estreito do leito do riacho era muito irregular e traiçoeiro, cheio de quedas e deslizamentos de rocha, e além deles havia apenas mais do mesmo. O local fora escolhido com cuidado e não mudara em um século. Os olhos de Bartorstown vigiavam, os ouvidos escutavam, e a morte oculta estava sempre a postos naquela passagem inferior sinuosa. Também havia uma questão pessoal. Len sabia sem que precisassem lhe dizer, sem ter visto nenhum sinal explícito, que cada movimento seu era anotado cuidadosamente por alguém e relatado para Sherman. Encontrar Bartorstown parecia fácil se comparado a escapar de lá. No entanto, Joan soava tão certa, como se tivesse uma saída toda planejada. Aquilo ficava martelando e ele se perguntava o que poderia ser, só por curiosidade. Mas não perguntava a ela, e ela não lhe contava nem voltava a sugerir o assunto de novo.

Para todo mundo, esta era uma época chata e entranhada, um momento para observar seus vizinhos com muita atenção e se preocupar demais com o que eles faziam e falar demais sobre eles. Antes do Natal começaram os cochichos sobre Gutierrez. Coitado do Julio, ele não aceitou nada bem a última decepção. Bem, era o trabalho da vida dele... Sabe como é. Ah, claro, mas todo mundo se decepciona, só não é normal começar a beber daquele jeito, será que ele não podia se recompor e tentar outra vez? Suponho que às vezes a gente se canse, desanime. Afinal, é uma vida... Você ficou sabendo que o encontraram desmaiado em um monte de neve junto da cerca nos fundos da propriedade do Sawyer? É um espanto que não tenha morrido congelado. A pobre esposa dele... Eu sinto pena é dela, não dele. Um homem daquela idade devia saber que a vida não é um mar de rosas para ninguém. Ouvi dizer que ele está atormentando o pobre do Frank Erdmann, que já está quase maluco. Ouvi dizer que...

Ouvi dizer. Todo mundo ouvia, e quase todos falavam. Eles falavam sobre outras pessoas e outras coisas, é óbvio, mas Gutierrez era a sensação do inverno e, mais cedo ou mais tarde, toda conversa chegava nele. Len o viu poucas vezes. Algumas dessas ele estava evidentemente bêbado, um homem envelhecido cambaleando com dignidade rígida por uma viela coberta de neve, o rosto obscurecido por uma escuridão interna acima da barba branca e asseada. Em outras ocasiões, ele parecia mais estar sonhando do que bêbado, como se a mente tivesse vagado por algum atalho penumbroso em busca de uma esperança perdida. Len teve uma única conversa com ele, e mesmo então foi Len quem falou. Gutierrez assentiu e seguiu seu caminho, os olhos perfeitamente isentos de reconhecimento. À noite, quase sempre havia um lampião aceso em certo quarto da casa de Gutierrez, e o homem se sentava ao lado dele em uma mesa coberta de papéis e trabalhava nesses papéis enquanto bebia de uma jarra, trabalhava e bebia, até pegar no sono e sua esposa vir ajudá-lo a ir para a cama. As pessoas que por acaso passavam por ali à noite viam a cena da janela, e Len sabia que era verdade porque ele também viu; Gutierrez trabalhando em um imenso emaranhado de papéis, muito paciente, muito atento, com a grande jarra ao lado do cotovelo.

O Natal veio, e houve um grande refeição na casa dos Wepplo depois da igreja. O tempo estava bom e limpo. À uma da tarde, a temperatura passou dos dezoito graus negativos e todos comentaram como estava quente. Havia festas por toda Fall Creek, com gente caminhando com dificuldade para lá e para cá na neve seca e crocante entre as casas, e à noite, todos os lampiões foram acesos, brilhando amarelos e alegres através das janelas. Joan ficou muito impetuosa com toda a empolgação; quando estavam a caminho da casa de outra pessoa, ela o levou para a escuridão atrás de um grupo de árvores e eles se esqueceram do frio por alguns minutos, de pé com os braços em torno um do outro e suas respirações se misturando, o vapor formando um halo gelado em torno de suas cabeças.

— Me ama?

Ele a beijou tão intensamente que doeu, a mão fechada no cabelo dela, na nuca, por baixo da touca de lã.

— O que você acha?

— Len. Ah, Len, se você me ama, se você me ama mesmo... — De repente, ela estava apertada contra o corpo dele, falando depressa e selvagemente. — Me tira daqui. Vou perder a cabeça se permanecer enfurnada aqui. Já teria ido embora sozinha muito tempo atrás se eu não fosse uma garota, mas preciso que você me leve. Len, eu o veneraria pelo resto da minha vida.

Ele se afastou devagar e com cuidado, como alguém se afastaria da borda de um poço de areia movediça.

— Não.

— Por quê, Len? Por que você deveria passar toda sua vida nesse buraco, por causa de algo que nunca tinha ouvido falar? Bartorstown não é nada para você além de um sonho que você teve quando era pequeno.

— Não — repetiu ele. — Eu já te disse. Me deixa em paz.

Len começou a ir embora, mas ela lutou para atravessar a neve e se postou na frente dele.

— Eles encheram a sua cabeça com aquele negócio sobre o futuro do mundo, não foi? Eu ouço essa história desde que nasci. O fardo, a dívida sagrada. — Len via o rosto dela no cintilar gelado da neve pálida, todo contorcido pela raiva que ela guardara e escondera por muito tempo e finalmente libertava. — Eu não fiz a bomba e eu não a joguei e não estarei aqui daqui a uma centena de anos para ver se eles farão isso de novo ou não. Então, por que tenho alguma dívida? E por que você teria, Len Colter? Me responde isso.

Palavras lhe vieram à ponta da língua, trôpegas, mas ela o observava com tanta ferocidade que ele não as pronunciou.

— Você não tem. Só está com medo. Com medo de encarar a realidade e admitir que você desperdiçou todos esses anos por nada — disse Joan.

A realidade, pensou ele. *Eu venho encarando a realidade todo dia, uma realidade que você nunca viu. A realidade por trás de uma parede de concreto.*

— Me deixa em paz. Eu não vou embora. Não posso. Então, fim de papo.

Joan deu risada.

— Eles te contaram muita coisa lá em Bartorstown, mas aposto que tem algo que nunca mencionaram. Aposto que nunca te contaram sobre a Solução Zero. — Havia um tom tão triunfal na voz dela que Len sabia que não deveria mais lhe dar ouvidos. Entretanto, Joan zombou dele. — Você queria aprender, não era? E eles não te disseram lá para sempre procurar por toda a verdade e nunca ficar satisfeito com apenas uma parte dela? Você quer toda a verdade, não quer? Ou também está com medo dela?

— Tá bom. O que é a Solução Zero?

Ela contou com um prazer célere e rancoroso:

— Você sabe como eles trabalham, construindo teorias e as transformando em equações e dando as equações para Clementine resolver. Se elas funcionarem, é outro passo adiante. Caso contrário, como da última vez, é um beco sem saída, uma resposta negativa. Mas o tempo todo eles ficam amontoando essas questões em Clementine, somando esses passos adiante na direção do que eles chamam de solução mestra. Bem, digamos que uma equação obtenha uma resposta negativa. Digamos que as equações finais simplesmente não funcionem, e que tudo o que eles consigam obter é a prova matemática de que o que estão buscando não existe. Esta é a Solução Zero.

— Meu Deus do céu, isso é possível? Eu achava...

Ele a encarou na noite nevada, sentindo-se enjoado e miserável, sentindo-se um idiota completo, traído.

— Você achava que era algo certo, e a única questão era quando ocorreria. Bem, pergunte pro velho Sherman se não acredita em mim. Todo mundo sabe sobre a Solução Zero, mas você não ouve ninguém falando sobre ela, não mais do que falam sobre como vão morrer um dia. Pergunte. E daí, calcule o quanto da sua vida *isso* vale!

Ela o deixou. Sempre sabia quando o deixar. Ele não foi para a festa. Foi para casa e se sentou sozinho, matutando, até Hostetter chegar, e àquela altura Len estava com um humor tão ruim e maldoso e não deu ao outro a chance de fechar a porta antes de questionar:

— Que negócio é esse de Solução Zero?

O rosto de Hostetter se iluminou, surpreso.

— Provavelmente é bem o que você ouviu falar — respondeu ele, tirando o casaco e o chapéu.

— Todo mundo manteve a boca bem fechada a respeito dela.

— E eu aconselho você a fazer o mesmo. É uma superstição que nós temos aqui.

Ele se sentou e começou a desamarrar as botas. A neve derretia delas, formando pocinhas no piso de tábua lisa.

— Não me espanta — falou Len.

Hostetter seguiu desamarrando as botas metodicamente.

— Achei que eles soubessem. Achei que tivessem certeza — insistiu Len

— Não é assim que pesquisas funcionam.

— Mas como podem dedicar todo esse tempo, e talvez o dobro dele, sabendo que pode ser tudo à toa?

— Como é que vão saber se não tentarem? Não existe outro jeito.

Hostetter jogou as botas no canto, junto ao fogão de ferro. Ele tinha o hábito de colocá-las ali, muito organizadamente, e não próximas demais do calor.

— Mas desse jeito é uma loucura — continuou Len.

— É? Quando o seu pai colocou sementes no chão, ele tinha garantias de que elas cresceriam e renderiam colheita? Ele sabia que cada bezerro, cada leitão e cada cordeiro se manteria saudável e compensaria toda a alimentação e todo o cuidado?

Ele começou a tirar a camisa e a calça. Len ficou ali sentado, carrancudo.

— Tá bom, isso é verdade. Mas se a colheita fracassasse ou o gado morresse, sempre havia a próxima estação. E isso aqui? E se tudo der em... nada?

— Daí eles tentam outra vez. Se não for possível um campo de força como se imagina, então eles vão pensar em outras saídas. E talvez alguma parte do trabalho já feito dê uma pista, de modo que nem tudo se perca. — Com agressividade, ele colocou as roupas sobre a cadeira com assento de pele e subiu em seu catre. — Caramba, como você acha que a raça humana descobre alguma coisa, senão por meio de tentativa e erro?

— Mas isso tudo leva tanto, tanto tempo — reclamou Len.

— Tudo leva muito tempo. Nascer leva nove meses e morrer leva o resto da sua vida, e do que você está reclamando, afinal? Você acabou de chegar aqui. Espere até estar velho como o resto de nós. Daí pode ter alguma razão.

Hostetter virou as costas e cobriu a cabeça com o cobertor. Depois de um tempo, Len soprou o lampião.

No dia seguinte, corria por toda Fall Creek a história de que Julio Gutierrez tinha se embebedado na casa de Sherman e batido em Frank Erdmann, e que Ed Hostetter interferiu e praticamente carregou Gutierrez para casa. Uma briga entre o físico sênior e o chefe de engenharia eletrônica era escândalo suficiente para cair na boca do povo, mas Len sentia que havia uma nota mais triste, mais sombria na fofoca, um traço de desalento. Ou talvez fosse apenas porque ele tinha sonhado a noite toda com ferrugem no trigo e cordeirinhos morrendo.

27

Esaú bateu à porta do quarto antes do dia clarear. Era a terceira manhã de janeiro, uma segunda-feira, e a neve caía em uma precipitação sólida e desesperada, como se Deus tivesse subitamente exigido que ela enterrasse o mundo antes do almoço.

— Você não tá pronto? Anda logo, a neve já vai nos atrasar do jeito que está — disse Esaú para o primo.

Hostetter enfiou a cabeça para fora do catre.

— Por que essa pressa?

— Clementine. A máquina enorme. Vão testar ela agora de manhã, e o Erdmann disse que podíamos assistir antes do trabalho. Anda logo, vai!

— Deixa eu colocar minhas botas. Ela não vai sair correndo — resmungou Len.

— Você imagina que possa trabalhar com Clementine algum dia? — perguntou Hostetter para Esaú.

— Não — disse Esaú, sacudindo a cabeça. — É muita matemática, muita coisa. Mas com certeza quero ver aquele cérebro imenso pensando. Você tá pronto agora? Certeza? Tá bom, vamos lá!

O mundo estava branco e cego. A neve caía na perpendicular, mal se sentia um sopro perdido de ar para fazê-la rodopiar. Os primos abriram caminho pelo vilarejo às apalpadelas, conseguindo por pouco seguir as vielas com pegadas profundas, conscientes das casas mesmo quando não eram capazes de enxergá-las de fato. Lá fora, na estrada, era diferente. Era como estar de volta aos campos em casa quando nevava assim, sem nenhum ponto de referência, nenhuma direção, e a mesma sensação de tontura dos velhos tempos acometeu Len. Tudo havia desaparecido exceto acima e abaixo, e até aquilo podia sumir. Não havia sobrado nem um som no mundo.

— Você está saindo da estrada — avisou Esaú.

Len batalhou para voltar da vala coberta de neve. Aí foi a vez de Esaú. Eles caminharam próximos um do outro, fazendo os comentários de sempre sobre o destino e o tempo malditos. Len perguntou de repente:

— Você está feliz aqui, né?

— Claro. Eu não voltaria para Piper's Run nem que você me desse o lugar de presente. — Ele falava a sério. — Você não tá?

— Claro. Com certeza.

Eles seguiram na peleja, as plumas dos flocos gelados batendo em seus rostos, tentando preencher seus narizes e bocas e sufocá-los silenciosamente, brancamente, porque eles perturbaram a alvura lisa da estrada.

— O que você acha? Será que um dia eles vão encontrar a resposta? Ou a resposta vai ser zero? — perguntou Len.

— Diabos, eu não tô nem aí. Tenho mais o que fazer — disse Esaú.

— Você não tá nem aí pra nada? — rosnou Len.

— Claro que tô. Eu me importo em fazer o que eu quero e não ter um monte de velhos idiotas me dizendo que não posso. É com isso que me importo. É por isso que gosto daqui.

— É, claro.

E era verdade. Eles podiam fazer o que quisessem, dizer o que quisessem e pensar no que quisessem, exceto por uma coisa. Não podiam dizer que não acreditavam na mesma coisa que os outros acreditavam e, nesse sentido, ali não era muito diferente de Piper's Run.

Os dois subiram a encosta aos trancos e barrancos, entre os rochedos artificialmente tombados. Por volta da metade do caminho para o portão, Esaú tomou um susto e praguejou, e Len também recuou ao sentir uma silhueta vaga e escura se movendo furtivamente entre as rochas em meio a toda aquela brancura.

A silhueta falou com eles: era Gutierrez. A neve tinha se empilhado, espessa, por cima dos ombros e do chapéu dele, como se ele tivesse ficado parado ali por um bom tempo, esperando. Porém, estava sóbrio; seu rosto, perfeitamente composto e agradável.

— Desculpem se assustei vocês. Acho que perdi minha chave do portão. Tudo bem se eu entrar com vocês? — perguntou ele.

A pergunta era puramente retórica. Os três continuaram subindo a encosta juntos. Len olhava para Gutierrez sem parar, inquieto, pensando nas longas horas noturnas gastas com os papéis e a jarra. Ele sentia pena do outro. Também tinha medo dele. Queria desesperadamente perguntar sobre a Solução Zero e por que eles não podiam ter certeza de que algo existia antes de passarem algumas centenas de anos caçando essa coisa. Queria tanto que tinha certeza de que Esaú acabaria soltando a pergunta, e daí Gutierrez nocautearia os dois. Mas ninguém disse nada. Esaú também devia ter se intimidado a agir com sabedoria.

Havia um monte de neve do outro lado do portão de segurança e, em seguida, apenas a escuridão e o frio úmido e congelante de um lugar eternamente apartado do sol. Gutierrez foi na frente. Ele tropeçara naquela primeira vez, mas não naquele momento; caminhava com firmeza, com a cabeça erguida e as costas muito eretas. Len ouvia o homem respirando, uma respiração pesada como a de alguém que estivera correndo, mas Gutierrez não tinha corrido. Onde a passagem fazia uma curva e a luz se acendia, muito mais adiante, depois da porta interna, ele os deixara bem para trás, e Len tinha uma sensação gélida e curiosa de que o sujeito os esquecera por completo.

O trio ficou lado a lado de novo sob os escâneres. Gutierrez olhou diretamente adiante para a porta de aço até ela se abrir, em seguida desceu o corredor a passos largos. Jones saiu da sala dos monitores e ficou esguardando depois que o outro homem passou, perguntando-se em voz alta:

— O que ele tá fazendo aqui?

Esaú balançou a cabeça.

— Ele entrou com a gente. Disse que tinha perdido a chave. Acho que ele tem algum trabalho para fazer.

— Erdmann não vai ficar nada satisfeito — comentou Jones. — Ah, que seja. Ninguém me disse para impedir que ele entrasse, então minha consciência está limpa. — Ele sorriu. — Me contem o que acontecer, hein?

— Ele estava bêbado na outra noite. Acho que não vai acontecer nada — respondeu Len.

— Espero que não. Quero ver aquele cérebro em funcionamento — disse Esaú.

Eles deixaram seus casacos em um vestiário e se apressaram para o nível seguinte, passando em frente à foto de Hiroshima, depois às vítimas com seus olhos trágicos e impassíveis. As vozes chegaram até eles vindas de além da porta.

— Não, me desculpe, Frank. Por favor, deixe eu falar.

— Deixa pra lá, Julio. Todos nós fazemos essas coisas. Deixa pra lá.

— Obrigado — disse Gutierrez, com uma dignidade imensa e grande contrição.

Len hesitou do lado de fora, olhando para Esaú, cujo rosto denunciava uma indecisão violenta.

— Como vai ela? — perguntou Gutierrez.

— Bem. Redondinha — disse Erdmann.

As vozes deles se silenciaram. O coração de Len subiu à garganta e ficou preso ali, e um cordão gelado deu um nó em sua barriga. Porque havia outra voz audível na sala, uma voz que ele jamais ouvira. Um sussurro cheio de cliques, seco: a voz de Clementine.

Esaú também ouviu.

— Não quero nem saber. Vou entrar — cochichou ele.

E entrou, com Len logo atrás, caminhando sem fazer ruído. Ele olhou para Clementine, que não estava mais adormecida. Os vários olhos no painel estavam acesos e piscando, e por toda aquela portentosa grade de cabos passaram uma agitação e um tremor, um sutil pulsar de vida.

A mesma pulsação que bate lá embaixo, pensou Len. *O coração e o cérebro.*

— Ah — fez Erdmann, quase com alívio. — Olá.

A impressora de alta velocidade irrompeu com um matraquear repentino. Len tomou um susto violento. Os olhos no painel tremeluziram como se rissem, depois tudo ficou quieto e escuro de novo, exceto por uma luz estável que ardia como sinal de que Clementine estava acordada.

Esaú arquejou. No entanto, não falou nada, porque Gutierrez falou antes.

Ele havia tirado alguns papéis do bolso. Não parecia estar ciente de que havia mais alguém ali além de Erdmann. Ele segurou os papéis e disse:

— Minha esposa achou que eu não devia vir aqui incomodá-lo hoje. Ela escondeu a minha chave do portão de segurança. Mas é claro que era importante demais para esperar. — Gutierrez olhou para os papéis. — Revisei toda essa sequência de equações mais uma vez. Encontrei onde estava o erro.

Algo se retesou em estado de alerta no rosto de Erdmann.

— É?

— Está perfeitamente claro, veja você mesmo. Aqui.

Ele enfiou os papéis na mão de Erdmann, que começou a passar os olhos por eles. E um desconforto agudo, uma tristeza, uma consternação surgiram em seu rosto.

— Veja — insistiu Gutierrez. — Claro como o dia. Ela cometeu um erro, Frank. Eu te disse. Você disse que não era possível, mas ela errou.

— Julio, eu...

Erdmann balançou a cabeça de um lado para o outro e olhou de relance para Len, desesperado, mas não encontrou nenhuma ajuda ali e começou a folhear os papéis em suas mãos de novo.

— Você não vê, Frank?

— Bem, Julio, você sabe que não sou um matemático bom o bastante...

— Como é que você virou engenheiro eletrônico, inferno? — interrompeu Gutierrez, impaciente. — Você sabe o bastante para isso. Está tudo escrito aqui, muito claro. Qualquer um pode ver. Aqui. — Ele se atrapalhou com os papéis nas mãos de Erdmann. — Aqui e aqui, viu?

— O que você quer que eu faça? — suplicou Erdmann.

— Que repasse a equação. Que a corrija. Daí teremos a resposta, Frank. A resposta.

Erdmann umedeceu os lábios.

— Mas se ela cometeu um erro uma vez, ela pode cometer outro, Julio. Por que você não chama o Wentz ou o Jacobs...

— Não. Eles levariam o inverno todo, um ano. Ela pode calcular agora mesmo. Você a testou. Você mesmo disse. Disse que ela estava redondinha. É por isso que eu queria que fosse hoje, enquanto ela ainda está fresquinha e sem uso. Ela não tem como cometer o mesmo erro de novo. Repasse a equação.

— Eu... bem... Certo, vamos lá — aquiesceu Erdmann.

O engenheiro foi até o mecanismo de entrada e começou a transferir a informação para a fita. Gutierrez esperou. Ele ainda estava com as roupas pesadas, mas não parecia sentir calor ou desconforto. Observava Erdmann e de tempos em tempos espiava o computador, sorria e assentia, como alguém que flagrou outra pessoa errando e, com isso, se sente justificado. Len se recolhera, tentando se fundir à parede da sala. Não estava gostando da expressão de Erdmann. Começava a se perguntar se devia ir embora, então as luzes no painel começaram a brilhar e tremeluzir para ele, aquela voz baixa zumbiu e murmurou, e ele ficou tão fascinado quanto Esaú e não conseguiu sair.

Tomou um sustou quando Erdmann falou com eles.

— Estarei livre daqui a pouquinho. Daí respondo às perguntas de vocês.

— Prefere que voltemos mais tarde? — indagou Len.

— Não — respondeu Erdmann, olhando de esguelha para Gutierrez. — Não, fiquem por aqui.

Clementine ponderava, resmungando baixinho. Tirando isso, tudo estava muito quieto. Gutierrez estava calmo, parado com as mãos juntas na frente do corpo, esperando. Erdmann se remexia. Havia suor em seu rosto, e ele ficava enxugando e passando a mão por cima da boca enquanto olhava para Gutierrez com uma expressão de agonia total.

— Acho que deixamos passar alguns circuitos na reforma, Julio. Ela não foi revisada por completo. Ela ainda pode estar...

— Você parece a minha esposa. Não se preocupe, vai sair — disse Gutierrez.

A impressora de resultados tagarelou. Erdmann se adiantou em um pulo. Gutierrez o afastou com um empurrão. Pegou o papel que saía da impressora e leu. Sua expressão se fechou, em seguida a cor deixou seu rosto, que ficou cinzento e doentio, e suas mãos começaram a tremer.

— O que você fez? O que você fez com as minhas equações? — perguntou para Erdmann.

— Nada, Julio.

— Olha o que ela diz. Sem solução, confira seus dados se há algum erro. Sem solução. Sem solução...

— Julio. Julio, por favor, me escuta. Você tem trabalhado nisso por muito tempo, está cansado. Inseri as equações exatamente como elas estavam, mas elas...

— Elas o quê? Vai, diga, Frank. Vai em frente.

— Julio, por favor — rogou Erdmann, com uma impotência terrível, e estendeu a mão para Gutierrez como se faz com uma criança, pedindo que ele se aproximasse.

Gutierrez o golpeou. Golpeou de forma tão súbita e forte que não houve jeito nem tempo para se desviar do ataque. Erdmann recuou três ou quatro passos e caiu. O outro falou, baixinho:

— Vocês estão contra mim, vocês dois. Combinaram entre si para ela nunca me dar a resposta certa, não importa o que eu faça. Pensei em você o inverno todo, Frank, aqui, conversando com ela, rindo, porque ela sabe a resposta e não diz. Mas eu vou fazer ela falar, Frank.

Ele estava com pedras nos bolsos. Por isso ficara com o casaco, mesmo na calidez de Bartorstown. Estava com um monte de pedras, as quais apanhou e jogou, uma por uma, em Clementine, gritando com uma alegria selvagem:

— Eu vou fazer você falar, sua vagabunda, sua vagabunda mentirosa, sua vagabunda traiçoeira, vou fazer você falar!

O vidro no painel rachou e tilintou. Os fios do circuito vibraram estrondosamente. Um dos grandes tanques de vidro que continha parte da memória de Clementine se arrebentou. Frank Erdmann se levantou do chão, trôpego e instável, gritando para Gutierrez parar, gritando e pedindo por socorro. E as pedras de Gutierrez acabaram e ele começou a bater no painel com os punhos e a chutá-lo com as botas, berrando:

— Vagabunda, vagabunda, vagabunda! Eu vou fazer você falar, você tem minha vida, minha mente, meu trabalho todo armazenado aí dentro de você, vou fazer você falar!

Erdmann lutava contra ele.

— Len! Esaú! Pelo amor de Deus, me ajudem! Ajudem a segurar ele.

Len se adiantou devagar, movendo-se feito um sonâmbulo. Estendeu as mãos e segurou Gutierrez. Gutierrez era bem forte, incrivelmente forte. Era difícil contê-lo, difícil arrastá-lo para longe do painel devastado, onde havia novas luzes tremeluzindo e faiscando, luzes vermelhas dizendo: "Estou ferida, me ajude". Len olhou para elas e nos olhos de Gutierrez. Erdmann ofegava. Havia sangue escapando pelo canto da boca do engenheiro.

— Julio, por favor. Pega leve. Isso, Len, recue mais um pouquinho agora... Está tudo bem, Julio, por favor, fique quieto.

E Julio ficou quieto, de repente. Não houve transição. Em um segundo ele era apenas músculos rijos se tensionando feito barras de aço contra as mãos de Len; no outro tudo havia ido embora e ele era uma coisa frouxa, curvada, frágil e oca. Voltou o rosto para Erdmann e, com uma resignação infinita, declarou:

— Alguém está contra mim, Frank. Alguém está contra todos nós.

Lágrimas escorriam por suas bochechas. Ele pendia entre Len e Erdmann como um moribundo, chorando, e Len olhou para Clementine, piscando os olhos injetados como um pedido de ajuda.

"Descubra seu limite", dissera o juiz Taylor. "Descubra antes que seja tarde demais."

Eu descobri meu limite, pensou Len. *E já é tarde demais.*

Homens apareceram e o livraram de seu fardo. Ele desceu com Esaú para as entranhas da rocha e trabalhou o dia todo com um rosto tão inexpressivo quanto a parede de concreto e tão enganoso quanto ela, porque por trás dele havia violência e terror, além de assombro no coração.

À tarde, o murmúrio percorreu a fileira de máquinas enormes. Eles o levaram de volta para casa, você ouviu?, e o médico disse que ele já era. Dizem que precisa ficar lá trancafiado, com alguém vigiando.

Assim como nós todos estamos trancados aqui neste cânion, pensou Len, *servindo a este Moloque com cabeça de bronze e entranhas de fogo. Este Moloque que acaba de destruir um homem.*

Mas ele finalmente conhecia a verdade. Afirmou para si mesmo.

Não haverá uma resposta.

E, Senhor, libertai-me do cativeiro de meus inimigos, pois eu me arrependo. Segui falsos deuses e eles me traíram. Comi do fruto proibido e minha alma está doente.

O coração flamejante seguia batendo atrás da parede, o cérebro já estava sendo curado no andar de cima.

Naquela noite, Len pelejou para atravessar a neve recém-caída até a casa dos Wepplo. Falando baixinho para que mais ninguém ouvisse, pediu a Joan:

— Eu quero o que você quer. Me mostre o caminho.

Os olhos dela flamejaram. Ela o beijou nos lábios e murmurou:

— Sim! Mas você consegue guardar segredo, Len? Ainda falta muito para a primavera.

— Consigo.

— Até do Hostetter?

— Até dele.

Até dele. Pois uma luz é posta para guiar os passos da penitência.

28

Fevereiro, março, abril.

Tempo. Uma passividade tensa, uma espera.

Ele trabalhou. Todos os dias fez o que era esperado dele, sob a sombra daquele paredão de concreto. Executava bem seu trabalho. Essa era a parte irônica da coisa. Enfim podia se interessar por toda a cadeia de grandes máquinas que exploravam e transmitiam a Energia e admitir a fascinação, a sensação de importância que a pessoa sentia ao conter aqueles brutamontes poderosos e conduzi-los como se faria com uma parelha de cavalos. Enfim podia fazer isso porque reconhecia o fascínio pelo que era e porque as presas da serpente estavam expostas. Podia pensar no que uma energia como aquela faria por lugares como Refúgio e Piper's Run, em como ela traria de volta as coisas brilhantes e confortáveis da infância de sua vó, mas também entendia por que as pessoas estavam determinadas em sua selvageria a se virar sem isso tudo. Porque, uma vez que se bota os pés no caminho, segue-se adiante até não ter mais volta, e lá vem uma súbita chuva de fogo do céu. Era preciso voltar para onde era seguro e ficar por lá.

De volta a Piper's Run, às florestas e aos campos, ao fim da dúvida, ao fim do medo. De volta ao tempo antes da pregação, antes de Soames, antes de sequer ter ouvido falar de Bartorstown. De volta à paz. Ele costumava rezar à noite para que nada acontecesse com o pai antes de ele chegar, porque parte da salvação estaria em dizer que ele estava certo.

Coisas aconteceram nesse ínterim. O filho de Esaú nasceu e foi batizado David Taylor Colter em algum gesto obscuro de desafio ou afeição a ambos os avôs. Joan fez arranjos cautelosos e calculistas para uma casa só para eles e planejou uma data para o casamento. E essas coisas eram importantes. Mas eram obscurecidas e diminuídas pelo grande impulso: a fuga.

Nada mais importava para ele e Joan, nem mesmo o casamento. Por causa da vontade deles de escapar do cânion, já estavam tão vinculados e próximos quanto era possível.

— Venho planejando isso há anos — sussurrava ela. — Noite após noite, acordada na cama e sentindo as montanhas ao redor me segurando no lugar, sonhando com isso e nunca deixando meus pais perceberem. E agora estou com medo. Estou com medo de não ter planejado direito, ou de alguém ler minha mente e me forçar a abrir mão de tudo.

Ela se agarrava a ele, que dizia:

— Não se preocupe. Eles são apenas homens, não conseguem ler mentes. Não serão capazes de nos manter aqui.

— Não mesmo. É um bom plano. Só faltava você.

A neve começou a ficar mais fofa e a descer trovejando em grandes avalanches pelas encostas altas. Em mais uma semana, a passagem estaria aberta. E Joan disse que estava na hora. Eles tinham se casado três dias antes, com o mesmo pastor que ficava na ponta dos pés e se abaixava sem parar e que casara Esaú e Amity, mas na igreja de Fall Creek, com o sol da primavera iluminando a poeira nas lajes, e Hostetter como testemunha com Len e o pai de Joan para entregar a noiva. A festa aconteceu em seguida. Esaú apertou a mão de Len, Amity deu um beijo em Joan com um olhar rancoroso, e o velho Wepplo pegou a jarra de bebida e a fez rodar.

— Rapaz, você tem a melhor garota do mundo — disse ele. — Trate Joan direitinho ou terei que pegar ela de volta.

Ele riu e bateu nas costas de Len até a coluna doer. Pouco depois, Hostetter o encontrou sozinho no alpendre dos fundos, tomando um ar.

Ele não disse nada por algum tempo, exceto que parecia que a primavera chegaria cedo, até que falou:

— Vou sentir sua falta, Len. Mas estou contente. Era a coisa certa a fazer.

— Eu sei que sim.

— Claro. Mas não quis dizer isso. Quis dizer que você está mesmo se estabelecendo aqui agora, fazendo parte de verdade. Fico contente. O Sherman está contente. Todos nós estamos.

E então Len soube que tinha sido a coisa certa a fazer, exatamente como Joan dissera. Mas não conseguia fitar Hostetter nos olhos.

— O Sherman não tinha muita certeza a seu respeito — continuou o mais velho. — Eu também não, por algum tempo. Fico feliz que tenha feito as pazes com a sua consciência. Mais do que ninguém, eu sei como isso deve ter sido duro de conseguir. — Hostetter estendeu a mão. — Boa sorte.

Len apertou a mão dele e agradeceu. Sorriu. Mas pensou: *Eu estou enganando ele, assim como enganei o pai, e não quero fazer isso, assim como não queria naquela época. Mas aquilo estava errado, e isso estava certo, eu tinha que fazer isso...*

Ele estava feliz por não ter mais que encarar Hostetter.

A casa nova era esquisita. Pequena e velha, nos limites de Fall Creek, varrida e esfregada e cheia de coisas de mulher fornecidas pela mãe de Joan e suas amigas, cheias de votos de boa vontade, cortinas, colchas, toalhas de mesa e tapetes de trapos. Tanto trabalho e boa vontade, tudo para ser usado por poucos dias. Ele recebera duas semanas para sua lua de mel. E eles estavam com tudo pronto. Finalmente podiam se agarrar um ao outro e esperar juntos sem ninguém para vigiá-los, com toda a desconfiança posta de lado e o caminho limpo à frente.

— Reze por ismaelitas. Eles sempre vêm assim que a passagem se abre, mendigando. Reze para que eles venham agora — disse ela.

— Eles virão — afirmou Len.

Havia uma calma nele, uma convicção de que seria liberto, assim como os filhos de Israel foram libertos do Egito.

Os ismaelitas chegaram. Se eram os mesmos que tinham aparecido no outono anterior ou outro bando, ele não tinha certeza, mas eles eram mais esqueléticos e pareciam mais esfaimados, mais esfarrapados e sofridos do que Len julgava ser possível alguém ser e continuar vivo. Mendigaram por pólvora e esferas de chumbo, e Sherman ainda deu de lambuja um barril de carne-seca em nome das crianças. Os viajantes aceitaram. Joan assistiu enquanto eles começavam a longa e vacilante marcha de volta passagem acima antes que escurecesse, a mão segurando com força a de Len, e cochichou:

— Reze por uma noite bem escura.

— Essa oração já foi atendida — respondeu ele, olhando para o céu. — Teremos chuva. Talvez neve, se continuar esfriando.

— Qualquer coisa, desde que escureça.

E a casa cumpriu seu propósito, concedendo as coisas que havia escondido em segurança para eles: os alimentos, as bolsas de água, os embrulhos de cobertores, os dois lençóis grosseiros que tinham sido esfregados com cinzas e rasgados habilmente. Len escreveu algumas palavras dolorosas para Hostetter. "Eu nunca vou falar de Bartorstown para ninguém, eu lhe devo isso. Lamento muito. Me perdoe, mas eu tenho que voltar." Ele deixou o bilhete na mesinha da sala de entrada. Eles sopraram as velas cedo, sabendo que não seriam perturbados.

Porém, a coragem de Joan vacilava, e a garota se sentou na beira da cama, tremendo, pensando no que aconteceria se eles fossem vistos e pegos.

— Ninguém vai ver a gente. Ninguém — assegurou Len.

Ele acreditava nisso. Não tinha medo. Era como se alguma palavra secreta tivesse sido transmitida a ele, avisando que ele estava além de qualquer dano até regressar a Piper's Run.

— É melhor irmos agora, Len.

— Espere. Eles estão fracos e carregando os mais jovens. Podemos alcançá-los com facilidade. Espere até termos certeza.

Noite plena, escura, e chuviscando. Os músculos de Len se retesaram e seu coração martelou. *Agora é a hora*, pensou ele. *Agora eu pego a mão dela e partimos*.

A estrada para a passagem é íngreme e sinuosa. Não há ninguém atrás de nós. A chuva despenca, e agora vem gelada e com força. Agora a chuva gelada se transformou em neve. O Senhor estendeu Seu manto para nos esconder. Depressa. Depressa para a passagem, pela estrada escarpada e a lama congelante.

— Len, eu tenho que descansar.

— Ainda não. Dê sua mão aqui de novo. Agora...

Para dentro das entranhas escuras da passagem, com a neve caindo e os montes do inverno ainda empilhados altos onde o sol não alcança. Agora podemos descansar um minuto, mas só um minuto.

— Len, isso parece que pode ser uma nevasca de primavera. Pode fechar a passagem outra vez antes de amanhecer.

— É bom. Daí eles não podem nos seguir.

— Mas vamos morrer congelados. Não seria melhor voltar?

— Cadê a sua fé? Não vê que isso está sendo feito em nosso benefício? Vamos lá!

Adiante e para o alto, cruzando a curva em ferradura e descendo o lado de lá, indo ligeiro, muito mais depressa do que parelhas de mulas lerdas com as carroças carregadas. Passando pelo local do acampamento e seguindo para a encosta rochosa depois dele. Ouça o som de um cântico trazido pelo vento.

— Lá. Ouviu isso? Cadê aqueles lençóis?

Eu colocarei os trajes da penitência. Os ismaelitas não têm carroções. Eles não têm gado para quebrar as pernas em meio às pedras. Marcham a noite toda, afastando-se dos refúgios da maldade e voltando para o deserto limpo, onde realizam sua penitência perpétua pelos pecados da humanidade. Também tenho uma penitência. Eu a realizarei quando ela me for enviada.

Perto agora, mas não perto demais, na noite e na neve que cai. Eles cantam e gemem enquanto seguem seu caminho, espalhados em uma fila esfarrapada. Se olharem para trás, verão apenas dois ismaelitas, dois de seu próprio bando.

Eles não olham para trás. Seus olhos estão voltados para Deus.

Descendo pelo corte sinuoso na rocha e lá atrás, em Bartorstown, na sala dos monitores, alguém está sentado. Não Jones, este não é o horário dele, mas alguém. Alguém vigiando as luzinhas piscarem no painel. Alguém pensando: lá se vão os ismaelitas malucos de volta para o deserto. Alguém bocejando e acendendo um cachimbo, esperando Jones chegar para ele poder voltar para casa.

Alguém com um botão sob seus dedos, pertinho, pronto para ser apertado.

Ele não aperta.

Nasce o dia. Os ismaelitas desapareceram no vento e na neve que soprou.

Joan. Joan, levante-se. Joan, saímos da passagem.

Estamos livres.

Louvado seja o Senhor, que nos libertou de Bartorstown.

29

Foi uma nevasca de primavera. Eles sobreviveram a ela, agachados em um buraco na rocha como duas coisinhas selvagens se abrigando juntas em busca de calor. A tempestade bloqueou a passagem alta e cobriu os rastros deles, depois disso eles fugiram para o sul seguindo a linha irregular dos sopés de colinas, vigilantes, furtivos, prontos para se esconder ao menor sinal de vida humana que não a deles.

— Eles vão nos caçar.

— Eu deixei uma carta. Jurei...

— Eles vão nos caçar. Você sabe disso.

— Imagino que terão que nos caçar, sim.

Ele se lembrou dos rádios e de como os homens de Bartorstown rastrearam dois meninos fujões, muito tempo atrás.

— Teremos que ser cuidadosos, Len. Muito mesmo.

— Não se preocupe. — O queixo dele se empinou, teimoso, arrepiando-se com uma barba incipiente. — Eles não vão nos levar de volta. Eu te disse, a mão do Senhor está nos cobrindo. Ele vai nos manter a salvo.

Piper's Run e a mão de Deus. Estes eram os fardos dos primeiros dias. Havia uma névoa sobre o mundo, obscurecendo tudo que não fosse a visão de casa e o caminho direto até lá. Ele via os campos muito verdes iluminados pelo sol, as macieiras retorcidas com os velhos troncos pretos afogados em flores, o celeiro e a porta para o quintal à espera em uma paz quente e dourada. Havia um caminho, e os pés dele estavam nesse caminho. Nada o faria parar.

Mas havia obstáculos. Havia montanhas, valetas, rochas, frio, fome, sede, exaustão, dor. E lhe ocorreu que, antes que ele pudesse atingir aquele santuário de paz, havia uma penitência a ser realizada. Devia pagar pelo mal que fizera ao deixar o santuário. Era justo. Ele esperava que fosse necessário. Sofreu com alegria e nunca notou o olhar de dúvida e assombro que surgiu nos olhos de Joan, gradualmente passando para o desprezo.

O êxtase da humilhação e da penitência continuou com ele até que um dia ele caiu e machucou o joelho em uma rocha, e a dor foi mera dor, sem nenhuma santidade envolvida. O mundo oscilou em torno dele e se encaixou no lugar com nitidez, toda a névoa se dissipando. Ele estava cansado, com fome e frio. As montanhas eram altas; as pradarias, vastas. Piper's Run estava a mais de mil quilômetros de distância. A dor no joelho era dos diabos, e uma velha rebelião irrompeu rugindo nele para dizer: *Tá bom, já fiz minha penitência. Agora já chega.*

Aquele foi o final da primeira etapa. Joan começou a olhar para ele como olhava antigamente.

— Por um tempinho, você não foi muito diferente de um neoismaelita, e eu comecei a ficar com medo — disse ela.

Len resmungou algo sobre a penitência ser boa para a alma, o que a calou. Em segredo, contudo, as palavras dela doeram e o deixaram com vergonha. Porque eram bem verdadeiras.

Porém, ele ainda tinha que voltar para Piper's Run. Só então se dava conta de que o caminho seria muito longo e duro, do mesmo modo como tinha sido para sair de lá, e nenhum poder místico o levaria até a antiga comunidade. Len teria que caminhar com os próprios pés.

— Quando chegarmos lá, estaremos a salvo. Os homens de Bartorstown não podem encostar na gente por lá.

Se nos denunciarem, denunciarão a si mesmos. Estaremos a salvo — disse ele.

A salvo nos campos e nas estações, a salvo no não pensar, não querer. Uma mente contente e um coração grato. O pai dizia que essas eram as maiores bênçãos. Ele tinha razão. Piper's Run foi onde eu as perdi. Piper's Run é onde eu tornarei a encontrá-las.

Só que agora, quando penso em Piper's Run, eu a vejo minúscula e distante, e há uma luz adorável nela, como a luz de uma noite primaveril, mas não consigo trazê-la mais para perto. Quando penso na mãe, no pai, no irmão James e na bebê Esther, não consigo vê-los com nitidez; seus rostos estão todos borrados.

Vejo a mim mesmo muito bem, correndo com Esaú por uma pastagem à noite, me ajoelhando na palha do celeiro com o arreio do pai descendo com força nos meus ombros. Vejo a mim mesmo como eu era naquela época. Porém, quando tento me enxergar como serei, um homem adulto porém fazendo parte daquele lugar outra vez, não sou capaz.

Tento visualizar Joan usando a touca branca e a humildade, mas também não consigo.

E, no entanto, tenho que regressar. Tenho que encontrar o que eu tinha lá que nunca mais tive desde que saí. Tenho que encontrar a certeza.

Tenho que encontrar a paz.

E então, certa noite, logo após o poente, Len viu um sujeito guiando um carroção comercial com uma parelha de cavalos grandalhões. Ele atravessou uma crista verde de pradaria, ficou visível brevemente no horizonte, depois sumiu tão depressa que Len ficou sem saber se o vira de verdade. Joan estava de joelhos acendendo uma fogueira. Ele a fez apagar o fogo e, naquela noite, os dois caminharam muito sob o luar antes que Len tornasse a parar.

Eles se uniram a um bando de caçadores — o que lhes deixava em segurança, porque os homens de Bartorstown não se davam com os caçadores, e Joan se certificou em dobro. Contaram uma história de serem neoismaelitas para explicar suas condições, e os caçadores balançaram a cabeça e cuspiram.

— Aqueles demônios assassinos! Eu mesmo sou um homem crente, mas matar simplesmente não é maneira de servir a Deus — disse um deles, olhando cansado para o céu.

E ainda assim, você nos mataria se soubesse, pensou Len, *tudo para servir a Deus.* E ele atormentou Joan, que nunca precisara vigiar sua língua com tanta rigidez, até ela ficar com medo de falar inclusive o próprio nome.

— É tudo assim? — cochichou para ele, na privacidade de seus cobertores à noite. — Eles são todos feito lobos, prontos para despedaçar a gente?

— Quando se trata de Bartorstown, são, sim. Nunca diga de onde você veio, nunca nem dê uma pista para que eles tenham a chance de adivinhar.

Os caçadores os encaminharam para alguns transportadores, juntando-se em um ponto de encontro para ir rumo ao sul e ao leste com uma carga de peles e cobre fundido. Joan se certificou de que não havia homens de Bartorstown entre eles. Ela manteve a língua bem guardada entre os dentes, observando com olhos desconfiados as minúsculas comunidades cozidas pelo sol em que eles faziam parada, os ranchos solitários pelos quais passavam.

— Vai ser diferente em Piper's Run, né, Len?

— Vai, sim.

Mais gentil, mais verde, mais fecundo, sim. Mas em outros sentidos, não, nada diferente. Nem um pouquinho.

O que é que há na terra toda, nas ruas poeirentas e na batida lenta dos cascos dos cavalos, no rosto das pessoas?

Mas Piper's Run é meu lar.

Em uma meia-noite clara, ele achou ter visto um carroção solitário se inclinar a distância, cintilando sob o luar. Pegou Joan, e eles correram para leste sozinhos, passando por leitos de rio embranquecendo sob o sol de verão, abrindo caminho de um rancho para o outro, de assentamento em assentamento.

— O que as pessoas *fazem* nestes lugares? — perguntou Joan.

— Elas vivem — respondeu ele, zangado.

Os dias escaldantes passavam. Os longos e duros quilômetros se desdobravam. A visão de Piper's Run se desbotava, pouco a pouco, não importando o quanto ele se agarrasse a ela, até ficar tão vaga que ele mal conseguia imaginá-la. Durante muito tempo ele fora movido pelo ímpeto, que agora se esgotava. E o homem no carroção o atormentava por todos os dias de verão, saindo incansavelmente do vasto horizonte, do vento e da poeira da pradaria. A movimentação de Len se tornou mais uma fuga de algo do que uma busca por algo. Ele nunca via o rosto do sujeito. Não podia nem ter certeza de que era o mesmo carroção. Mas ele o seguia. E Len sabia.

Em setembro, em uma comunidade hostil perdida em um mar verde-acinzentado de pelo-de-urso e arbustos baixos na fronteira do Texas, Len se sentou para esperar.

— Não é ele, seu tonto. É só a sua consciência pesada que te faz pensar isso — insistiu Joan, desesperada.

— É ele. Você sabe.

— Por que seria? Mesmo que seja alguém de lá...

— Eu sei quando você está mentindo, Joan. Não faça isso.

— Tá bom! É ele, é claro que é ele. Ele era responsável por você. Ele jurou ao Sherman por você. O que você queria? — Ela o encarou, carrancuda, as mãozinhas escuras e magras fechadas em punhos, os olhos faiscando. — Você vai deixar que ele te leve de volta, Len Colter? Você não virou homem ainda, mesmo com toda essa barba? Levanta. Vamos embora.

— Não. — Len balançou a cabeça. — Eu nunca me dei conta de que ele tinha jurado.

— Ele não estará sozinho. Haverá outros com ele.

— Talvez sim, talvez não.

— Você vai deixar ele te levar! — A voz dela estava estridente, como a de uma criança. — A mim ele não leva. Eu vou continuar.

Len respondeu com um tom que nunca usara:

— *Você vai ficar comigo, Joan.*

Ela o encarou, espantada, e então lhe sobreveio uma expressão de dúvida, a agitação de alguma apreensão sombria.

— O que você vai fazer?

— Ainda não sei. É isso o que preciso decidir. — O rosto dele ficara duro e pétreo, impassível feito uma pederneira. — De duas coisas eu tenho certeza. Eu não vou fugir. E não serei levado.

Ela ficou com ele, quieta e com medo, mas sem saber de quê.

Len esperou.

Dois dias. Ele ainda não veio, mas virá. Ele jurou por mim.

Dois dias para pensar, para esperar no campo de batalha. O Esaú nunca travara essa batalha, nem meu irmão James. Eles são os sortudos. Mas o pai travou, e o Hostetter também, e agora é a minha vez. A batalha da decisão, o momento de escolher.

Eu tomei uma decisão em Piper's Run. Foi a decisão de uma criança, baseada nos sonhos de uma criança. Tomei uma decisão em Bartorstown, e ainda foi uma decisão infantil, baseada na emoção. Basta de sonhos para mim. Basta de emoções. Jejuei meus quarenta dias pelo deserto e já terminei minha penitência. Estou de pé, nu e exposto, mas estou de pé feito um homem. A decisão que eu tomar, tomarei como um homem, e não darei as costas para ela depois que for tomada.

Três dias para arrancar as últimas esperanças doces iluminadas pelo sol.

Eu não voltarei para Piper's Run. Seja lá para onde eu for, não será para lá. Piper's Run é uma lembrança da infância, e também já me cansei de lembranças. Essa porta se fechou para mim há muito tempo. Piper's Run era uma memória de paz, mas não importa para onde eu vá, sei agora que nunca terei paz.

Pois a paz é uma certeza, e não existe outra certeza além da morte.

Quatro dias para colocar os pés teimosos firmemente no chão, ensinando-os a não fugir.

Porque eu parei de fugir. Agora, vou parar e escolher meu caminho.

Mais cedo ou mais tarde, o homem tem que parar e escolher seu caminho, não entre os caminhos que ele gostaria que existissem, ou os que deveriam existir, mas entre os caminhos que existem.

Cinco dias nos quais escolher.

Havia pessoas na comunidade. Era a época do comércio de outono, a época quente e morta quando os arbustos ficam cinza e duros e o pelo-de-urso farfalha ao vento, e toda a tábua de madeira está seca como osso rachado. Eles vinham dos ranchos mais distantes para barganhar por suprimentos de inverno, e os carroções dos comerciantes ficavam enfileirados no final de uma rua curta e poeirenta.

Por todo o país está na época do comércio de outono. Por todo o país há feiras, e os carroções estão encostados, e os homens comerciam gado e as mulheres regateiam tecido e açúcar. Por todo o país, é a mesma coisa, imutável. E depois do comércio e das feiras, vem a pregação, o avivamento do outono para prevenir a alma contra o inverno também. É assim que é.

Ele caminhou pela rua, inquieto, para cima e para baixo. Postou-se junto aos carroções dos comerciantes, olhando no rosto das pessoas, ouvindo a conversa delas.

Elas haviam encontrado a verdade delas. Os neoismaelitas tinham encontrado a deles, assim como os neomenonitas e os homens de Bartorstown.

Devo encontrar a minha agora.

Joan o observava pelos cantos dos olhos e tinha medo de falar.

Na quinta noite, o comércio tinha terminado. Tochas foram montadas em torno de uma plataforma no espaço pisoteado no final da rua. As estrelas ardiam brilhantes no céu, o vento esfriou e a terra seca exalou seu calor. As pessoas se reuniram.

Len se sentou nos arbustos secos e esmagados, segurando a mão de Joan. No final das contas, não reparou quando o carroção chegou silenciosamente do outro lado da multidão. Porém, depois de algum tempo, ele se virou e Hostetter estava sentado ao seu lado.

30

A voz do pastor ressoou, forte e estridente.

— Mil anos, meus irmãos e minhas irmãs. Mil anos. Foi isso que nos prometeram. E eu lhes digo que já estamos nesse período abençoado, nos dirigindo para a Glória planejada para aqueles que seguem o caminho da retidão. Eu lhes digo...

Hostetter olhou para Len na luz tremeluzente das tochas que sopravam pelo vento, e Len olhou de volta, mas nenhum dos dois disse nada.

Joan sussurrou algo que podia ter sido o nome de Hostetter. Ela tirou sua mão da de Len e começou a dar a volta por trás dele, como se quisesse alcançar Hostetter. Len a segurou e a conteve.

— Fica comigo.

— Me solta. Len...

— Fica comigo.

Ela choramingou e ficou quieta. Seus olhos procuraram os de Hostetter.

Len disse para ambos:

— Fiquem quietos. Eu quero escutar.

— ... e, a menos que você vá ainda criancinha, o Livro diz que você jamais entrará. Porque o Paraíso não foi feito para os ímpios. Ele não foi feito para o escarnecedor e o incrédulo. Não, senhor, meus irmãos e minhas irmãs! E vocês ainda não estão a salvo. Só porque o Senhor escolheu salvar vocês da Destruição, não pensem nem por um minuto...

Foi em outra noite, em outra pregação, que eu coloquei meu pé no caminho.

Um homem morreu naquela noite. Seu nome era Soames. Ele tinha a barba ruiva, e eles o mataram a pedradas porque ele era de Bartorstown.

Deixe-me ouvir. Deixe-me pensar.

— ... mil anos! — gritou o pregador, batendo em seu Livro empoeirado, pisoteando as tábuas cheias de poeira com as botas. — Mas vocês têm que trabalhar para isso! Não podem simplesmente se acomodar e não dar ouvidos! Não podem se esquivar de seu dever sagrado para com o Senhor!

Que isso sopre por mim como um vento forte. Que as palavras soem em meus ouvidos como trombetas.

Eu posso falar. Um poder me foi dado. Posso matar outro homem como aquele menino matou o Soames e me libertar.

Posso falar outra vez e ir na frente, conduzindo todos até Bartorstown como o Burdette liderou seus homens até Refúgio. Muitos morrerão, assim como o Dulinsky morreu. Mas Moloque será derrubado.

Joan está sentada a meu lado, dura. As lágrimas escorrem pelas bochechas dela. O Hostetter está sentado do outro lado. Ele deve saber no que estou pensando. No entanto, ele espera.

Ele fez parte daquela outra noite. Parte de Refúgio. Parte de Piper's Run e de Bartorstown, um extremo e o outro e o meio.

Posso apagar tudo com o sangue dele?

Aleluia!

Confesse seus pecados! Deixe que sua alma seja purificada de seus fardos de culpa pesada, para que o Senhor não o queime novamente com o fogo!

Aleluia!

— E então, Len? — questionou Hostetter.

Eles estão gritando como gritaram naquela noite. E se eu me levantar e confessar meu pecado, oferecendo este homem como sacrifício? Não serei purificado do conhecimento. Conhecimento não é como o pecado. Não existe nenhuma fuga mística dele.

E se eu derrubar Moloque, as entranhas de fogo e a cabeça de bronze?

O conhecimento ainda existirá. Em algum lugar. Em algum livro, algum cérebro humano debaixo de outra montanha. O que a humanidade já descobriu uma vez, descobrirá novamente.

Hostetter está se levantando.

— Você está se esquecendo de algo que eu te disse. De que nós também somos fanáticos. De que eu não posso deixá-los à solta, por aí.

— Vá em frente — disse Len. Ele também se levantou, arrastando Joan pela mão. — Vá em frente, se for capaz.

Eles olharam um para o outro sob a incandescência das tochas, enquanto a multidão batia os pés, levantava poeira e gritava aleluia.

Eu permiti que soprasse por mim, e é só vento. Deixei que as palavras soassem em meus ouvidos, e elas não passam de palavras, ditas por um ignorante com uma barba empoeirada. Elas não me agitam, não me emocionam. Também estou cansado delas.

Agora eu sei o que há na terra, o peso lento e intenso. Eles chamam isso de fé, mas não é fé. É medo. As pessoas colocaram um abrigo sobre as cabeças, fizeram da ignorância uma necessidade, do retrocesso uma paixão, e chamaram isso de Deus e o adoraram. E ele é tão falso quanto qualquer Moloque. Tão falso que homens como o Soames, homens como o Dulinsky, homens como o Esaú e eu mesmo vamos derrubá-lo. E ele trairá seus adoradores, deixando-os indefesos diante de um amanhã que certamente chegará. Pode demorar para chegar, e esse amanhã pode ser longo, mas chegará, e todo o desespero deles não o impedirá. Nada o impedirá.

— Eu não vou falar, Ed. Agora é por sua conta.

Joan prendeu a respiração e a segurou, soluçando.

Hostetter olhou para Len, os pés plantados a boa distância no chão, os grandes ombros encolhidos, o rosto tão severo e sombrio como ferro debaixo do chapéu de aba larga. Era a vez de Len esperar.

Se eu morrer como o Soames morreu, não importará a ninguém além de mim. Isso é importante apenas porque eu sou eu, e o Hostetter é o Hostetter, e a Joan é a Joan, e nós somos pessoas e não podemos evitar. Mas por hoje, ontem, amanhã, não é importante. O tempo segue adiante sem nenhum de nós. Apenas perdura uma crença, um estado de espírito — e mesmo isso muda constantemente. No entanto, debaixo dele existem dois tipos principais: aquele que diz: "Aqui você tem que parar de saber" e o outro que diz: "Aprenda".

Certo ou errado, o fruto foi comido, e é impossível voltar atrás.

Eu fiz a minha escolha.

— O que você está esperando, Ed? Se vai fazer isso, vá em frente.

Um pouco da tensão deixou a linha dos ombros de Hostetter.

— Acho que nenhum de nós dois foi feito para o assassinato — disse. Ele abaixou a cabeça, carrancudo, e então tornou a levantá-la e lançou um olhar duro e abrasador para Len. — E aí?

As pessoas choravam, e gritavam, e caíam de joelhos, e soluçavam.

— Eu ainda acho que talvez tenha sido o Diabo que foi solto no mundo cem anos atrás — disse Len, muito devagar.

— E ainda acho que talvez seja um dos semelhantes de Satã que vocês têm lá atrás daquele paredão.

O pregador jogou os braços para o alto e se contorceu em êxtase de salvação.

— Mas acho que vocês têm razão — prosseguiu Len. — Acho que faz mais sentido tentar acorrentar o diabo do que tentar manter o país todo amarrado na esperança de que ele não vá reparar na gente de novo. — Ele olhou para Hostetter. — Você não me matou, então suponho que tenha que me deixar voltar.

— A escolha não foi de todo minha — disse Hostetter.

Ele se virou e se afastou na direção dos carroções. Len o seguiu com Joan tropeçando a seu lado. E dois homens saíram das sombras para se juntar a eles. Homens que Len não conhecia, com espingardas de caçar cervos seguras na curva do cotovelo.

— Eu tive que fazer mais do que falar por você desta vez. Se você tivesse me denunciado, estes rapazes talvez não conseguissem me salvar da multidão, mas você não teria sobrevivido nem cinco minutos a mais — contou Hostetter.

— Entendo — disse Len, devagarinho. — Você esperou até agora, até a pregação.

— Isso.

— E quando me ameaçou, não estava falando sério. Era parte do teste.

Hostetter assentiu. Os homens olharam severamente para Len, reativando a trava de segurança das armas.

— Parece que você tinha razão, Ed. Mas eu com certeza não estava apostando nisso — comentou um deles.

— Eu o conheço há muito tempo. Fiquei um pouco preocupado, mas não muito — respondeu Hostetter.

— Então ele é todo seu — disse o sujeito.

Ele não soava como alguém que julgasse que Hostetter tinha ganhado alguma coisa. Assentiu para o outro homem e eles foram embora, os carrascos de Sherman desaparecendo silenciosamente na noite.

— Por que você se deu ao trabalho, Ed? — perguntou Len. Ele abaixou a cabeça, envergonhado por tudo o que fizera com aquele homem. — Eu só dei problema pra você.

— Eu te disse. Sempre me senti meio responsável pela vez que você fugiu — disse Hostetter.

— Vou te compensar — prometeu Len, ansioso.

— Acabou de compensar agora — respondeu Hostetter.

Eles subiram no banco alto do carroção.

— E você? Está pronta para ir para casa? — perguntou Hostetter para Joan.

Ela começava a chorar em soluços curtos e enfurecidos. Olhava para as tochas acesas, para as pessoas e para a poeira.

— Que mundo horrível. Odeio este mundo — queixou--se ela.

— Não é horrível — retornou Hostetter. — Apenas imperfeito. Mas isso não é novidade.

Ele sacudiu as rédeas e estalou a língua para os cavalos grandalhões. O carroção saiu para atravessar a pradaria escura. Hostetter falou:

— Quando nos afastarmos daqui, vou chamar o Sherman pelo rádio e avisar que estamos voltando.

POSFÁCIO

Li *O longo amanhã* pela primeira vez em 2005. Nas primeiras cinco páginas, me perguntei por que nunca tinha ouvido falar deste romance. Vinte páginas depois, não conseguia entender por que ele não era universalmente reconhecido como um dos Grandes Livros de Ficção Científica dos Estados Unidos.

A abertura da história soa como uma versão bíblica do mito americano: confiante, cadenciada e implacável. Brackett insere seu tema principal logo nas primeiras frases: conhecimento é pecado, e Len Colter, de 14 anos, está prestes a dar o passo que o levará à perda do Éden.

Este é o tema do romance de formação: a perda da inocência, a mudança e a jornada em busca de conhecimento, que leva o protagonista do seguro ao desconhecido. Porém, como a ambição de Brackett era imensa, ela escolheu como cenário uma Terra arruinada pós-nuclear. A meta era nada menos do que escrever o primeiro romance literário de ficção científica focado no desenvolvimento de personagens.

Na América do Norte de meados do século 20, duvido que houvesse outra pessoa mais bem preparada para o desafio.

Antes de Brackett escrever *O longo amanhã* (originalmente publicado em 1955), ela se especializou em duas tradições díspares: os romances planetários de capa e espada (para as revistas *pulp* de ficção científica) e a narrativa policial durona (escreveu um romance e vários roteiros de cinema, incluindo *À beira do abismo*). Em 1949, ela misturou aspectos dessas tradições a princípio impossíveis de se misturar — a marra e a interioridade meio *noir* da ficção policial com uma versão elegíaca de Marte sonhando com uma tecnologia há muito esquecida. O resultado foi *The Sword of Rhiannon*, uma história alienígena exótica dura de roer. Mas o livro falha como romance: o herói não amadurece nem se transforma.

Então Brackett empreendeu uma nova tentativa com *O longo amanhã* e, desta vez, escolheu uma paisagem que Huckleberry Finn talvez fosse reconhecer (embora povoada, é preciso destacar, quase que inteiramente por personagens brancas). Em um substrato composto de tropos familiares a qualquer leitor do Grande Romance Americano — o jovem herói procurando seu lugar no mundo, uma América pastoral segura em sua fé —, ela despejou uma farta dose da clássica recusa da ficção científica ao anti-intelectualismo e ao esperado retorno do herói a suas origens (talvez isso fosse mesmo inevitável).

O primeiro terço do romance é magistral. Len está imerso em sua cultura. Somando a liderança dessa cultura — baseada na fé — e sua proibição constitucional à formação de cidades, fica claro como a lei pode levar ao tabu. Toda atividade proscrita requer párias; neste caso, a elite tecnológica de Bartorstown. E o proibido fascina a juventude. Impotentes, assistimos à inevitável queda em desgraça de Len e de seu amigo Esaú e ao início da longa jornada dos dois em busca de autoaceitação e pertencimento.

Brackett, contudo, é um produto de sua época. Embora a religião seja lindamente tratada — a crença dividida em uma variedade de seitas, mantida com uma emoção de variada profundidade —, ela é inteiramente cristã, branca e administrada por e para homens. Confere apenas aos homens a iniciativa de lutar e se rebelar contra suas limitações.

Com essa ressalva, a autora lida com o antagonismo entre ciência e religião com destreza. Funde o clássico *cri de cœur* do *noir* — "Por que eu?" — com a recusa ao anti-intelectual clássica da ficção científica que evolui em Len: "Ai, bom Deus, o Senhor faz alguns como meu irmão James, que nunca questionam, e faz outros como Esaú, que nunca acreditam, mas por que tem de fazer os que ficam no meio do caminho, como eu?". Em uma façanha ainda mais impressionante, ela usa o que seria o desfecho de um romance literário — a compreensão de Len de que fé é apenas outra palavra para medo — para disfarçar uma jogada clássica da ficção científica: uma mudança vertiginosa de lente através da qual Len passa a entender que não é nada, apenas um pontinho, irrelevante para a existência contínua do mundo.

É fascinante ver Brackett expor suas serras elétricas, seus porretes e suas tochas flamejantes e acrescentá-los, um por um, ao movimento de bravura. De vez em quando, a autora titubeia — no Livro Três, quando coisas demais estão acontecendo, sua voz oscila, as personagens perdem definição, e pelo menos esta leitora duvida que a missão de Bartorstown seja sustentável —, mas então ela enfia uma estaca brilhante em toda a confusão e nos prende ao momento. Desafio qualquer leitor a assistir Joan atravessar aquela porta em seu vestido vermelho e não se ver bem ali, na pele de Len, sentindo o garoto engolir em seco e seu mundo capotar exatamente como aconteceu na primeira página.

Nos anos 1950, este livro deve ter virado seus leitores do avesso, feito uma meia. Não me surpreenderia descobrir que exerceu uma influência formativa sobre o jovem

Carl Sagan, a semente do saganismo: a ideia de que seriam raras as nações a explorar o espaço porque elas tenderiam à destruição antes que pudessem escapar da gravidade de seu planeta.

No século 21, suspeitamos que isso talvez não seja verdade. E temos escritores como Leigh Brackett a agradecer.

Nicola Griffith*

---

* É escritora de ficção científica, nascida em Yorkshire, no Reino Unido, e residente em Seattle, nos Estados Unidos. Publicou *Ammonite* (1993) e *Hild* (2013).

SOBRE A AUTORA

Leigh Brackett nasceu em Los Angeles, em 1915, e publicou sua primeira história de ficção científica na revista *Astounding Science Fiction*, em 1940. Além de escritora profícua nos gêneros da ficção especulativa, trabalhou compondo roteiros para filmes como *À beira do abismo*, *O perigoso adeus* e *Onde começa o inferno*. Recebeu um prêmio Hugo postumamente pelo roteiro de *Star Wars: o Império contra-ataca*. Brackett foi casada com o também escritor de ficção científica Edmond Hamilton, de 1946 até a morte do parceiro em 1977. Ela faleceu no ano seguinte.

TIPOGRAFIA: Media77 - texto
Uni Sans - entretítulos
PAPEL: Pólen Natural 70 g/m² - miolo
Couché 150 g/m² - capa
Offset 150 g/m² - guardas

IMPRESSÃO: Ipsis Gráfica
Fevereiro/2025